U0449644

驭鲛记

（全二册）

下卷·恰似故人归

九鹭非香 作品

可以随心选择，方为自由

驭鲛记

目录

下卷 | 恰似故人归

如此长的生命跨度，
对比如此短的刹那相逢，
她的耀眼光芒却盖过了他过去的人生。

第一章　牢笼　·002
驭妖谷，国师府，湖心小院的囚禁算什么，
这世上最坚固的牢笼，原来是自己的肉躯。

第二章　印记　·016
"长意，你这是想用你的一生来囚禁我。"

第三章　鲛珠　·032
"我要给，你就必须要。"

第四章　劝降　·051
"我将刀挥向牢笼之外的行刑者，而不是同样在夹缝中求生的苦难者。"

第五章　归去　·068
"她自由了……"
如这北境的雪，狂放飘扬，于天地之间，随风而走，再不受任何束缚。

第六章　阿纪，不回头　·079

"阿纪，梦里的一切会过去，梦醒了，便也该让梦过去。时间在往前走，春花秋月，年复一年，你也不该总是回头。"

第七章　再回北境　·097

"确实是个挺厉害的妖怪。将他也一并带回北境吧。"

第八章　试探　·115

"变幻之术可变容貌，却变不了体内血脉之气，长意，你今日到这里来，不就是想确认一下湖里的人还在不在吗？"

第九章　最是情深留不住　·130

心生心死，情淡情深，都留不住。

第十章　正是故人归　·141

"我以为，上苍不仁，逼着我承认，我的执着都是虚妄，但空明，她不是虚妄，我的执着也不是虚妄。"

第十一章　自由　·156

"但在生死之间走一遭，后来又稀里糊涂地过了一段自由自在的日子，我方知浪迹天涯逍遥快活其实并不是自由，可以随心选择，方为自由。"

第十二章　当年　·173

"好啊好……这个纪云禾，却是连真相也舍不得让你知道！"

目录

第十三章　依旧　·190
好似他们此生见的第一面，他是被囚在牢中的遍体鳞伤的鲛人，她是在牢外的驭妖师。

第十四章　风声　·201
"风知道的事情，她都知道，你这些年的作为，你的师父可都看在眼里。"

第十五章　时间尽头　·214
时间有了可见的尽头，所以一切也都有了另外的意义。

第十六章　成全　·226
在没有他的时间里，她将以自己的名，冠以他的姓，就算哪一天她的记忆再次恍惚到记不起过去的事，她的名字与身份也会帮她记住。

第十七章　癫狂　·243
"我终于捏好了我的木偶们，是时候带他们出去走走了……"

第十八章　终局　·258
"我的凤愿，希望我终结这人世的混乱。"

番　外　雪三月　·275
"以后……若还有以后……"

下卷　恰似故人归

如此长的生命跨度，
对比如此短的刹那相逢，
她的耀眼光芒却盖过了他过去的人生。

第一章

牢笼

> 驭妖谷，国师府，湖心小院的囚禁算什么，这世上最坚固的牢笼，原来是自己的肉躯。

纪云禾做了一个梦，梦里她眼前是一片浩瀚渺茫的大海。

海上有鸟鸣，有鲸吟。在辽阔的大海之中，一条巨大的蓝白色的尾巴在海面上出现，又潜下。

纪云禾看着那巨大的尾巴在海面上渐行渐远，终于完全消失，她对远方挥了挥手。忽然间，天空之中光华流转，纪云禾向着那白光闪烁之处迈出了一步，一步踏出，踩在空中，宛如有一道无形的阶梯在她脚下铺就。

纪云禾一步一步往上走着，觉得自己的身体从未有过地轻盈，那些病痛都已远去，她向上方而去，在离开地面许久之后，忽然间一阵风吹过纪云禾的耳边。

寒风带着与这梦境全然不同的凉意，将她微微一刺。

"你还不能走。"有个女人的声音陡然出现在纪云禾耳边。

她侧过头，往身边看去。在她身子四周皆是一片白光，而在风吹来的方向，纪云禾隐约觉得那处白光之中似乎还站着一个人，那人身形曼妙，一袭白衣，她头发披散着，对纪云禾道："你再留一会儿吧。"

第一章 牢笼

"你是谁?"

纪云禾开了口,却没有得到回答。

忽然间,纪云禾脚下无形的阶梯开始震颤,紧接着,一声轰隆巨响,阶梯坍塌,纪云禾毫无防备,眼看着四周白光骤然退去,她再次坠入黑暗的深渊之中。

轻盈的身体坠下,宛如撞入了一个人形的囚牢之中,这个囚牢又湿又冷,捆在她身上,像一个生铁枷锁,锁住了她每一寸皮肤。

纪云禾陡然睁开双眼。她感觉那个囚牢和自己融为一体了,纪云禾动动手指,抬起手来,原来……这个囚牢,竟然是自己的身躯。

驭妖谷,国师府,湖心小院的囚禁算什么,这世上最坚固的牢笼,原来是自己的肉躯。

纪云禾勾唇笑了笑,还未来得及做别的感慨,忽然在自己抬起的手指后,看见了一个黑袍人影。

他站在纪云禾的床尾,一直在那儿,但没有说话,直到纪云禾醒来他也一声不吭。他盯着纪云禾,那双蓝色的眼瞳里好似隐着万千思绪,又好似什么都没有。

一丝凉风撩动纪云禾的发丝,纪云禾转头一看,却见那常年紧闭的窗户此时大开着,外面虽是白日,但寒风呼啸,鹅毛大雪纷纷而落,并见不了日光,不少雪花被寒风裹挟着吹进屋中,落在炭盆上,发出噼啪声,化为白烟,消失于无形。

原来……风是从这儿来的……

"长意……"纪云禾呼喊他的名字,却像一声叹息,"何必……"

何必不放过她,又何必不放过自己……

长意没有回答她,他身上穿的衣服比素日来见她时要显得正式一些,他银色的头发上还戴了发冠,好似从非常正经严肃的场合赶来的一样。

长意走上前一步,在她床榻边坐下,却没有看纪云禾,他看着窗前的炭盆,看着那白烟,似在发呆一般,问:"你想求死?"

"我这身躯……"纪云禾虚弱地坐起身来,她整个身体绵软无力,蹭了好一会儿,靠着床头坐稳了,"生死无异。"

长意确定了她的想法。"你想求死。"他呢喃自语。

纪云禾难得摸不准他的想法和意图,她伸出手,握住长意的手腕。

长意微微一怔，却没有立即甩开纪云禾的手。他侧过身来，看着面色苍白的纪云禾。

纪云禾道："长意，你不是想报复我吗？"她盯着他的眼睛，那蓝色的眼瞳也紧紧地盯着她。

便在这相视的瞬间，纪云禾陡然凝聚起身体所有的力量，一只手抓住长意的手腕，另一只手陡然拔下长意发冠上的玉簪，电光石火间，纪云禾便要将那玉簪刺进自己的喉咙！

而在这时，长意另外一只未被握住的手却是一抬，掐住纪云禾的脖子，将纪云禾的身子摁倒在床上，他自己也俯在纪云禾身体上方，而那根簪子则插入了他的手背之中。

纪云禾这一击是必死之举，她没吝惜力气，长意这一挡也是出其不意。

那玉簪几乎将长意的手背扎透了，鲜血直流，将纪云禾的颈项、锁骨全都染红，鲜红的血液流入纪云禾的衣襟里面，她的领口上便有鲜血晕开。

纪云禾非常惊诧，她看着压住自己的长意。

他的手挣脱了她的，此时反压着她的手腕，将她的手腕摁在床榻上，他另一只手在她颈项处，插着玉簪，鲜血直流，而那银色的长发则如垂坠而下的流苏，将他们之间隔出一个暧昧到极致的细小空间。

"你凭什么了结自己的性命？"

长意盯着纪云禾，那双眼瞳暗流汹涌，一直隐藏压抑的情绪酝酿成了滔天大怒，他质问纪云禾。

纪云禾狠下心肠，不去管长意手背上的伤口，她直视着长意，道："六年前，崖上寒风不够凉，是吗？"

长意怔住，眼中的蓝色开始变得深邃而混浊。

纪云禾嘴角挂着轻笑，道："当年我利用你，却被你逃脱，我以为你此举之后，如被抓住，必定面临不轻的责罚，看在过往相处的情分上，我本对你动了恻隐之心，不欲将你送到顺德公主那里活受罪，于是便想杀了你，了结你的痛苦。"

长意放在纪云禾脖子上的手慢慢收紧。

纪云禾继续道："没想到，你竟然逃走了，我也因此受到了顺德公主的惩罚。而如今，你让我这般活受罪，却让我连求死都不能。"

第一章 牢笼

那手收紧,让纪云禾开始有些呼吸困难,但她还是咬牙道:"长意,你真是有一副比我当年还狠的心肠。"

言罢,长意眼中的颜色好似变了天,如那狂风暴雨下的大海中漩涡一般厚重的蓝黑色。

他的掌心用力,玉簪刺出的伤口鲜血汹涌而出,他不觉得疼,纪云禾也闭上了眼睛。直到纪云禾面泛青色,终于,那手离开了她的颈项。

空气陡然进入胸腔,纪云禾呛咳了起来。

长意却坐起身来。"你说得对。"他看着纪云禾,"我就是要让你求死不得。"他推门出去,屋外传来他冰冷的声音:"来人。多余的炭盆撤掉,房间窗户叫人守着,门口也派两人看守,没有我的命令,都不准离开。"

外面的声音消失,纪云禾这才缓过气来,她看着屋外的大雪,又看着畏畏缩缩走进门来的侍女。

侍女将炭盆一个一个端走,又将窗户掩上,只留一点通气的口。

她们各自忙着,目光半点也不敢在床榻上的纪云禾身上停留。

纪云禾长叹一声气,这次真的完蛋了,死不成了,意图暴露了,想法也被看透了,连翻旧账的激将法都用了,还是不管用。纪云禾摸了摸自己的脖子,又沾上了一手黏腻的血。

她闭上眼,捶了一下床榻:"到底是哪个混账东西拦了我登天的路……"

侍女们浑身颤了颤,还是不敢看她,只是手上的动作更加麻利了起来。

接下来的一整天,纪云禾屋里都是人来人往的,一会儿有人将桌子抬来换了,一会儿有人放了个柜子进来,仆从们忙上忙下地忙活了一天一夜,纪云禾终于找了个机会,逮着一个看起来像是管事的人问道:"要拆房子吗?"

管事的恭恭敬敬地回她:"姑娘好福气,以后主上要住过来了。"

纪云禾一愣,一时间竟然没有明白过来这句话的意思。"啊?"她眨巴了两下眼睛,"谁?住什么?"

"主上……主上昨日下令,此后他的公务都要到这湖心小院来办了。"

纪云禾身子晃了一下。

管事的道:"不过姑娘放心,主上吩咐了,白日不打扰姑娘休息,他会给姑娘加个隔帘禁制,一点声音都漏不进去。"

005

"隔……隔帘禁制？"纪云禾一脸不敢置信，"隔哪儿？我床上？这楼不是有三层吗？"

"对，主上就喜欢姑娘在的这一层。"

言罢，管事的福了个身，规规矩矩地退到门口，又指挥工作去了。

纪云禾呆呆地往床上一坐，忽然觉得……自己好像……又"作"了个大的。

她的地图……竟然只有一个床榻了。

纪云禾本以为，长意怕她再作，于是便将公务带到这湖心小院来处理，顺带监视她。

但当纪云禾看到几个苦力满头大汗地抬了一张床进来时，她觉得事情有点不妙了。

"他莫不是还要住在这儿吧？"纪云禾好不容易又逮住了管事的询问。

"主上说住过来，就是住过来。"管事的态度很好，毕恭毕敬，"自然是白天住过来，晚上也住过来。"

纪云禾这下彻底傻眼了。

"这不是个湖心小院吗？不是很偏僻吗？他住过来干啥？"

"姑娘说笑了，主上在哪儿，哪儿自然就是中心，何来偏僻一说。"

纪云禾看着管事的，被这话噎住了。她没想到不过几年时间，这四方驭妖地当中最为苦寒的驭妖台，当真被长意变成了这天下另一个权力中心。这规章制度一套一套的，恨不能将京师那一套权术的东西都学过来。

又忙了一日，及至太阳落山，纪云禾从床榻上睡醒过来，转眼一看，屋里各种东西都已置办好了。

长意来时，纪云禾别的没说，就坐在床榻上指着这满屋金贵东西对他道："你这鲛人，上哪儿养的这些金贵喜好？外面在打仗，你一个领头的如此奢靡浪费，这位子怕是坐不久。"

长意闻言，并未辩解，只道："这位子我能坐多久，与你何干？"

纪云禾笑了笑："自然是有关系的，你被人赶下去了，我不就正好跑了吗，我可希望你能更奢靡浪费一些。"

第一章 牢笼

长意眸光微微一冷，还未来得及说话，屋外倏尔传来一道冷笑之声："纪姑娘怕是想得太好了。这个鲛人，我还没见他在别的地方奢靡浪费过。"

纪云禾微微一转头，但见一个和尚迈过门槛，走了进来，站到了长意身侧，一脸倨傲地看着纪云禾。神色间，难掩对纪云禾的厌恶。

纪云禾将他上下一打量，一串白佛珠被他拈于手中，一身黑色袈裟更衬得那佛珠醒目。纪云禾的目光在那佛珠上停留了一瞬，便确定了来人的身份——空明和尚。

那佛珠的材质不是珍贵名木，也不是珠玉宝石，而是骨头。

传闻空明和尚疾恶如仇，誓要管尽不平事，杀尽极恶徒，他每杀一个人，则会将那人头皮掀开，取天灵盖之骨，做成胸前佛珠。

纪云禾曾经数次从洛锦桑的嘴里听到过这个人的名字，却怎么也没想到，当终有一日她见到这个人的时候，竟然不是通过洛锦桑的引见……

"空明大师，久仰大名。"纪云禾道。

空明和尚："不敢，纪护法的名字，才是令某久仰了。"

许久没有人用驭妖谷的身份来称呼她，纪云禾一时间还觉得有些陌生。她看着空明和尚，觉得有些好笑："初初谋面，大师为何对我火气这般大？"

空明和尚看着纪云禾，直言不讳："我疾恶如仇。"

纪云禾也没生气："这么说来，我在大师眼中，却是个大恶人？"

"没错。"

空明和尚能在这里，想来这些年和长意的关系不会差，她纪云禾作为驭妖谷护法时是如何对待长意的，想来他应该是从长意口中有所听闻了，也难怪这么讨厌她。

"好了，我不是让你来与人闲聊的。"长意打断了两人的对话，他走到纪云禾床边，空明和尚便也踩着重重的步子，在纪云禾床榻边拉了把椅子来坐下。

"手腕给我。"空明和尚不客气地说着。

纪云禾也直爽地将手腕伸了出去："我只听闻大师疾恶如仇、杀人如麻，却不想大师还会看病治人？"

"六年前，有人身受重伤，跌落悬崖，坠入湍急河水中，河中乱石弄断了他所有的骨头，几乎丧命，便是我救起他，把他治好的。"

纪云禾闻言，心头微微一抽，把住纪云禾脉搏的空明和尚眉梢微微一动，瞥了纪云禾一眼。

纪云禾不动声色，微笑着看着空明和尚："如此说来，大师的医术还很是精湛？"

"不敢，只能救个濒死的妖怪而已。"言罢，空明和尚将手收了回去，他站起身来，"而你，我救不了。"

"她怎么了？"长意终于开口问。

空明和尚用自己的衣服擦了擦碰过纪云禾手腕的手，声音刻薄："一脸短命相，还能活月余吧。"

月余……

都这样了，还能活月余。纪云禾心道，自己还真是命长呢。

长意却皱了眉头："我是让你来治人的。"

"妖我能治，人我也能治。"空明和尚还在擦手，好似刚才碰过纪云禾的手指怎么都擦不干净一样，"她这样的，非人非妖，我治不了。"

"我要的回答，不是治不了。"

空明和尚这才转了头，看着长意："这是看在你的分儿上，要是换作别的病人家属，我会让你带着她一起滚。"

"赌气之语毫无意义，我要治疗的方法。"

两人针锋相对，纪云禾一声"谁是我家属了……"的嘀咕直接被空明和尚的声音盖了过去。

空明和尚直视长意，道："她被药物从人变成了妖怪，身体里有驭妖师的灵力，也有妖怪的妖力。我本以为她的虚弱是灵力与妖力相斥而成，若是这样，我有方法可治。我曾阅过古籍，海外有一味药，也可称其为毒，它可中和此两种力量，但从她目前的身体来看，这毒药她已经服用过了。她身体之中的妖力与灵力相辅相成，并未排斥。"

纪云禾点点头："我隐约记得，被沾了那毒的箭射中过。"

长意看了纪云禾一眼，唇角微抿。

空明接着道："她之所以这般虚弱，不为其他，只为她本身的力量已被消耗殆尽。她气血无力，身体更衰过八十老人。阎王要拿她的命，我便是大罗金仙，也改不了这生死簿。"

纪云禾听得连连点头："别说八十，就说我过了一百，我也是相

第一章 牢笼

信的。"

她全然不像一个听到死期的病人,空明和尚因此多看了她一眼,纪云禾也微笑着看着空明和尚:"听说大师见恶人便杀,如今,可否行个好,帮我了此残生,也圆你杀尽恶人的兴趣爱好……"

"闭嘴。"

纪云禾这嬉笑言语却被长意喝止了,他盯着她,蓝色眼瞳里写满了固执:"这生死簿,我来改。"

长意想要逆天,改她的命。

空明和尚不愿意,直言此事难于登天。

纪云禾也不愿意,她觉得此事太过折腾,她只想安享"晚年"。

但长意很固执。他强迫空明和尚来给她看诊,也强迫纪云禾接受空明和尚的看诊。

为了避免不靠谱的大夫加上不靠谱的病人一同阳奉阴违地偷懒,长意在空明和尚来看诊的时候,会守在一旁,寸步不离。

哪怕公务实在繁忙,到了深夜还有人来求见,长意也会在屋中隔个屏风,他在屏风前的书桌上处理事务,纪云禾就在屏风后的小茶桌上接受空明和尚的问诊。

通常这个时候,屏风前会加一个禁制,阻断声音,防止两方互相干扰。

而纪云禾现在身体虽弱,脑子却没坏掉,一旦有机会脱离长意的控制,她就开始试图"策反"长意的人。

她眉眼弯弯地笑看空明和尚:"空明大师,你不愿意治,我也不愿意活,你我何苦在这儿浪费时间?"

"你愿不愿意活与我无关,我答应了那妖怪要治你,便要信守承诺。"

"做人何苦这般死板。那鲛人又不懂药理,你随便将一味药改成毒药,喂给我吃了,他也不知道。治人有风险的,可能治好,可能治坏,他总不能因为这个怪你。"

空明把着她的脉,冷漠地道:"纪护法,其一,我并非为人死板,只是出家人不打诳语……"

纪云禾笑出声来,打断了他:"大师,你胸前的白骨佛珠都要凑满

009

一百零八颗了，还与我说出家人的清规戒律？您说笑呢？"

"我是出家人，我食荤腥，破杀戒，并不影响我守其他清规。"

"嫁娶呢？"纪云禾笑着，帮洛锦桑问了一句，虽然多年未与洛锦桑相见，但纪云禾知道，那丫头的性格是认死理的。

空明和尚一愣，看着微笑着的纪云禾，眉头皱起："与你无关。"

纪云禾点点头，似自言自语一般叹道："可怜了我那单纯的锦桑丫头，偏碰到一个铁石心肠的菩萨。"

纪云禾这话似刺到了空明和尚，他压住她脉搏的手指微微施加了一些力道，接着先前的话道："其二，谁说那鲛人不通药理？"空明和尚盯着纪云禾的眼睛，似要还她一击般，笑道，"久病成医，那鲛人从鬼门关爬回来，可有好些时候都是没什么好日子过的。"

纪云禾唇边笑意未减，眼眸中的光却微微颤了一瞬。

空明的指腹还是贴在她的脉搏上，感受着纪云禾那虚弱的脉象。他有些恶劣地一笑。

"我很好奇，六年前的驭妖谷中，你到底是使了什么手段，能换得那鲛人如此真心交付，以至伤重之后，恨意噬骨，几乎是拼着恨你的这口气，撑到现在。"

"什么真心交付，他不过就是对人对事太过较真罢了。小孩才这么容易较真。"纪云禾笑着看空明和尚，"骗小孩很难吗？"

空明和尚也不动声色，平静地问道："赤子之心，你如何下得了手？"

"赤子之心，在生死权谋之前，又算得了什么？"纪云禾说得更加无所谓，"鲛人天真……你也如此天真？"纪云禾冷笑着，佯装鄙夷地将自己的手腕抽了回来。

空明审视着她："这六年间，你半点不为当年的事情感到愧疚后悔？"

"我行差踏错便是深渊，一心谋权求上，不过人之常情，我有何愧疚与后悔？"纪云禾做出一副阴险模样，这些话脱口而出，宛如她深藏于内心多年的言语。

"害他，你不后悔？"

"不后悔。"

"你可知他六年谋划，只为寻一时机将你从国师府救来北境？"

第一章 牢笼

"知道,他想找我报仇。"

"你可知,前日你寻死,朝阳初升之际,他正在北境封王大典上,感知你有难,他当场离去,万人哗然?"

她寻死之日……

纪云禾脑中快速地闪过长意那日的衣着与发冠,还有那根她从他头上拔下,欲用来自尽的玉簪。长意很少戴那样的发冠与玉簪……原来……他竟是从那样的地方赶来……

但这些不过只在纪云禾脑海当中闪过了一瞬。纪云禾神色似毫无所动,连片刻的迟疑也没有。

"我不知,但那又如何?"

"如何?"空明和尚微微眯起了眼,看着她说,"你能将赤子之心玩弄于股掌,却在此时洞察不出这鲛人的内心了?"

言及此,纪云禾终于沉默。

而空明并不打算放过她:"你一心谋权求上,却在此时不趁机魅惑鲛人之心,博得信任,将其击杀,带回京师立一大功……反而处处惹人讨厌,甚至一心求死……纪护法,鲛人生性至纯,至今也未能懂人心的千变万化,我和他可不一样。"

纪云禾唇色已有些泛白,她背脊依然挺得笔直。

她看了一眼屏风,长意似乎在外面与人商议极为头疼的事情,并未注意到她与空明和尚的"问诊"发展到了什么情况。

纪云禾稍稍定下心来。

纪云禾勾出一个微笑:"空明,你是个明白人。你知道把事实说出去,对我,对长意都不好。我是将死之人……"

"你是将死之人,我是出家之人。我不打诳语,自然也不说闲话。"空明和尚道,"你过去的所思所想我不在乎,到底为了什么我也不想知道,但这个鲛人而今是我的朋友,从今往后,只要你不做伤害他的事,你以前做的事,我也全当一无所知。"

纪云禾沉默片刻,倏尔一笑。

"很好……很好。这条大尾巴鱼,好歹也算是有朋友的鱼了。"她心绪一动,又咳了一声,"但是……"她唇角的笑慢慢隐去,她盯着空明的眼中陡然闪现了一抹杀意,"你最好如你所说,信守承诺。否则,我会让你知道,我其实并不是个好人。"

011

"这人世,哪儿有什么好人。你放心,我不说,不是因为你,而是因为我和你想的一样。"空明道,"鲛人重情,告诉他真相,恐乱他心神,于北境大业毫无益处。而今这场纷争,虽因鲛人而起,但事到如今,已牵连了这大成国中无数的新仇旧怨。我此生所求所谋,也只有通过他现在做的事,方能实现,无论如何,我绝不会乱此大计。"

纪云禾垂下头,看着自己苍白的手背:"你清楚就好。"

空明和尚站了起来,瞥了纪云禾一眼,她身形瘦弱,几乎没有人样,他道:"虽然知你当年必有苦衷,我依旧不喜欢你。"

纪云禾笑了笑,抬头看他:"巧了,我也是。"

纪云禾观察了空明两天,诚如他所说,他一直对长意保持沉默。

纪云禾放下了心。但通过和长意住在同一屋檐下的这几天,纪云禾又发现一件让她担心的事情——长意这个鲛人……都不睡觉的。

纪云禾而今是个见不得太阳的人,所以她日落而起,日出而卧,时间颠倒成了习惯,倒也精神。但长意并不是。纪云禾以前总以为,长意每天夜里来看她,等她吃了饭就走,回去后总是要睡觉休息的。

但过了几天之后,纪云禾发现,她吃饭的时候长意在看文书,她蹲在炭盆前玩火的时候长意在看文书,太阳快出来了,她洗漱准备睡觉的时候,长意还在看文书。而当太阳出来之后,屏风前面,书桌之后,又是一茬接一茬的人捧着公务文书前来找他。

偶尔午时,纪云禾能见他用膳之后小憩一会儿,下午又接着忙了起来。晚上最多也就在她吃过饭的时间小憩一会儿。前前后后加起来,一天休息不过两个时辰。

纪云禾憋了几天,终于,在有一日傍晚吃饭时,纪云禾忍不住问了坐在桌子对面的长意:"你是想和我比比,一个月之后谁先死吗?"

长意这才将目光从文书上面转开,挪到了纪云禾苍白的脸上。再次强调:"你不会死。"

"对。"纪云禾点点头,"但是你会。"

长意放下文书:"我因故早亡,你不该开心吗?"

纪云禾笑笑,放下碗和筷子站起身来,将桌上的菜碟拂开,她半个身子趴在桌上,用双手撑着她的脸颊,黑色眼瞳直勾勾地盯着眼前的长意:"我改主意了。"

第一章 牢笼

长意不避不躲,直视纪云禾的眼睛,静闻其详。

"左右,按现实情况来看,你是不会比我早死的,所以……"纪云禾柔声道,"我打算对你好些,这样……你也能对我好些,对不对?"

长意面色依旧森冷犹如画上的凶神:"不会。"

看着长意僵硬拒绝的模样,纪云禾微微一抿唇角,掩盖住了内心的笑意。

她伸出手指,触碰长意的鼻梁,长意还是没有躲,依旧直视着她的双眸,听她微微哑着嗓音道:"长意,那是你没被女人勾引过……"言罢,她的指尖停在他的鼻尖,长意的皮肤光滑一如婴儿,纪云禾没忍住,指尖在他鼻尖轻轻揉了两圈,"……不尝试,你怎么知道会不会?"

以纪云禾对长意的了解,这鲛人一生只寻一个伴侣,男女大防,心中规矩,远胜人类。六年前在驭妖谷地牢和十方阵中时,纪云禾就知道,他实则是个对于男女之事一窍不通,非常羞涩的人。

她这般相逼,定是会让他不知所措,从而忘记刚才的问题……

纪云禾心中的想法还没落实,她摸人鼻子的手陡然被抓住。

纪云禾一愣,但见长意还是冷着一张脸,看着她,冷声道:"好。"

"嗯?"

这声好,说得纪云禾有点蒙。

"那就试试。"

"啊?"

纪云禾双目一瞪,尚未反应过来,忽然间手腕被人一拉,她趴在桌上的身体整个失去支撑,猛地往前一扑,下一瞬她的肩膀被人抓住,身形刚刚稳住之时,她的唇便被另外一双微带寒凉的唇压住了。

纪云禾双眼睁得老大,距离太近,以至她根本看不清眼前人的模样,但那唇齿之间的触感却让纪云禾根本无法忽略她所处的境况。

什……什么?

这个鲛人在做什么!

他……他……他不是一生只许一人吗!

他变了……

他完全变了!

当那薄凉的唇齿离开之时,纪云禾只觉自己的唇舌犹如被烙铁烧过一般,麻成一片。

她一脸震惊，半个身子趴在桌上，愣是没回过神来。

"试过了。"长意站起身来，披散下来的银色头发挡住了他的脸，他声色依旧无波无澜，"还是不会。"

不会什么？

就算被她勾引，也不会对她好吗？

但……但……这个问题……还重要吗……

纪云禾全然蒙了，直到长意扯出被纪云禾压在手肘下的文书，绕过屏风，坐到了他的书桌前时，纪云禾还没回过神来。

她僵硬地转头，看着前面的烛光将长意的身影投射到那屏风上，他歪坐在椅子上，一手拿着文书，另一只手也不知是捂着脸还是撑着脸，他一动不动，宛如坐成了一幅画。

纪云禾也在桌子上趴成了一个雕塑。浑身僵硬，大脑混沌。

隔了老久，半边身子都趴麻了，她才自己动了动胳膊，撑起身子，一不小心，手掌还按在了一旁的菜碟上，没吃完的青菜撒了一桌，弄脏了她的袖子。

她往后一坐，又没坐稳，一屁股坐在了地上，挣扎之下，又把自己还剩的半碗饭给撞翻了，撒了她一身……落了个满身狼狈。

而她好不容易才从桌子下爬了起来，坐稳了，往那屏风前一看，屏风前的人还是跟画一样，不动如山，不知道是聋了、傻了，还是死了……都没有让外面的侍从来收拾一下的意思。

正在房间一片死寂，死寂得几乎能听到炭火燃烧的声音的时候，外面忽然响起了两声"笃笃"的敲门声。像是一记惊雷，打破了屋内的沉寂，屏风前的人动了，纪云禾也动了，长意在忙活什么纪云禾不知道，但纪云禾开始收拾起自己这一身的菜和饭。饭粒子粘在了衣服上，她情急之下，一捏一个扁，饭粒子全在她衣服上贴紧实了。

"我今日研究出了一味药，或许有助于提升……"空明和尚拎着药箱子走了进来，他本沉浸在自己的话中，可话音一顿，又问，"你怎么了？眼睛颜色都变……哎……你去哪儿？"

屏风外的人消失了，空明和尚一脸不解地拎着药箱子绕过屏风走到后面来，看见纪云禾，他脚步又是一顿：

"你又怎么了？"

纪云禾一声清咳，难得在人生当中有这么一个让巧舌如簧的她都难

第一章 牢笼

以启齿的时刻……

"我……摔了一跤……"

空明和尚眯着眼,斜眼看着纪云禾:"饭菜也能摔身上?"

"嗯……摔得有点狠……"

纪云禾拍拍衣服,把袖子卷了起来,难得地主动配合空明和尚:"你来把脉吧,说说你刚提到的药,其他的,就别问了……"

空明和尚:"……"

第二章

印记

"长意，你这是想用你的一生来囚禁我。"

那个诡异的事件发生只在一瞬间，纪云禾却愣是别扭了许久。

其实，虽然纪云禾调侃长意没有被女人勾引过，但事实上，纪云禾也没有勾引过男人呀！这第一次下手，就遭遇这般极端事态，实在是有点出乎意料，应对不来。

但尴尬完了，纪云禾自己想想这事也觉得好笑，可笑完了，她又悟出了一丝丝不对劲的味道。

长意是什么样的人，即便他因为被背叛过，所以心性改变，变得强硬、蛮横，但他也不应该会变成一个负心薄情的浪子啊。

因为，如果他真的放浪形骸，也不用花这六年的时间，做这般谋划，将她从国师府救出，带回来折磨。

他折磨她，囚禁她，不就是因为对过去耿耿于怀，心中还看不开、放不下吗……

他一直都是一个固执的人，而这样一个固执的鲛人，会突然放弃他们鲛人一族世代遵守的规矩……放肆大胆地亲吻一个没有与他许下终身的人吗？

第二章 印记

只是为了报复，抑或是为了让她难堪？

纪云禾觉得，这个鲛人一定也有什么事情是瞒着她的。

她并不打算在这件事情上面多做纠结，于是，在又一个饭点，固执的鲛人固执地恪守着他自己的"规矩"，又来押着纪云禾吃饭了。

纪云禾拿着筷子，压下了自己的尴尬，也无视桌子对面那人的尴尬，开门见山，大刀阔斧地砍向长意："昨日，你为何要吻我？"

桌子对面的人一张脸都在文书后面，听闻此言，用文书将那脸继续遮了一会儿，不过片刻，便放了下来。

长意一张冷脸，一如往常。

"你不是想试试吗？"

"谁想试这个了！"纪云禾一时没压住自己的脸红，刚想拍桌而起，但又及时克制住情绪。她深吸一口气，用理智压住内心所有的躁动与尴尬，沉声道："长意，你知道我在说什么。"

"挑衅我的是你。"长意将文书丢在桌上，看着纪云禾，"而今诘问我的，也是你。我不知道你要说什么。"

"好，那我完整地问一遍。"纪云禾紧紧盯着他的眼睛，不错过他脸上任何一丝情绪，"你们鲛人的规矩，一生只许一人。昨日，你为何要吻我？"

烛火之间，四目相接，聊的是男女事，却全然没有半分缠绵意。

"我恪守我族规矩，并未破坏。"

半晌后，长意如是说道。

而这一句话，却让纪云禾又愣怔了许久。

她其实在问之前，心里约莫就想到了是怎么回事，但当听长意亲口说出，她心底依旧震撼："你……什么时候……"

长意道："这并非你我第一次肌肤相亲。"

闻言，纪云禾脑中陡然闪过了一个画面，是那日她从这湖心小院出逃，到了那冰面上，她惹恼了长意，长意咬了她的耳朵，破皮流血，留下了一个蓝色印记……

纪云禾摸着自己耳朵上的印记，她望着长意："你疯了。"

"只是为了困住你而已。"长意道，"我族印记，可让我念之则见之，你所在之地，所处境况，我想知道，便能知道。"

难怪……难怪……

017

在那之后，纪云禾几次试图自尽，刚掀了床单他就找来了，原来如此！

"我不是你的皮影人。"

"你不是。"他盯着纪云禾，未眨一下眼睛，"你是笼中兽。"

纪云禾倏尔一声笑，三分无奈，七分苍凉。"长意，你这是想用你的一生来囚禁我。"

长意沉默许久，半晌后才站起身来。

"吃完了让人来收拾。"他转身往屏风前走去。

"站住。"纪云禾神色十分严肃地唤住他。

长意转头，准备迎接纪云禾的再一次"挑战"，但两人相视许久，纪云禾却问道："你们鲛人……能续弦吗？"

黑袍袖中的手紧握成拳。长意一张脸比刚才更黑了几分，他未做解答，绕过屏风，手一挥，给了纪云禾一个禁制。

"哎！你回答我啊！"

但任凭纪云禾站在禁制后面叫喊，长意没再理她。

叫了一会儿，纪云禾累了，往床榻上一坐，开始琢磨起来，好在她是个命短的，要是长意还能续弦，那这便也算不得什么大事，怕就怕他们这鲛人一族脑子不好使，定了个不能续弦的规定，鲛人一族寿命又长，那不就得活活守到死吗……

应该不至于是这般愣头愣脑的一个族群吧……

纪云禾躺在床榻上忧心着，却也没想多久，便又迷迷糊糊地睡了过去。

近来，她时常犯困，空明和尚说她是身体不好了，精神不济，长意便没有在意。纪云禾其实本来也是这么以为的，但自打她梦中第三次出现那个白衣白裳的女人之后，纪云禾才发现事情有些不对劲。

今夜，是第四次了……

而这次，似乎又要不同一些。

纪云禾感觉到脚底有风托着她，往那女子身边靠去，但那女子脸上，却总是有白色的云彩遮住面容，让纪云禾看不真切。

"你是前些日子，拦我登天路的人。"纪云禾被风托到她跟前，问她，"你为什么总是出现在我的梦里？"

第二章 印记

"我想让你帮我一个忙。"女子的声音犹似从风中来。

"我不知道你是谁,为何要帮你的忙?"

"我是……"她的话语被大风遮掩,"帮我……青羽……鸾鸟……"

纪云禾支棱着耳朵,努力想要听清楚她在说什么,但风声盖过了她的声音,让纪云禾除了那几个零星的词语,听不清其他的语句。

恍惚间,脚底云彩陡然消失,纪云禾再次从空中坠落,她倏尔清醒过来,身边给她盖被子的侍女吓了一跳。

纪云禾往旁边一看,这才看见屋内有三个侍女,一个在帮她盖被子,一个在收拾餐盘,一个将先前开着透风的窗户给关上了。纪云禾隐约记得,她烧炭自尽的那日,清醒过来的时候,是长意将窗户打开了透风来着,那日的风还有点大……

她记下此事,但并未张扬:"我不睡了,不用给我盖被子。"

纪云禾如此说着,却忽然听到屏风外一阵吵闹,一个十分耳熟的女声叫着——"啊啊,我都听见了,她说她不睡了,她起了,你让空明大秃子给她治病,为什么就信不过我找的大夫,我找的大夫也能给她治!"

长意低叱一声:"休得吵闹。"

"呜……"那女子立即呜咽了一声,似害怕极了一般闭上了嘴。

纪云禾一转头,在那烛火投影的屏风上看到了三个人影,一个是坐着的长意,还有另外两个女子的身影。

纪云禾要下床,侍女连忙拦她:"姑娘……"纪云禾拍拍侍女的手,走到屏风边。因为有侍女来了,所以长意将禁制暂时撤掉了,纪云禾靠着屏风,看着外面面对长意有些害怕又有些恼怒的洛锦桑,笑了出来。

"锦桑,好久不见。"

坐在书桌后的长意瞥了纪云禾一眼,却也没有呵斥她。竟是默许了她与洛锦桑相见。

洛锦桑一转头,一双杏眼登时红透了,那眼泪珠子"啪嗒啪嗒"地就开始往地上掉:"云禾……云……云禾……"她往前走了两步,又捂着嘴停住,"你怎么……怎么都瘦成这样了……"

看她哭了,纪云禾心头也陡添几分感伤,但她还是笑道:"瘦点穿衣服好看。"

长意将手中文书拿起:"要叙旧,后面去。"

听这言语,却是不阻拦纪云禾接触洛锦桑了。洛锦桑立即两步上前,张开双臂,抱住了纪云禾。但抱住之后,她的手在纪云禾背上摸了摸,随即越发难受地号啕大哭起来:"你怎么瘦成这样了,你怎么都瘦成这样了……"

她反反复复就说这两句话,想来是伤心得一时想不出别的言语了。

纪云禾只得拍拍她的背,安慰她:"都过这么多年了,多大的人了,怎么还跟小孩一样。"

洛锦桑不管不顾地哭着,此时,旁边走过来一个青衣女子,她揉了揉耳朵,一声柔媚的叹息:"可不是嘛,吵死人了。"

纪云禾看着这青衣女子,倏尔一愣。

"青……羽鸾鸟。"

青姬看向纪云禾,笑道:"对,可不就是我这只鸟吗?"

纪云禾有些愣神,她梦中才出现过的名字……竟然在下一瞬,就变成人出现在了她的面前,这……怕不是什么巧合。

纪云禾让两人在小茶桌边上坐下。

洛锦桑的言语如同倾盆大雨倒进了装满水的缸里,溢得到处都是。她拉着纪云禾的手如老母亲般心疼了一番,好不容易被纪云禾安慰好了,她又开始倒起了苦水,拽着纪云禾哭诉自己这一路走来要见纪云禾一面有多不容易。

"自打知道你被关在这里我就想来见你……"洛锦桑往屏风处瞅了一眼,压低了声音,"我花了好多钱去买通人,还硬着头皮闯过,但都没有成功。后来空明大秃驴又和我说,让我不要费尽心机去找你,他说你快死了。我气得不行,将他打了一通,又跑去求她……"

洛锦桑没好气地指着还在打量蜡烛的青姬:"她也没用得很!还什么青羽鸾鸟呢!哼!一点都不顶用!"

青姬觉得好笑地扭头看她:"你这小丫头,还埋汰起我来了。"她眉宇间与雪三月有些相似,让纪云禾恍惚间以为,是她们三人在这湖心小院阴错阳差地重逢了,但再看仔细一些,她眼眸之间的媚态却是雪三月不曾有的。

青姬盯着洛锦桑道:"我前几日不是也帮你求了吗,人家鲛人心肝宝贝一般地看着,不答应,我有什么办法。"

纪云禾抽了抽嘴角:"心肝宝贝……"纪云禾的嘀咕被掩盖在了洛

锦桑的怒斥之中。

"你打他呀！你这身妖力都干什么吃了！"洛锦桑怒道，"你看这哪儿有心肝宝贝一般地看着，要是心肝宝贝，能瘦成这样吗！"洛锦桑拉着纪云禾的手臂晃了晃，"你看看这手！啊？再看看这脸！啊？还有这头发！谁家心肝宝贝能养成这样？"

纪云禾笑了笑，将洛锦桑拉住："我一个阶下囚，在你们嘴里倒成座上宾了。"

洛锦桑看着纪云禾，嘴角动了动，半天，才对纪云禾说："云禾，我从来不相信你会是个坏人。"

纪云禾从来不为自己六年前做过的事感到后悔或者委屈，这是她想做的事，所以她愿意承担这个后果。她一直以来都以为自己是看得极开的，直到此时此刻，听洛锦桑说出此言，倏尔心头一动。

但她扫了一眼屏风，又垂下眼眸，到最后也只是望着洛锦桑露出一个微笑，并不对她的话做任何回应。"光聊我有什么劲，我这六年牢底坐穿，一眼看透，你呢，这六年你都在做什么？吃了多少苦，又学会了多少本事？"

"我……"洛锦桑瞥了一眼屏风之外，"这是一件说来话长的事……"

这时，屋中的侍女将房间清扫干净尽数退了出去，屏风外的人倏尔也开了口："好了。时间不早了，你们该走了。"

长意下了逐客令。

"哎，等等，青姬你来都来了，快给我家云禾看看。"洛锦桑道，"你虽然不是大夫，但好歹活了这么多年，万一有法子呢。"

此言一出，长意果然沉默。

青姬撇撇嘴："那就看看呗。"她握住纪云禾的手腕，随即眉梢一挑。

洛锦桑紧张地看着青姬："怎么样？"

"你的空明和尚说她还能活多久？"

"月余。"

青姬故作严肃地点点头："依我看啊，就一个法子能救。"

三双眼睛齐刷刷地落在青姬身上，青姬站起身来，左右看看，目光落在洛锦桑身上，电光石火间，青姬从洛锦桑腰间将她的匕首拔出直指纪云禾的咽喉。

洛锦桑连声惊呼："哎！做甚？"

长意也立即行至纪云禾身侧。

"她这身体，死了最是解脱。"

洛锦桑气得大叫："我让你来治人，你怎么回事！"

"出去。"长意也叱道。

唯有纪云禾事不关己地坐在椅子上，笑弯了眼，连连点头："正合我意，正合我意。"

洛锦桑更气："云禾你说什么呢！好歹还有一个月啊！"

长意又恶狠狠地瞪向洛锦桑："都出去！"

一声呵斥，俩人都被撵了出去。

纪云禾在椅子上独自乐呵，脸都笑得有些泛红了。"洛锦桑这丫头，哪儿有她，哪儿就有欢乐，她竟然和青羽鸾鸟成了朋友……"

长意撵走了两人，脸色又臭又硬，转头看见笑眯眯的纪云禾，那脸色方微微缓了些许。

纪云禾望向长意："长意，你以后就允许她们来看我好不好？"

听闻纪云禾提请求，长意的神色又稍冷了下来，他默了片刻，随即一言不发，转身离去。

纪云禾以为他不同意，他向来是对她的要求视若无睹的。纪云禾习惯了，便也没有放在心上，本来她也就是随口提一嘴而已。

但纪云禾没想到，快到第二天早上时，朝阳未升，外面寒露尚存，楼下便传来了窸窸窣窣的声音。脚步轻快，踢踢踏踏，将人的心神都唤得精神了起来。

房门"吱呀"一声被人推开，却没有人走进来。没过片刻，那门又小心翼翼地关上了。

一个人的脚步轻轻地踩在地上，在阁楼的地板上踩出了吱吱嘎嘎的声音。

此时长意刚走不久，说是去外面处理事务了。纪云禾倚在床上正准备睡觉，忽觉身边光影一暗，隐身的洛锦桑慢慢显出了身形。

纪云禾仰头看她，洛锦桑笑嘻嘻地凑到她床边，又热情地抱了纪云禾一下："云禾，意不意外，我又来看你了。"

纪云禾微微一挑眉："没人拦你？"

"没人拦我呀。"洛锦桑笑道，"谁看得到我！"

"那你之前隐身，为什么没有成功进来？"

第二章 印记

"是哦。"洛锦桑奇怪地挠了挠头,"之前都会被湖心岛外的禁制挡住的,今天禁制没了。"

纪云禾笑笑,并未将涌上心口的暖意宣之于口。

"你这大清早的来扰我睡觉,是要做什么?"

洛锦桑拿了个包袱出来:"你看,当初你离开驭妖谷的时候,让我带走的老茶具,我一直都给你留着的。"

纪云禾低头一看,再见旧物,过去的记忆一时涌上心头,虽然没什么好留恋的事,但突然想起,倒还有几分怅然。

她收下茶具,轻轻抚摩。

"锦桑,谢谢你。"

洛锦桑挠了挠头:"茶具而已,不用谢,就是要保住它们太不容易了。"

纪云禾闻言,有些想笑地看着她:"一些不值钱的茶具而已,还有谁想要故意砸了它们吗?"

"对呀!"洛锦桑气愤道,"空明和尚那个大秃驴可坏了!六年前我不是离开了吗,然后我带着你这套茶具,像之前一样到处寻找大秃驴的行踪,但那次真是找了好久,我找到他之后,他不仅带着我交给他保护的瞿晓星,还救了鲛人。"

思及那夜明月之下,悬崖上的一剑,纪云禾心头一动。

"大秃驴说他是从河里把鲛人捞起来的,那时候鲛人都快死了,他全然没有求生的欲望,只在只言片语当中透露出是被……"洛锦桑顿了顿,"是被你所害……我当然是不信的,大秃驴却很相信他,待得鲛人伤稍好之后,大秃驴从他那儿得知了前因后果,气得要将你的这些茶具砸了,说我带着它们,就是帮恶人做事。

"这一套茶具好端端的,它们做错什么了就得被砸了。还有,你怎么可能是恶人!"

纪云禾笑了出来,一边摸着杯子一边道:"是啊,砸一套茶具能解什么气,我要是空明和尚,现在就该将我杀掉。"

"你又胡说!"洛锦桑斥了纪云禾一句,"我当时帮你解释了的。我离开驭妖谷前你不是告诉我,让我将茶具带走,在外面等你,然后林昊青会把谷主之位让给你吗。到时候,你就会用谷主的身份放鲛人走。"

纪云禾想了好半天,哦,原来她是这样说的。

"但是大秃驴嘲讽我,说这个说法奇怪得紧,怎么想都想不通,他说你连我都骗,就说你坏。"

纪云禾摸着茶杯:"你呢?你怎么说的?"

"我骂了他一通,然后走了。"

纪云禾笑得直摇头:"你骂了他一通,还能去哪儿?"

"去找雪三月呀!"洛锦桑想起当年的事,依旧觉得情绪激动,"当时我知道你因押解鲛人不力,被朝廷抓了,关在国师府里,急得我上蹿下跳,正巧大秃驴气着我了,我索性就背上东西,自己出发了。"她拍了拍纪云禾手里的茶具,"为免大秃驴趁我不在砸你的东西,我把它们都交给瞿晓星了,让他好好藏着,潜伏在北境,等我回来。你看,他也未辱使命。"

"瞿晓星也在驭妖台吧?"

"嗯,在的,六年前他一直跟着空明和尚,现在在驭妖台也有个一官半职了。他也可想见你了,就是这鲛人,昨天让我上湖心岛了,却不让他上岛,我看哪,就是觉得瞿晓星是男儿身,不待见他呢。"

"瞿晓星才多大点,那不过还是个小少年。"

"六年了,小少年都长大了。"

纪云禾笑着摇头:"后来呢?你找到雪三月了吗?"

"她之前被青羽鸾鸟带走,后来我听说青羽鸾鸟在比北境更北的地方出现过,于是我一路北上,到了极北之处,但北方太大了,我在雪原迷了路,真的是绝望到了极点。可……"言及此处,洛锦桑微微红了脸颊,她有些不自然地清咳一声,转了脑袋。

"大概是那什么天意吧,大秃驴也出现在了雪原,他救了我。"

纪云禾了然一笑:"哦,茫茫雪原,孤男寡女,患难与共?"

"对,然后我一不小心就睡了他。"

纪云禾手一抖,被托付了六年的茶具,其中一个杯子霎时间滚在地上,瞬间破裂,宛如惊雷。纪云禾张着嘴,似被雷劈哑了,一个字都吐不出来。

洛锦桑反而心疼得蹲了下去:"呀呀呀!杯子杯子杯子呀!"

纪云禾把其他杯子往床榻上一塞,将洛锦桑拉了起来:"你怎么了他?"

洛锦桑沉默了一会儿,诚实道:"睡了他。"

第二章 印记

"那你现在和他……"

"就还和以前一样呢。"

"啊?"纪云禾瞬间觉得自己不能就这么死了,她应该把空明和尚这个渣渣叫过来,问问他该不该先死一死……

"哎呀,茫茫雪原天寒地冻的,我借他阳气暖暖身子,不算什么过错吧……"

是……要是这样一说……倒还是洛锦桑占便宜了……

"那他对你,便与之前没什么不同?"纪云禾打量着洛锦桑的神色。

洛锦桑想了半天:"说没有吧,好像又有点不同,但说有吧,又好像没有那么实实在在地有……反正他这人阴阳怪气的,我体会不出来。回头你帮我一起看看呗。"

"好。"纪云禾应承了,但沉默了下,又道,"就是……拖不得,也帮你看不了几次,之后,你还是得自己为自己打算。"

言及此处,洛锦桑也沉默下来,她还要安慰纪云禾,纪云禾却又笑着将话题带了回去:"之后呢?你们离开雪原后,找到雪三月和青羽鸾鸟了吗?"

"找到了。但我们找到青姬的时候,三月姐已经没有和她在一起了。青姬说,她从驭妖谷救出三月姐之后,没多久,三月姐就走了。"

纪云禾一愣:"她去哪儿了?"

"当时离殊不是那啥吗……"

纪云禾记得,当时离殊为救出青羽鸾鸟,血祭十方阵,离殊身死,雪三月方知自己不过是离殊心中的一个关于故人的念想。

"青姬和我说,当初她救走三月姐之后,三月姐很是颓废了一阵,后来还与青姬打了一架,打完了,便说自己不再想将过去放在心上,要离开大成国,独自远走。青姬见她一身根骨上佳,便指点她去海外仙岛游历了……"

纪云禾皱眉:"青姬把雪三月支到海外仙岛去了?"

"这怎么能叫支呢?青姬说没有这四方驭妖地之时啊,许多大驭妖师和大妖怪都是从海外仙岛游历回来,方顿悟得大成的。"

纪云禾点头:"我在驭妖谷看到的书上,倒也记录过些许海外仙岛上的奇珍异草,对体中灵力大有裨益,只是最终都归类于传说志怪,没想到还能有活人现身做证……"

"对呀，我也可想去了。三月姐是不知道你遭了难，这才能安心离开，但我是不行了，我一门心思想救你，这才留下的。"

"就数你最关心我了。"纪云禾戳了一下洛锦桑的额头，"但是瞎关心，最后把我带到这儿来的，不还是那鲛人吗。"

洛锦桑闻言，不开心了："鲛人能救出你，那也是我的功劳！"

"哦？"

"青姬是看在与我的情谊上，才答应帮鲛人的！"眼看自己的功劳被人抢了，洛锦桑急切道，"我当时不是在雪原上遇见空明大秃驴了吗，我后来才知道，大秃驴并不是去雪原上找我的，他是去找青羽鸾鸟的。我在雪原迷路的那段时间，那个鲛人呀，在大秃驴的帮助下把北方那个驭妖台都攻下来了！"

纪云禾闻言，想起了自己在国师府的囚牢里听到这消息时的场景。

她点点头："我也听闻过。"

"鲛人把驭妖台的驭妖师通通赶了出去，把驭妖台建成了现在这北境的统帅之地，然后他和空明和尚就开始谋划，想要招揽天下不平之士，打破国师府一方独大的局面。大秃驴一直有这样的想法我是知道的，只是他之前一直没有找到一个拥有强大力量的驭妖师或者妖怪，又与他有同样强烈的目的，所以事情一直搁置着。但有了鲛人之后，他们就谋划上了……"

纪云禾听到此处，张了张嘴，本欲打断询问些什么，但最终还是沉默下来。

"鲛人那时在北境坐镇，大秃驴就北上雪原，试图拉青羽鸾鸟入伙。"

"嗯。"纪云禾点头，"这确实是个不错的选择。"

那时长意与空明羽翼未丰，虽凭自己之力夺下驭妖台，但未必能坐稳位置。若有百年前天下闻名的大妖怪相助，他们的实力或者名气必定大增。对这天下有所不满，却还心有顾忌的人，得知他们有青羽鸾鸟相助，必定放下不少顾忌，投奔而来。

"是呀，他们想得可不是很美嘛。但是，"洛锦桑勾唇一笑，"青姬不同意呀。"

"为什么？"

纪云禾思及十方阵中，那因青羽鸾鸟的感情而生的附妖，如此浓烈

第二章 印记

厚重的感情,她应当恨极了驭妖师。

若按照大国师那般想,青羽鸾鸟怕是要让这天下的驭妖师来给她过去的岁月陪葬才是。但有这么一个天然的机会送上门去,青羽鸾鸟竟然没有答应。

洛锦桑悄悄道:"青姬以前好像喜欢过一个人,但她出十方阵之后,得知那个人已经死了。"

"所以……"

"青姬就觉得,这个世界忒无趣,于是便不打算掺和这人世纷争,打算就在那雪原深处避世而居。"

纪云禾一挑眉,心觉这青羽鸾鸟看起来五官生媚,是红尘俗世相,但没想到这内心里竟然也藏着几分出世寡淡。

那十方阵中,留下的是青羽鸾鸟百年的不甘与爱恋,所以那附妖才那般疯狂、痴迷,但青羽鸾鸟并未那般执着。

"或许这是最好的选择……"

"哎,你别急着感慨,我跟你说,我还知道了一个惊天大秘密!"洛锦桑故作神秘。

纪云禾觉得有些好笑:"什么秘密?"

"青姬喜欢的人,你知道是谁吗?我告诉你,是……"

"知道。"纪云禾打断了她,"无常圣者,宁若初。"

洛锦桑蒙了:"哎,你怎么……"她像个孩子,有点不开心了,挑衅道,"那你知道宁若初和咱们现今天下的驭妖师当中的谁有关系吗?"

纪云禾一咂摸:"大国师?"

"哎!"洛锦桑不解,"你怎么什么都知道!"

纪云禾笑着捏了捏洛锦桑的脸:"你傻呀,咱们这世上能活那么大岁数的人,还有谁?"

"好吧,你知道大国师是宁若初的师兄吗?"

纪云禾一愣,这个……她还真不知道。

"他们师出同门?"纪云禾诧异道,"那他们的师父是谁?当初的无常圣者和如今的大国师,这般重要的两个人,为何从未有书籍记载过他们过去的关系?"

"这我就不知道了。这事啊,是当初空明和尚为了说服青姬说出来的。不过空明和尚也未曾料到青姬竟然喜欢宁若初,他只是以为当年宁若初作为最主要的那个驭妖师，主导了封印青姬一事，所以青姬应该最恨他，而宁若初死了，那青姬当然要找世上仅有的一个跟他有关系的人去报仇啦。但没想到青姬根本不关心这些。她当时说，宁若初是她和这世界的唯一关联，宁若初死了，她与世界就没有关联了。"

纪云禾有些感慨，随后又望着洛锦桑道："那你有什么本事，把她拽到这红尘俗世中啊？"

"我能喝啊！"洛锦桑得意道，"青姬爱喝酒啊，和我一见如故！我俩见面就喝了两个通宵，青姬就把我当朋友了。后来我和空明和尚走的时候，青姬答应我，为了这顿酒，愿意来北境驭妖台帮我一个忙。"

"你和空明和尚就走了？"

"走了。"洛锦桑点头，"回去又路过雪原，嘿嘿……"

"……"纪云禾揉了揉额头，看洛锦桑这德行，也不知道该不该找空明和尚问罪了。她缓了下，继续问道："你们当初没有带走青姬，那……"

是了，纪云禾想起来在她被抓了之后，前五年的时间里，朝廷的人也并没有探到青羽鸾鸟的消息，可见那时候青姬是当真与长意他们没有联系的。

"那我也没办法嘛，雪三月走了，我又没办法绑着青姬去国师府救你，靠我自己，那更是没戏了。我就只好和大秃驴回了北境，然后蹲在这边，看着鲛人和大秃驴建立自己的势力，收纳流窜的妖怪还有叛逃的驭妖师，然后一切准备就绪之后，鲛人带我去找了青姬。青姬兑现了承诺……她帮我把大国师从国师府引到北境来了。"

纪云禾问道："青羽鸾鸟如此厉害，为何不直接让她和长意一起去京师，这样说不定能闹得朝廷好些日子不得安宁。"

"我是这样说的啊，大秃驴也是这样说的，但是鲛人不是。"

纪云禾一愣。

"鲛人说，他要独自一人带你走。"

一句话，仿佛带纪云禾回到了那一夜的血光与烈焰之中，她在濒死之际看到了长意，他带她离开了那狭窄阴暗的牢笼。

纪云禾垂下眼眸。

如果说把这一生铺成一张白纸，每个情感的冲击便是一个点的话，那到现在为止，恐怕从未有任何一个人能在纪云禾这张白纸上，泼下这么多墨点吧。"

纪云禾苦笑……

"真是个专制的大尾巴鱼。"

"可不是吗！"洛锦桑还在纪云禾耳边叽叽喳喳地抱怨着，"你看看那鲛人，现在登上了北境尊主的位置，更是霸道蛮横不讲理了，他把你关在这湖心小院多久了，都不让我来见你一面，是用我的面子求来的青姬帮忙呀！他可真是说翻脸就翻脸，半点情面都不留……"

而所有的声音，此时都再难钻进纪云禾的耳朵里，她看着那扇屏风，又垂头看了一眼自己瘦骨嶙峋的手背，再次陷入了沉默当中。

…………

第二章 印记

京师，国师府。

房间内，窗纸、纱帘和床帏都是白色的，宛如在举行丧礼。

顺德公主的一身红衣在这片缟素之中显得尤为醒目，只是她的脸上也裹着白色的纱布，从下巴一直缠到额头上，露出了嘴巴、鼻子和一只眼睛。

她半醉半醒地倚在宽阔的床榻上，手里握着一个青瓷壶。

"来人！"她的喉咙宛如被撕破了，"拿酒来！本宫还要喝！"

身着玄铁黑甲的将军踏着铁履走了进来。他走到顺德公主面前，单膝跪下。他的脸上也戴着厚厚的玄铁面具，在露出眼睛的地方，隐约可以看到他脸上烧伤的痕迹可怖至极。

"公主，您伤未好，不能再多饮了。"

"不能？本宫为何不能！"

"公主……"

"我什么都可以做！我现在什么都能做！我有师父！师父……"顺德公主左右张望，未见大国师，那只露出的眼睛里满是仓皇，"朱凌，我师父呢？"

"国师为公主研制药物去了。"

"药？哈……哈哈……朱凌，来，我告诉你一个秘密。"顺德公主凑到朱凌耳边，带着醉意嘶哑道，"我，不是先皇的女儿。"

玄铁面具后面的眼睛陡然睁大，朱凌震惊得愣住。

"我，是先皇后与摄政王之女。"

朱凌愕然。

"我很小的时候，就知道了，所以我从小谨小慎微，生怕行差踏错，母后认为我是一个错误，摄政王几次想杀我，我害怕……"她哑声说着，在朱凌耳边哭了出来，"我怕……在深宫之中就那么死了……直到师父……师父看见了我。

"他看见我了，所以我才成了真正的公主。他捧着我，我就被众星拱月，我就是天之骄女，连我的弟弟，那正统的皇子也必须将帝位与我平分。但是……他不是捧着我，他是捧着这张脸。"

她抓着自己脸上的绷带，十分用力，以至露出了缝隙，让朱凌看到那纱布之下溃烂的皮肉。

"我用这张脸，得到了全部，如果我失去了它，我就会失去全部。可我的脸毁了……"

她站在原处，忽然之间，像是发疯了一样，狠狠地将手中的酒瓶砸在地上。

"这天下负我，我就要负天下！有人伤我，我就要杀了她！那驭妖师纪云禾首当其冲！"

朱凌看着她，也紧紧地握了拳头："公主，我愿如你所愿。"

"不，我要亲手杀了她。"顺德公主转过头来，露在纱布外的眼睛泛着血腥的红光，盯着朱凌，"纪云禾被炼成了妖怪，所以拥有了她本不该有的力量。朱凌，我要拥有比她更强大的力量。"她走向朱凌，"你在牢中帮我挡住了烈焰，你和我一样，被噬心烈焰焚烧，朱凌，我只相信你，我要你帮我。"

朱凌再次跪于地面，颔首行礼："诺。"

…………

翌日清晨，大国师拿着一盒药膏走入顺德公主的房间，刚走到床榻边，顺德公主就已经睁开了眼睛，她透过纱布，看着多年以来一直未曾变过容颜的大国师。

"师父。"

"嗯。"

"新的药膏，制好了？"

"嗯，这个药膏用了有些疼，但敷上月余，必有奇效。"

"师父，"顺德公主哑声道，"药膏太疼了，好像要把我的肉剜了，再贴一块上去。"

而大国师的声音并无任何波动："能治好，那就剜了，再贴。"

顺德公主沉默了片刻："那师父，我想要个奖励，奖励我忍受了这么多痛苦……只为达成你的愿望。"

须臾后，大国师道："你要什么？"

"你从未让人看过的禁术，秘籍。"

"好。"大国师道，"我给你。"

顺德公主闻言，嘴角僵硬地微微弯起，她看着大国师将她脸上的纱布一圈一圈地摘下，她不再看大国师，垂下眼眸，看着自己丑陋的手背。

"谢师父。"

第三章
鲛珠

"我要给,你就必须要。"

接下来的几天,洛锦桑总是在朝阳初升的时候偷摸来湖心小院探望纪云禾。

洛锦桑一开始以为是她的本事大,隔了几天,她才意识到,每次她过来的时候,长意都刻意避开,留出空间让她们叙旧。洛锦桑方才承认,是长意默许了她的这种行为。

洛锦桑有些搞不懂,她问纪云禾:"云禾,你说这个鲛人到底是什么意思啊?他到底是希望你好呢,还是不希望你好呢?"

纪云禾靠在床头,笑眯眯地看她:"你觉得呢?"

"这个鲛人在救出你之前啊,我每次提到你,他都黑着一张脸,可凶了,跟有什么血海深仇一样。弄得我一度以为,他救出你就是为了亲手杀了你。但现在看来,完全不是这么回事嘛!"洛锦桑摸着下巴道,"我觉得啊,他前段时间还是虐你虐得有模有样的,但自打你寻死之后,好像事情就不简单了。"

纪云禾还是笑着看她:"怎么就不简单了?"

"他这哪里像是关着一个犯人呀?简直就是金屋藏娇!特别是你身

体不好，这关着你明明就是保护你，要是空明大秃驴愿意这样待我，那我心底肯定是欣喜的。"

纪云禾笑着摇摇头，不置可否。

…………

此后两天，洛锦桑得知长意默许了她来，便得寸进尺地将青姬也拉了过来。

纪云禾看着青羽鸾鸟与洛锦桑闲聊，恍惚间会觉得，自己其实只是这世上最平凡的一个女子，嫁过了人，在闺房之中每日与闺中姐妹闲聊唠嗑。只是她们的话题，逃不开外面的乱世，还是时不时提醒着纪云禾，她的身份。

纪云禾是真的喜欢青姬，她的随性与洒脱，是源于内心与外在的强大力量，只有在拥有主导自己生命的能力时，才会有这般的自信。

她被所爱之人用十方阵封印百年，等出阵之时，却得知爱人已死。她没有恨，也没有怨，坦然接受，接受自己爱过，也接受自己的求不得。

洛锦桑每每提到宁若初，为青姬抱不平时，青姬都摆摆手，只道自己看错人，受过伤，过了也就过了。

纪云禾很佩服青姬。

有了洛锦桑与青姬，纪云禾的日子过得比之前舒坦了不少，但日子越长，她身体便越是懒，过了两日，她连床都不想下了。

有时候听洛锦桑与青姬聊着聊着，她的神志便开始恍惚起来。纪云禾甚至觉得，就算长意现在放她自由，让她走，她怕是也走不了多远了。

时日将尽的感受越发明显，她每日睡觉的时间也越来越长。

每次她一觉醒来，长意多半会守在她的床边，不忙碌不看书，只是看着她。直到纪云禾睁开眼，长意才挪开目光。

纪云禾打趣长意："你是不是怕我哪天就不睁眼了？"

长意唇角几乎不受控制地一动，将旁边的药碗端起来，递给纪云禾："喝药。"

纪云禾闻着这一日苦过一日的药，皱起了眉头："日日喝夜夜喝，也没见有什么好转，长意，你要是对我还有点善意，便该帮我准备棺

第三章 鲛珠

材了。"

长意端着药，盯着纪云禾，直到将纪云禾看得受不了了。她叹了声气："大尾巴鱼，你脾气真是倔。"她将碗接过来，仰头喝了，却没有直接递给他，而是在手中转了转，看了看碗底的残渣："你说，要是有一天，你这药把我喝死了，可不就正好成全我了？"

纪云禾本是笑着打趣一句，却不想她一抬头，看见的却是长意未来得及收敛的神情——呆怔、失神，宛如被突然扼住心尖血脉一样，被纪云禾"打"得心尖颤痛。

纪云禾不承想会在如今的长意脸上看到这副神情。

"我……说笑的。"纪云禾拉扯了一下唇角，"你让我活着，我才最是难过，你不会那么容易让我死的。"

长意从纪云禾手中将碗接了过去。

他一言不发地站起身来，转过身，银色的长发拂过纪云禾的指尖，那背影一时间没有挺直，失了平日里的坚毅。

纪云禾有些不忍看，她低头，连忙转了话题："今日我听锦桑丫头说，朝廷那边好像把林昊青召入京城了。"她问，"朝廷与北境的争执这么多年了，其间虽然与各方驭妖地有所合作，但还是第一次将林昊青召入京中，他们可是要谋划什么？"

通常，长意只会回答她——与你无关。

但今日长意似乎也想转开话题，他转身走到屏风前，道："想谋划什么都无所谓。朝廷与国师府，人心尽失，林昊青也帮不了他们。"

要走到屏风后时，长意终于转过头，与纪云禾对视。

纪云禾冲他微笑："你先忙吧，我再睡会儿。"

言罢，纪云禾躺下了，盖上被子，阻断了长意的目光。

她在被窝里闭上眼，心里只有庆幸。

还好还好，还好她与长意尚未有长情。

谁知道她此时多想与君终老，只是她却没有时间与君朝朝暮暮了……

纪云禾闭眼睡着了，她感觉到自己似乎又开始做梦了。

窗户微微开着，外面的风吹了进来，晃动她床边的帘子，她在梦里也感受到了这丝寒意，却没从梦中走出，那白衣女子像是被这寒风拉扯着，终于到了她的身边。

第三章 鲛珠

白衣女子伸出手来，纪云禾不明所以，却也鬼使神差地伸出手去。

纪云禾清晰地知道自己是在梦中，也清晰地知道自己这般做似乎有点危险，但她还是如此做了。

她眼看着那女子将她的手掌握住。

"你的时间不多了，我把眼睛借给你。"

她的声音从未如此清楚地出现在纪云禾脑海之中。

白衣女子的手贴着纪云禾的手掌一转，与纪云禾十指紧扣。

"嘭"的一声，好似心跳之声撞出了胸膛，荡出几里之外，纪云禾陡觉浑身一颤，双眼猛地睁开。面前的白衣女子倏尔消失，一片白光自纪云禾眼前闪现，宛如直视了太阳，短时间内，她什么也看不见。

待得白光稍弱，即将退去之时，纪云禾远远看见白光深处，倏尔出现了一个少年与一个女子，那少年，纪云禾只看到一个剪影，她不认识，但女子她是识得的，那不就是……纪云禾在梦中见到的那个女子吗。

他们面对面站着。

那少年亦是一身白衣，他仰头望着女子，眼中满是崇拜与爱慕。

而这一幕，短暂得好似幻影一般，转瞬即逝，待纪云禾一眨眼，面前又只剩下这一片惨白的光，连那白衣女子的身影都看不见了。

"这是什么？"

"是我缅怀的过去。"女子的声音出现在纪云禾脑海中，白衣女子没有出现，但纪云禾知道，这是她的声音，她说，"你现在看到的，便是我曾经看过的，此后，我的眼睛便是你的眼睛。"

纪云禾一怔："把眼睛借给我？为什么？你到底是谁……"

"告诉青姬，"女子并不回答她，只自顾自地说道，"是大国师，杀了宁若初。"

随着她的话音一落，纪云禾眼前再次出现一个画面。

是……大国师……不过是年轻的大国师。

年轻的大国师站在另外一个青年面前，与他一边说着一边在纸上画着，而那纸上画的俨然是驭妖谷的十方阵阵法。

不用猜，纪云禾看到的，是当年的大国师与宁若初！

大国师在给宁若初出谋划策。

十方阵，是大国师告诉宁若初的？

035

宁若初似乎在质疑些什么，大国师却将纸一收，转身离去，宁若初便又立即追了上去，将画着十方阵阵法图的纸拿了回来。

纪云禾睁大双眼，却有些困惑："他们……不是师兄弟吗？为什么？而且宁若初不是因为成十方阵而身亡的吗……"

"他骗了宁若初。"女子道，"他告诉宁若初，成十方阵只需要十个大驭妖师的力量，他告诉宁若初，十方阵不会杀掉青羽鸾鸟，也不会让宁若初死去，他与宁若初说，成十方阵后，宁若初可以进入十方阵。"

纪云禾一愣，看着当年的师兄弟二人，倏尔想到之前在十方阵中，青羽鸾鸟造的那个小院，院中潭水里的附妖鸾鸟，那是青姬这百年的不甘与爱恋。

纪云禾与长意当年能从十方阵残余力量中出去，是因为纪云禾打扮成了宁若初的模样，附妖鸾鸟才且舞且行，消失不见。

原来……当年的宁若初并没有欺骗青姬？

他是真的认为自己可以到十方阵中陪着青姬的。

只是因为……他也被大国师欺骗了？

"告诉青姬，大国师杀了宁若初，告诉她，去复仇。"

纪云禾陡然转身，四处张望，却怎么也找不到那白衣女子的身影。

"你又是谁？你为何会知道？你为何将此事告诉我？为何要促成此事？"

"我要他死。"

"谁？大国师？你想让青姬杀了他？"

"这是我的赎罪……"

她话音一落，纪云禾还待继续问下去，忽觉耳边的风一停，额间传来一阵刺痛，紧接着眼前白光退去，女子声音消失，她在经历短暂的黑暗之后，慢慢地睁开了双眼。

眼前，是空明和尚眉头紧皱的脸，此时，他正将一根银针从纪云禾额间拔出。"醒了。"他说着这两个字，紧皱的眉头微微松了一些。他站起身来，退到一边，纪云禾这才看见在空明身后站着的长意。

长意的面色是纪云禾鲜少见过的僵硬与苍白。

他看着她，好像还没反应过来似的。

直到纪云禾坐起了身，长意方才目光微微一动，宛如一潭死水被一滴水打破平静，荡出千般涟漪。

第三章 鲛珠

纪云禾有些不明所以:"我不过睡了会儿,你们这是怎么了?"

空明和尚将银针收入针袋子,冷笑一声:"一会儿?你躺了两天了!"空明和尚睨了长意一眼,"这不知道的,还以为是我开的药药死了你。"

听到前面的话,纪云禾十分意外,她在梦中不过只感觉到过了须臾,竟然是……昏睡了两天……

紧接着听到空明后面的话,纪云禾又觉得好笑。

看长意这个表情,莫不是以为她睡觉前与他开的玩笑一语成谶了吧……

纪云禾带着几分笑意看向长意,却见长意衣袍一动,不等纪云禾反应过来,两步便迈到纪云禾的床边,纪云禾愣愣地仰头看他,一眨眼间,长意竟然捏住了纪云禾的下巴,将她的头一抬。

在纪云禾与空明都在发蒙,不知道他要干什么的时候,长意的唇压在了纪云禾的唇瓣上!

又来!

又来!

纪云禾瞠目,双眼惊得恨不能鼓出来。

旁边的空明和尚手上的针袋"啪嗒"掉在了地上,且他还不自知。

待纪云禾反应过来,抬起双手要将长意推开,但她现在浑身的力气还不如一只鸡大,长意单手将她的手腕一拐,便彻底制住了她。

便在此时,长意胸膛间有蓝光闪烁。

似乎是意识到他要做什么,空明和尚陡然从震惊之中醒了过来,他一声叱骂:"你疯了!"当即迈步上前,要将长意拉开,可未等他靠近长意,便倏尔被一股巨大的力量弹开,力道之大,径直将空明和尚弹在墙上。

长意的唇瓣还是那么轻柔,蓝色的光华流转,自他胸膛浮至喉间,最后进入了纪云禾的口中,根本未给纪云禾反应的机会,那蓝色的珠子便消失在了纪云禾的身体之中。

长意的唇在她唇上留连片刻,才终于放开了她。

空明从地上爬起来,怒火中烧:"你这个混账鲛人!是脑子不清楚了吗!外面与国师府的弟子打成那般模样,你却把你的鲛珠给她续命?"

鲛珠?

037

驭妖师的灵力源于双脉，而妖怪的妖力则源于他们的内丹，鲛人的内丹，便被称为鲛珠。长意把自己的鲛珠给了纪云禾，那便是用自己所有的妖力，给纪云禾续命，他自己……则会变成一点妖力也无的妖怪……

他……

"你当真疯了。"纪云禾抹了抹唇，亦是望着长意如此道，"我不要，拿回去。"

长意依旧捏着她的下巴，蓝色的双瞳犹如大海的漩涡，要将她吞噬进去。他道："我要给，你就必须要。"

"我不要！"纪云禾一声怒斥，一把挥开长意的手，欲将腹中鲛珠吐出来。

但下一瞬间，她便被长意捂住嘴，径直摁倒。

动作再次被禁住，长意冰蓝色的眼瞳看似冰凉，但暗藏汹涌："我没给你选择的权利。"

"你不给她选择的权利，也不给我选择的权利？还不给北境这么多投靠而来的人选择的权利？"空明和尚气得指着长意的后背痛骂，"为了一个女人，耽误些时间便也罢了，鲛珠也给出去？到时候大国师若突然带领国师府弟子前来攻打，怎么办？你还指望这北境的风雪替你挡一挡？"

"顺德重伤未愈，大国师不会前来。"

"那位喜怒无常、阴晴不定的脾气远胜于你！你又如何这般确定？"空明和尚又斥了两句，但见长意并无放开纪云禾的意思，连说了三声"好"。他道："你做了北境尊主，我怕是也辅佐不了你了！随你！"

空明一脚踢开地上的针袋，拂袖而去。

纪云禾但见唯一能帮她骂骂这个大尾巴鱼的人都走了，心里更是又急又气，拼命挣扎，几乎顾不得会弄伤自己，长意眉头一皱，这才松手。

纪云禾急急坐起来，手在床榻上摸了一番，自然没找到任何武器，她气喘吁吁地缓了一会儿情绪，按捺住了动手的冲动，她盯着长意："别的事便罢了，鲛珠一事，不能儿戏。拿回去。"

"儿戏？"长意看着纪云禾，倏尔自嘲一笑，末了，笑容又冷了下去，只冷声道，"便当我是儿戏，与你何干？你如此想将鲛珠还我，莫不是与空明一样，也替我操心这北境之事？"

纪云禾唇角一紧，冷静道："长意，北境不是你的事，是家国事。"

"是你们的家国事。"他抬手，指尖触碰纪云禾的脸颊，"你们把我拉到了这人间，我早已迷了来时路。"

纪云禾目光一垂，顺着他银色的长发，看到他那双腿，他已经很习惯用这双腿走路了，以至让纪云禾险些忘了，他拥有那条巨大尾巴时的模样。

她心头一痛。

"当年，你该回去。"

长意冷笑："回哪儿？"

"大海。"纪云禾闭眼，不忍再看长意，"你不该执着于那些仇恨的，也不该深陷于仇恨。"

长意默了很久，直到纪云禾以为他不会再回答……

"我执着的，陷入的，从一开始就不是仇恨。"

纪云禾闻言微微诧异，她抬眼，与长意四目相接。大海一样的眼瞳与深渊一样的目光相遇，他们在对方的眼中看见了彼此。

长意没开口，纪云禾却仿佛听到了他藏匿的言语。

我执着的，陷入的，不是仇恨——是你。

纪云禾心头莫名一痛。她立即转开了目光，想要逃离那片汪洋大海。她选择回到现实。

"你知道，即便是你的鲛珠，也不能真正地帮我续命。"

长意这次是真的沉默了下来。

"长意，来投靠北境的人，将生命、未来、一腔信任托付于你……"纪云禾顿了顿，"你知道被辜负的感受，所以……"

似是不想再听下去了，长意站起身来。"没有鲛珠，我也可安北境。"

他离开了，留纪云禾一人坐床榻之上，她捂住了脸，发出一声长长的叹息。

…………

京城，公主府。

顺德公主脸上的绷带已经取下，她坐在竹帘后，面上还戴着一层面纱。朱凌一身重甲，守在顺德公主身侧。

朱凌手上捧着几个娇嫩的鲜果子。

冬日时节，能得如此鲜嫩的水果十分不易，顺德公主拿了一颗扔在地上，然后以赤脚踩上去，将那浆果踩得爆浆而出，汁水溅出，落在竹帘外的人的鞋背之上。

林昊青看了一眼自己的鞋背，躬身行礼："公主。"

"林谷主，怠慢了。"

顺德公主又拿了一颗浆果，丢到竹帘外。浆果滚到林昊青跟前，碰到他的鞋尖，停了下来。

"这小果子，吃着与别的果子无甚不同，踩着却甚是有趣，这外壳看似坚硬，但一脚踩下，便脆生生地裂开了，里面汁水爆出，感觉好不痛快，林谷主，不如也试着玩玩？"

林昊青一脚将浆果踩碎："公主诏令，千里迢迢唤臣前来京城，敢问有何要务？"

"便是让你来踩果子的。"

林昊青不动声色，静候下文。

顺德公主在帘后站了起来，她将朱凌手上的果子尽数撒到地上，走一步踩一个，浆果碎裂之声不绝于耳，直到将所有的果子都踩完了，顺德公主这才停了下来，因为动作过激，她有些喘息。

"你如今做了六年的驭妖谷谷主，将驭妖谷打理得很是妥当，在驭妖师中，你的声望也日益增长。"

"职责所在。"

"林谷主，管好驭妖谷，是你职责的一部分，为朝廷分忧，才是你真正该做的。"顺德公主走回自己的位子上坐下，"这些年，在与北境的战争当中，除了国师府的弟子们，你们这些驭妖之地啊，看似在帮朝廷，实则如何，你心里清楚。"

林昊青眉头微皱，立即单膝跪下："公主……"

顺德公主摆摆手："罢了，今日你不用与我说那些虚言。我命你前来，也不是要听这些。北境成为朝廷心病已有多年了，几方驭妖地未尽全力剿灭叛军，本是过错，我本欲将那寒霜之毒，投入山川江河之中……"

竹帘后，面纱里，顺德公主唇带笑意，眸色却如蛇一般恶毒。

林昊青袖中的手微微握成拳。

第三章 鲛珠

"寒霜之毒,你是知道的,于人无害,于妖无害,却独独能杀双脉者。"

林昊青抬头,看向顺德公主:"公主,你亦身为双脉者,国师府众人也皆乃双脉……"

"皇城宫墙,京师护城河,还护不住国师府与我吗?但你们其他的驭妖师那般多,我不求杀尽,杀一个是一个……"

林昊青眸色微冷。

"不急。这只是我本来的想法,我叫你前来,其实是想嘉奖你。你这些年做得很好,深受诸位驭妖师的信任,所以,我想让你统领三方驭妖之地,共伐北境,我可以承诺你,只要拿下北境,朝廷将不再限制驭妖师的自由。当然,如果你不要奖,那我便只好如先前所言,罚你了。"

殿中,气氛静默,良久之后,林昊青道:"公主如今为何寻我来?"

"先前只想灭了北境的叛军。而今,想在灭叛军之前,先抓一人,而你,是所有驭妖师中最熟悉此人的。"

"公主要抓纪云禾?"

"对,我想……把她的眼珠挖出来,当浆果一般玩。"

林昊青沉默。

"怎么样,林谷主?"

林昊青垂下头,看见满地的浆果,浆果深红色的汁液未被擦干,宛如一团团烂肉被丢在地上,难看且恶心。

…………

"林昊青要率各方驭妖地的驭妖师攻打北境?"

纪云禾从洛锦桑口中得知这个消息,先是震惊,而后困惑。

先前几年,长意与一众人初来北境,朝廷未能一举将其歼灭,其中多亏几方驭妖地与朝廷"貌合神离",这才给了北境壮大的机会。

林昊青也用这段时间稳固了自己的地位,让各方驭妖地都信服于他。

纪云禾如今说不上对林昊青有什么样的观感,从她了解的信息来看,林昊青或许不是一个好人,但他是一个好的"掌舵人"。北方驭妖台被长意等人占领之后,驭妖台原本的驭妖师一部分投靠了北境,一部分南下去了驭妖谷。

林昊青接纳了驭妖台的人,借朝廷与北境争斗的时机韬光养晦,联合东方和西方的驭妖地,携手共进,培养了不少好手,也积攒了不少实力。

纪云禾本以为,按照这个势头发展下去,未来或可成朝廷、驭妖谷、北境三足鼎立之势。

但万没想到,林昊青竟然答应了朝廷伐北……

"有些蹊跷……"纪云禾呢喃出声,洛锦桑闻言,看了纪云禾一眼,"什么蹊跷,我觉得鲛人行事才蹊跷呢。"她道,"他竟然当真把鲛珠给你了?你的身体也真的好了?"

纪云禾闻言,心里更愁了。

长意没有鲛珠,拿什么去和驭妖师打?

一旁的青姬一边喝茶,一边吃着干果,将洛锦桑的话头接了过去:"要是妖怪的内丹能给人续命,以如今这世道的形势,怕是妖怪早被驭妖师抓去给王公贵族们当药吃了吧。"

洛锦桑转头看青姬:"那是何意?这鲛珠并不能给云禾续命?"

青姬把她的茶杯往桌上一推,茶杯中尚有半盏茶,她指着晃动的茶水道:"你家云禾的身体就像这杯茶,算来算去,也就这点茶水了。我手上这颗干果,就像鲛珠。"青姬将干果丢进半杯茶水里,茶水立即满了杯,"这样,茶水看起来是多了,但其实并没有任何区别。"

洛锦桑看看茶杯,又看看青姬,最后目光落在纪云禾身上:"那就是说,云禾只是看起来精神好了?这鲛珠并没什么实际的用处?"

"实际的用处就是看起来好了。"青姬将茶水连同干果一起倒进嘴里,吞了水,将干果嚼了嚼,也吃掉了,"临行前,也少受点苦累。"

"啊?"洛锦桑站了起来,她盯着纪云禾,"这事你知道?"

纪云禾点点头:"我与他说了……"纪云禾又是一声叹息,气道,"这大尾巴鱼长大了忒不听话!"

"那也就是说鲛人也知道?"

青姬替长意答了:"他当然也知道。"

"那他疯了吗?还搞这一出做什么?现在驭妖师们来势汹汹,他没有鲛珠……"

青姬瞥了洛锦桑一眼:"你怎生今日才问这话?依我看,这鲛人早便疯了。"青姬瞥了纪云禾一眼,"不过也挺好,我如今便是想为人疯一次,也找不到那人了。"

青姬此言让纪云禾微微一愣，她倏尔想起了那梦中的白衣女子，还有那些关于当年的真相。

纪云禾看着青姬，嘴唇微微动了动，对于要不要将没有确定的梦中事告诉青姬，她有些犹豫。思索片刻，纪云禾打算用别的方法先旁敲侧击一番。"说起来，青姬，我听说，宁若初……与而今的大国师，曾乃师兄弟。"

青姬喝着茶，应了一声："嗯。"

"我很好奇，他们曾经的关系如何？"

青姬奇怪地问："你好奇这个做什么？"

"大国师曾说，他要为天下办丧，是以，而今天下大乱的局势，在我看来皆是他一手纵容出来的，我想知道为什么。他为什么这么厌恶天下人。"纪云禾故意道，"是因为宁若初的死吗？"

青姬笑了："当然不是。他们师兄弟的感情虽好，但是也没好到那种地步，说来，关于这个大国师，我也是不明白，我在那封印里待了百年，一出来，他怎么就变得这么坏了。"

洛锦桑也起了好奇，关于大国师这个传说中的人物，这人世间所有人对他都是好奇的。

"怎么？"洛锦桑道，"他以前还是个好人？"

"至少是个正常人。"

青姬的话倒是将纪云禾说迷糊了。

按照梦中人的说法，大国师设计害了宁若初，害宁若初与青姬天人相隔，但在青姬的口中，这个大国师却只是宁若初再普通不过的大师兄。

除非是……大国师骗了当年的宁若初和青姬。

那又是为什么呢？

他为什么要害宁若初和青姬，又为什么在那之后"变坏"，坏到要为天下办丧？他一直放在心里的那个女子，又是谁？

"那怎么现在变成这样了？"洛锦桑也奇怪，复而又想起了什么，眼睛一亮，问道，"那宁若初那么厉害，大国师也那么厉害，他们师父到底是何方神圣啊？还在吗？能让我也去拜师学艺吗？"

是了，纪云禾倒还忽略了，能同时教出这两个徒弟，那师父势必也不简单。

"他们的师父我没见过，宁若初不常与他师父联系，一般是他师兄……哦，就是你们口中的大国师，他们师徒二人一同云游天下。后来，不知怎的，他师兄云游回来，那师父便再无消息了，再之后，我也就什么都不知道了。"

师徒二人……云游天下……

纪云禾倏尔脑中灵光一闪……

那些地牢中的游记！

难道……

仿佛是要揭开一个天大的秘密，纪云禾的心脏倏尔跳得有些快起来。"那他们师父，是男是女？"

"是个女子。"

纪云禾屏息道："喜着白衣？"

青姬一挑眉："你如何知晓？"

纪云禾深深吸了一口气。

大国师深爱这么多年不肯忘怀的竟然是……他的师父！

纪云禾知道，百年前驭妖师与妖怪尚且不是如今这样，没有四方驭妖地囚禁驭妖师，所有有双脉的孩子，但凡想要走上驭妖师这条路的，便要寻个师父，学好这门"手艺"。

而控制双脉之力，并非容易之事，尤其是要成为大驭妖师，则必须从小学起，拜了师父，那师者便如父亦如母。师徒之间，规矩森严，教条众多，即便是到了如今，四方驭妖之地建立，师徒关系依旧是不可逾越的，一如她和林沧澜，若叫人知道她助林昊青弑父，那也是天理不容的过错。

而这大国师在当年竟然会对自己的师父有了那般情愫，还执着至今，如此深情，实在是令纪云禾难以置信。

她沉默着，未将梦中人的话直接说给青姬。

说到底，她依据的也不过是一场梦和一些自己的猜测推断罢了，未坐实的事，她还不能告诉青姬这个当事者。毕竟以纪云禾现在的观察来看，青姬其实并没有完全放下宁若初。

青姬内心里的不甘与深情并不少，只是人已故去，她再计较又能计较什么？

第三章 鲛珠

但若她知道当年是大国师策划了这一切，那她必不会善罢甘休，甚至真的会如梦中女子所言，不顾一切前去与大国师一战。当今世上能与大国师一战的人，或许真的非青羽鸾鸟莫属，但这百年来，未有人见过大国师动真格，青羽鸾鸟的实力如何，也很难确定，这两人若动起手来，谁输谁赢，难以预测……

纪云禾如今是万不希望青姬出事的。

且不说在势力上，有青羽鸾鸟坐镇北境，能给北境之人带来多大的慰藉，便说以如今她与青羽鸾鸟的私交，她也不希望青羽鸾鸟出事。

纪云禾抿着唇，未再言语。

此后几日，纪云禾希望自己能在梦中再见一眼那白衣女子，希望能将这些事情都问清楚。但任凭纪云禾睡前如何祈祷，都未再见到她。

好似她身体越差，离死越近，便越是能清楚地看见那女子。她身体好些了，哪怕只是看起来好些了，也看不到那女子了……

莫非这世上还真有神鬼一说……

没时间让纪云禾思考这些问题，林昊青率领各方驭妖地的驭妖师气势汹汹地向北境而来。

长意每天更加繁忙了，好几日，纪云禾都没与长意说上话，但神奇的是，每天傍晚当纪云禾睁开眼睛的时候，总能看到长意坐在自己床边。

直到她睁开眼，长意才会离开。

又一日，纪云禾醒来，却没急着睁眼，她感觉到自己的手腕被人轻轻握住，有凉凉的指尖搭在她的脉搏之上，她转动了一下眼珠，睁眼的瞬间，那指尖便撤开了去。

这婉转的心思，隐忍的情绪，让纪云禾心头一声叹息。在那人离开之前，她手一转，一把拉住了他的手腕。

纪云禾睁开眼，看到长意银色的发丝划过她的手背。

"长意。"纪云禾仰头，看着他的眼睛，那冰蓝色的眼瞳中涟漪微荡。

"林昊青，你打算如何应对？"

听到纪云禾开口问的是此事，长意眸中涟漪骤停。

"怎么？纪护法这是念着旧情，打算为那林昊青求情吗？"空明和尚的声音从长意身后传来，纪云禾侧过头，看见正在小茶桌边整理针袋的空明和尚。

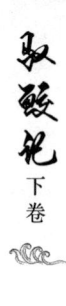

空明和尚拿着银针走了过来，揶揄道："有这工夫，不如劝劝这鲛人将鲛珠拿回去。"

长意拂开纪云禾的手："我心中有数，无须他人多言。"说完转身离开，坐到了那屏风前。

禁制又起，横亘在他们之间，纪云禾回头，便被空明和尚在脑门上扎了一针，这一针扎得生疼，也不知是在治她，还是在撒气。

纪云禾倒也没纠结这些小情绪，只看着空明道："林昊青受顺德公主之令，携各方驭妖地的人来势汹汹，你们万不可与其硬碰硬。北境实力如何，多年交战，顺德公主心知肚明，她行此招的目的，或许并不是让林昊青灭北境，而是让你们互相消耗……"

空明和尚瞥了纪云禾一眼，一边给她扎针，一边道："哦？那依护法看来，我们当如何是好？"

"目的不是战，而是不战而屈人之兵。以阵法拖住他们的脚步，缓住势头，劝降林昊青。"

"也难怪鲛人喜欢你。"空明瞥了纪云禾一眼，"想的东西，倒是一模一样。"

纪云禾一愣。

空明收了针袋："已经这般安排下去了，前日开始，众人便忙着在前方布阵，还有两三日驭妖师的大部队就来了，阵法刚好能成，困他们十天半月，不是问题。"

纪云禾垂眸，勾唇笑了笑："这样很好。"

长意能有自己的打算与谋划，非常好。

想来也是，这六年将北境发展到如此地步，除了空明和尚的助力，长意自己必定也成长不少。倒是她太小瞧这鲛人的心计了。

"而今，唯一棘手的是如何劝降林昊青。"空明和尚瞥了纪云禾一眼，"依我之见，待众驭妖师踏入阵法之后，最好能由你出面前去谈判，你是最了解林昊青的人，只是鲛人不同意。我也不知道你能不能活到那个时候。"

"我还有多久？"

"你血脉力量尽数枯竭，五脏六腑也已是枯槁之态，我估摸着，也就这几日了吧。"

纪云禾沉默了片刻："你告诉他了吗？"

第三章 鲛珠

"没必要瞒他。"

哦……原来如此,难怪在她清醒之前,长意会把着她的脉搏,是害怕她在梦中便不知不觉地去了吗……

哪怕她身上还有他的印记,还有他的鲛珠,还被关在这方寸屋内……

这一夜,纪云禾看着屏风前的烛火一直点到天亮,及至第二天晌午,那禁制才撤了去,长意走到屏风后,见纪云禾还醒着,他皱了皱眉头。

"你该睡了。"长意道。

"以后睡的时间多着呢,让我多睁眼看看吧。"窗户微微开着缝,外面的日光透过缝隙洒在长意身上,他的银发在冬日的阳光下显得那么柔软、干净。纪云禾微微勾起唇角,"看不了远方的美景,多看看眼前的美人也好。"

长意一怔,微微眯起了眼。"纪云禾。"他语气不善,似对纪云禾这般语气十分不满。

或许是因为她这样的语气,让他想到了从前吧……

"唐突了,唐突了。"纪云禾笑笑,"长意,你坐。"纪云禾顺手拍了拍自己的床榻边缘。

长意瞥了一眼她的手。一般他是坐在那儿的,但当纪云禾主动让他坐过去的时候,他却一迈步坐到了一旁的小茶桌边。

别扭得紧……

"长意,林昊青不日便要到北境了,你打算派何人前去洽谈?"

长意眸光一转,扫了一眼纪云禾凹陷的脸颊,又似被扎痛了一样转开目光。

"不是你。"

"得是我。"纪云禾道,"我在驭妖谷中与他相斗多年,但实则……另有隐情。他与我,亦敌亦友,或者也可以说……他和我之间,算是彼此在这世上最后的亲人了。"

"哦?"一声轻笑,夹杂着许多长意自己也未意想到的情绪,脱口而出,"我竟不知,你与林昊青竟如此亲密?"

纪云禾对于长意的情绪何等敏锐,她与长意四目相接:"我……"

她解释的话未出口,外面的门忽然被人一把推开,洛锦桑急匆匆地

047

跑进来，还没站稳，便扬声道："鲛人鲛人，林昊青他们在阵法之外停住脚步了！"

长意与纪云禾皆是一愣。

这几日洛锦桑不在北境，便是被派出去探查消息了，她会隐身，能潜入许多其他人去不到的地方打探最隐秘的消息。

她在屏风前没看到长意，屏风间没设禁制，便又飞快跑到屏风后。

"他们好似察觉了阵法，所有人都停在了阵法之外，他们现在不打算进攻了，像是想要断了北境与外面的联系！"

长意眉头微蹙。

纪云禾困惑："断了与外面的联系？何意？"

"云禾你对北境不了解。北境这个地方，是大成国最北边的地方了，再往北去，便是一片荒山雪海，人迹罕至，别说普通人，便是一般的妖怪也极难生存。而今来北境的都是从大成国逃来的人，林昊青如今阻断了南北的路，不对我们动手，但将路上要来投靠我们的人通通抓了，也不让各种物资运送过来……"

纪云禾皱眉："朝廷此前没做到，他凭什么？"

长意道："朝廷有国师府，但国师府终究人少。所倚仗的不过是军队将士，封锁再严，我北境有前来投靠的妖族，依旧可以避过他们，从空中、河流、绕过两侧高山，送来物资。"

"这次还好我会隐身，不然都要回不来了，他们的驭妖师控制了好多大妖怪，天上飞的，河里游的，地上跑的，都有，所有的道都被他们控制了。"

长意沉吟："我攻驭妖台，诸多驭妖师未尽全力，而今情况怕是不同。"

纪云禾也沉思道："林昊青此举，仿佛真是要举各方驭妖地之力，与北境倾力一战，但是为何？"她不解，"北境与朝廷争斗越久，对他，对驭妖一族，不是越有利吗？顺德公主到底许了他什么？他不会真的想灭了北境……"

洛锦桑在一旁听得挠头："当初驭妖台的驭妖师为什么不拼命保护驭妖台，非得拖家带口全部迁到南边去？还有……林昊青若不想灭了北境，他这么浩浩荡荡地过来干什么？"

"迁去南方是为了合并驭妖一族的势力。"纪云禾道，"当年驭妖师被分在四个驭妖地，限制自由，便是朝廷恐惧驭妖师之力，为了限制驭妖师。北方驭妖台被北境反叛势力倾覆，他们理所当然地撤离北境，却没有走向更近的东方与西方驭妖地，反而直奔最南方的驭妖谷，因为驭妖谷实力最强。朝廷被北境分去了心力，驭妖一脉韬光养晦，才有今日。今日他们必有图谋。"

纪云禾思索着："林昊青……到底想要什么？"

"他想要你。"空明的话插了进来。

所有人目光一转，空明将一封还带着寒气的信扔到了长意面前的桌上。

洛锦桑看着空明："大秃驴，你这话又是什么意思？"

"林昊青遣人来信，让北境交出纪云禾，得到人，他便立即撤退。信在此。"空明看着长意，"送信人也还在北境，等你回复。"

长意未展信，只是手中寒气一起，将信件冻成一块冰，他再一握，那信件登时粉碎："让他滚。"

空明冷笑："我料想也是如此。"他转身要走，纪云禾倏尔道："等一下。"她这一声刚将空明唤住，长意便紧接着一声斥："不准等！"

纪云禾看向长意，有些想笑，又有些气："我话都没说完……"

"不用说了，我意已决。"

"你怎么知道我要说什么？"

"我知道。"

"你不知道。"

洛锦桑嘴角抽搐，看着两人："你们成熟点，加起来都快一百岁的人了……"

纪云禾难得赌气道："他是妖怪，年纪都是长在他头上的，这一百岁他得担八成！我还小。"

长意拳头握紧。

洛锦桑一脸嫌弃地看着纪云禾："云禾……你现在表现得很幼稚。"

空明和尚在一旁瞥了洛锦桑一眼："你怎么好意思说别人幼稚？"

洛锦桑克制地说："我在劝架，你不要把战火引到我身上，我警告你。"

"警告我？洛锦桑，你又私自离开北境，我还没找你算账……"

"算什么账，我待在北境你嫌我，我离开北境你也嫌我，我怎么干啥你都嫌我？"

眼见他们两人吵了起来，纪云禾有些傻眼。

"够了！"最后，到底还是长意担起了成熟的担子，他道，"要吵出去吵。"

纪云禾揉了揉眉头："都够了！不是说送信的人还在北境候着吗！能不能聊聊正事！"

关于幼稚的争论终于落下帷幕。

纪云禾深深地叹了口气："让我和林昊青见一面。"

"不行。"

"我需要知道，他到底要做什么。"

"不行。"

"为什么？"

长意显得很固执："你还是我的阶下囚。"

第四章

劝降

> "我将刀挥向牢笼之外的行刑者,而不是同样在夹缝中求生的苦难者。"

"那让我见见带信来北境的人。"

洛锦桑一愣:"这么晚了……"

"现在不能耽误时间。"

不管是她自己的时间,还是大局的时间……

长意沉吟片刻,终于对空明道:"带她过来。"

在卧榻见使者,终究太不像话,是以这半个月以来,纪云禾第一次走到了那屏风之外。

长意坐在书桌后面,纪云禾坐在左侧,空明与洛锦桑都站在纪云禾身后,像是监视,也是保护。

烛火摇曳,不过片刻,一个体态娉婷的女子缓缓走来,到了屋中,先给长意行了个礼,随后看了一眼坐在左侧的纪云禾。"护法,"女子柔柔唤了一声,"久仰大名了。"

眼前的女子一身妖气,想来是个被驭妖师驯服的妖怪。而她模样看着面生,纪云禾从未在驭妖谷见过。但能被林昊青派来做使者,想来林昊青是极信任她的。

"你认识我?"纪云禾问。

"谷主先前常与思语提及护法,还曾画像给思语看过,思语自然识得护法。"

这话说得有点意思。

林昊青时常与她提起纪云禾,还画过纪云禾的像?这不知道的,听此言语,还以为林昊青对纪云禾有什么奇奇怪怪的思念。

站在纪云禾身后的空明眼神一抬,若有似无地瞄了书桌后的长意一眼,但见长意嘴角下垂,眸中神色不明。

纪云禾笑道:"我竟不知我与谷主的关系竟然这么好。"

"自然是好的,当年护法与谷主共患难,同谋划,一起渡过了大难关,他才能登上谷主的位置……"

纪云禾一怔,眉头皱了起来,她打量着面前的柔弱女妖,这女妖说的……难道是她与林昊青杀了林沧澜,瞒过顺德公主一事……但这种事,纪云禾以为林昊青只会让它烂在肚子里,怎会与这外人道?

或者……这并不是个外人?

"你是林昊青的……?"

"奴婢是谷主的妖仆,名唤思语。"

六年时间,林昊青还养了个自己的妖仆出来。

"尊主,"思语转头对长意道,"我谷主并无意与北境为敌,只要尊主愿将护法还给驭妖谷,驭妖一族的大军自当退去。"

长意冷笑:"是还给驭妖谷,还是还给朝廷?"

思语待要开口,长意径直截断了她的话头,继续道:"都无所谓,没有谁可以从这里带走她。"

屋中静了片刻。

思语再次开口:"尊主,何必徒添伤亡,您是明白人,而今局势,没有谁想动手。"

"是吗?"长意冰凉的眼瞳盯着来者,即便没有鲛珠,他天生的气质也让站于他面前之人显得低矮几分。

"北境不是朝廷,亦不是你们驭妖地。来此处之人,本就一无所有,只为博一线生机。国师府让他们活不下去,那便要灭了国师府,驭妖一族要掺和进来帮国师府,那便也是北境的敌人。你与我北境谈顾虑?"长意顿了顿,继续道,"北境之人,一无所有,无所顾虑。要战,便战。

没有条件，无法妥协。交出纪云禾不行，交出空明也不行，交出任何一个被北境庇护之人，都不行。"

一席话落，屋中只闻窗外风声。

纪云禾看着长意，只觉他如今担上这尊主的名称，并非虚号，而当真是名副其实。

他曾是潜龙在渊，而今，到底是应了后半句——潜龙在渊，腾必九天。

良久，思语盈盈一拜："尊主的意思奴婢明了，告辞。"

她走后，空明与洛锦桑继续沉默地站了片刻。

空明倒也没有此前那么大的敌意了，许是为长意一番话所动，他只对长意道："与驭妖一族之战，并非易事，哪怕是赢了，螳螂捕蝉，黄雀在后，国师府若携军队前来，又要如何应对，你且好好谋划吧。"

言罢，他带着洛锦桑也离去了。

长意提了笔，开始在桌上写着什么，柔和的烛光中，纪云禾走到长意身前："长意。"

长意抬头看她："我知晓你要说什么，不想听，后面去。"

这个人今天几次三番用这话挡住她的话头，纪云禾又好气又好笑："你又知道我要说什么了？"

长意一声冷笑："无非是你不是想被北境庇护之人，诸如此类的言语。"他将手中笔放下，"纪云禾，他人投奔北境而来，是去是留是他们的自由，你不是……"

"你这话，我倒是猜对了，但我想说的不是这个。"纪云禾道，"你又猜错了。"

这个"又"字让长意一愣。他嘲讽一笑："是，驭妖师想的什么，妖怪怎么看得清。"

纪云禾没再接话，她只拿起他在桌上放下的毛笔，站在书桌的另一头，就着他未写完的那张纸，在上面画了一条线："这边是驭妖台，这是驭妖师封锁北境的线。"

纪云禾指着线，肃容分析着："林昊青而今封锁了从南到北的所有道路，从陆地、空中，到河流。那他而今的阵势势必是横向排列。空中若有大妖阻挡，势必有操纵大妖的驭妖师，河流与陆地亦如此。而各方驭妖地多年来被国师府打压，真正算得上大驭妖师的，拢共不过八人，驭妖谷独有其三。林昊青是谷主，操纵全局，必然不会去前线驭妖，雪三月已去海外仙岛，自然也不会帮着他们，而我……"

纪云禾勾唇一笑："我这次，站在你这边。"

长意仰头，看向纪云禾，只见面前这形容枯槁的女子嘴角带笑，眸有星光，直勾勾地盯着他，她的自信与骄傲好似从未被时光和苦痛磨灭。

烛火在两人之间跳跃，心中有许多疑惑堆在喉头，但长意一时间竟不想用言语打破此刻的这一幕。

纪云禾却转开了目光，她在纸上的线上点了六个点。

"为了全面封锁北境，空中没有城池据点，必定有两个大驭妖师操纵大妖控制空中，其余三人，一人断河流，两人守陆地，其他的驭妖师形成封锁线，但凡任何地方有异动，大驭妖师便能催使大妖前去支援。"纪云禾道，"大驭妖师，是林昊青封锁的关键。只要能在空中抓一人，地上抓一人，林昊青的封锁便不攻自破。"

纪云禾放下笔，长意问她："你怎知他们一定会这么安排？"

"这是最合理的安排，而且……"纪云禾一笑，"我懂林昊青。"

此五字一出，长意唇角的弧度微微落了一些下去。

纪云禾却沉溺在谋划之中，一时未察觉，她思索着，继续道："破了大妖的封锁线，林昊青势必派人顶上。到时候，北境最好集结最优秀的战力，全力出击，但只攻他们一角，定要出其不意，战胜即归，不可恋战，目的不是打败他们，而是令其挫败，损其士气。各方驭妖地并非真的想搏命一战，只要让他们知道，北境有誓死一战的决心以及战胜的能力，他们内部势必会有分歧，到时候，北境便可以最少的伤亡，逼退此次各方驭妖地之围攻。"

纪云禾转头看长意："如何？"

长意并未流露任何情绪。"可。"他道，"明日挑选人……"

"哎，等等。"纪云禾拦住他，"驭妖师的能力，虽大不如前，但几方驭妖地中的大驭妖师并不好对付。并非我夸大，当年林昊青与林沧澜俱在，青羽鸾鸟出世之时，若我或者雪三月中一人愿拼死相搏，留下青姬，也并非不可能之事。所以……长意，万不能轻敌，抓这两名驭妖师，乃是最关键的一环，必须确保万无一失。我认为，最好是你与青姬，一人捉空中一人，一人捉陆上一人……"

纪云禾话没说完，长意便已眯起了眼睛："纪云禾，为了让我拿回鲛珠，你可真是绞尽脑汁啊。"

纪云禾一笑："阵前不可无帅。"

长意沉吟片刻："我亲自去，一个时辰内必回。"

他的意思是……这鲛珠只会离开纪云禾身体一个时辰？纪云禾思索了片刻，这一个时辰，她能与梦中白衣女子说多少话？不过……有一个时辰也好。

纪云禾笑了笑："你打算什么时候去？"

"明日。"

纪云禾皱眉："时间这么紧，青姬会答应吗？"

"没问题，没问题！交给我！"洛锦桑忽然又从门外跑了进来。

纪云禾一愣："你怎么还在这儿？"

"我本来打算等这鲛人走了之后再找你聊会儿的，然后……躲着躲着，就都听见了。"

纪云禾失笑，回头看了长意一眼，纪云禾而今察觉不了洛锦桑，长意难道也察觉不了吗，他没有鲛珠，但这五感可也是敏锐得很呢。

"我明天去诓那大鸟，就说我要飞出去玩，等到上了路，拽了她的毛，逼也得把她逼去抓人。"

纪云禾道："青姬听到能打死你。"

洛锦桑笑着挠了挠头，随即又想到一个问题："那，这个鲛珠，要怎么拿回去啊？难道要把云禾的胸膛剖开吗？"

此言一出，长意的神色微不可见地一怔，随即十分镇定地道："怎么给她的，便怎么拿回来。"

洛锦桑转头问纪云禾："怎么给你的？"

纪云禾倏尔想到那日的那一幕……

那瞬间的相触，双唇的温度，柔软的感受，长意身上特有的味道……所有的观感，瞬间涌进纪云禾脑海。

纪云禾一转头，含混道了一句："没怎么，碰了碰……"

"哪儿碰？"

"……我有些乏了，打算眯会儿，你也赶紧回去吧。"

纪云禾几乎是将洛锦桑推了出去，一回头，但见书桌后的长意拿着一本书挡住了半张脸，但那眼角的弧度，却是忘了遮掩。

而这弧度，便如同那逗猫逗狗的狗尾巴草，弯弯的，软软的，毛茸茸地将她心尖一挠。

纪云禾转过头,自己往屏风之后走去,走过长意身边的时候,两人皆没有言语。

房中烛火依旧无声跳跃,宛似烧到了心尖,燃了满室温热。

翌日一大早,洛锦桑果真如她所言,将青姬诓了,让青姬答应她,带她飞去南边买酒喝,她们这方说定了时间,长意便筹划着出发了。

离开前,他得取回自己的鲛珠。

纪云禾坐在小茶桌边上,太阳初升,她还没睡。阳光落在窗户纸上,将房间打出了一层曼妙的光影。

长意一袭黑袍,站在她跟前,纪云禾仰头望着他。

四目相接,静默无言。

此时空气静谧,两人眸光交织,呼吸相闻。

长意微微俯下身子,纪云禾几乎是下意识地将身子微微往后仰了一下。

她的动作虽小,但是在长意眼中还是如此明显,长意微微停顿了一瞬,冰蓝色的眼瞳里清晰地描画了纪云禾的面容。下一刻,像是下定了什么决心,他再没过多耽误,当即抬起手,指尖拂过纪云禾脸颊,穿过她的发丝,停在她的后脑勺上。

他用手掌禁锢她,强势地不允许她逃避、退缩。

长意将眼睛闭上,那冰蓝色的眼瞳消失在长长的睫毛之下,他俯身而来,带着特属于他的气息,将唇印在纪云禾的唇瓣上。

他肌肤微凉,更衬得纪云禾这唇的灼热。

纪云禾没有闭眼,她呆滞又清晰地感受到了这个吻。不似此前的调戏与突然,也不似上次那般激烈与对抗,一个轻柔的吻,绵长而细致。

此时此刻,此情此景,让纪云禾感觉他们好似一对令人称羡的情侣,在最私密的时刻,做着最亲密的事。

长意的气息勾动她胸膛里的那颗鲛珠,丝丝凉意从纪云禾心口处升腾而起。唇上的凉意与胸膛中的气息连接,让纪云禾仿佛是饮了一口冰凉的酒,清冽的感觉直达心口,甚是醉人。

蓝色的鲛珠离开她的胸膛,倏地一转,便隐入长意的唇齿之间。

而这蓝光消失之后,长意却没有第一时间离开。

第四章 劝降

窗外的日光在窗格子上又往上爬了一些，窗格子的阴影投在纪云禾侧脸上，日光流转，斑驳之间，纪云禾终是闭上了眼睛。

他们是为了让长意拿回鲛珠，才亲吻的，现在，鲛珠已经拿回了，这触碰……毫无意义，但是纪云禾没有立即喝止，她给了自己刹那的放纵，这一生，这一世，纪云禾常在隐忍，多在谋划，步步算计，不敢走错一步。但此刻，她选择了放纵自己，感受这昙花开落间，短暂的欢娱与留恋……

她睫羽颤动，胸中情绪翻涌。在这短暂的黑暗、片刻的沉迷之后，纪云禾脑中好似有一把剑，携着寒光刺过，刺破这温软的梦乡，同时也搅动纪云禾的五脏六腑。

鲛珠离身，病痛再次席卷全身，且比之前来得更加汹涌。

身体里的每一根血管，仿佛都有针在扎一般，让纪云禾瞬间痛得清醒过来——她是将死之人！

纪云禾忽然抬手，一把将长意推开。

仅一个动作，便让她气喘吁吁，她立即转过身，捂住嘴，拼尽全力忍住疼痛，佯装自己只是对这个吻不敢置信而已。

长意看着纪云禾的背影，默了片刻。"一个时辰，我便回来。"

纪云禾依旧捂着嘴，点点头。

长意黑袍一动，气息离开，身影消失在了房间之中。他离开的瞬间，纪云禾眼前一黑，"咚"的一声，摔倒在地，四肢绵软无力，皮肤针扎似的疼痛。她额上虚汗直冒。

纪云禾摸了摸耳朵，她犹记得长意说过，他给她的这个印记，让他能看见她的所在，虽然不知道能看到什么程度，但若长意在前面抓人，分神往她这儿一看，见她在地上躺着吐血，那岂不是要坏事。

纪云禾连忙撑着最后一口气，爬到床上，将被子裹上，这才安心地双眼一闭，昏睡过去。

长空之上，青羽鸾鸟飞羽舞九天，洛锦桑坐在青羽鸾鸟的背上，她转头，看着身后的一团蓝色光华紧随其后，却在须臾间，那光华猛地一顿，瞬间落后老远，隔了一会儿，又跟了上来，往地面去了。

洛锦桑奇怪："那鲛人怎么了？"

"不知道呢。"青羽鸾鸟懒懒地答了一句，又道，"小丫头，你去南边玩，那鲛人跟着干什么？"

洛锦桑嘿嘿一笑:"待会儿你就知道了。"

说话间,远处空中忽然传来一声"呀呀"的妖怪怪叫。

青羽鸾鸟在空中一转,翅膀一收,飞羽尽散,她化为人形。洛锦桑"啊"一声惊呼,青羽鸾鸟伸手一捞,将自由向下坠落的洛锦桑的后领提住,踏在云端上问她:"小丫头,这是个什么鸟声啊?"

"我想应该是妖怪鸟的叫声,约莫还是个被驭妖师操纵的妖怪,或许还要挡咱们南下的路呢。"洛锦桑被青羽鸾鸟提着,身体在空中晃荡着,但也不害怕,努力抬着头,看着青羽鸾鸟,"要不你看看去?要是顺手,帮我抓个驭妖师也行。"

青羽鸾鸟一笑:"我就知道你这小丫头的话里有蹊跷。"

青羽鸾鸟话音刚落,远方妖怪的啼叫越发清晰。青羽鸾鸟望着远方,轻轻一笑,眼中光华一闪,她没有张口,但是一声鸾鸟清啼响彻九天,随着声音一过,一股妖力径直荡开,横扫周边的云朵,万里白云登时散开。

远处,一只黑色的怪鸟在空中扇着翅膀。远远地还能看见那鸟背上站着一个光着上半身的壮汉。

洛锦桑指着他道:"就是那个驭妖师吧。"

"小丫头,我只答应帮你一个忙,可没打算掺和到北境的这团乱事里来。"

"哎呀,来都来了。"洛锦桑宛如在劝青羽鸾鸟玩什么游戏一样,道,"你现在不掺和,他也不会放你走了。"

青羽鸾鸟这才瞥了洛锦桑一眼,"你要利用我,好歹也干点大事,就对面那只乌鸦妖还有那个驭妖师,你就让我跑这么一趟?"青羽鸾鸟道,"你是不是对我的传说不太了解?"

"你想怎样?"

青羽鸾鸟一勾唇,魅惑一笑:"你说的,来都来了,那就干点实事,抓个大的。"

"啊?"

洛锦桑还在愣神,青羽鸾鸟提着她便一俯身,径直向那驭妖师的地上大营俯冲而去。

空中,只留下洛锦桑因为突然下坠而发出的惊呼……

…………

第四章 劝降

纪云禾很清晰地知道自己又做梦了。

还是那片虚无的天地。这一次，白衣女子无比清晰地出现在纪云禾面前，纪云禾看见了她的面容，也听见了她的声音。"我是不是离死又近了一步？"纪云禾道，"我想和你确认一些事……"

她话音未落，女子道："我知道你想确认什么。"纪云禾一挑眉。听她继续道："你的生活，他的生活，这世间人的生活，我都知道。"

"你都知道？"

"我死后，执念化成了风，这世上，有风的地方，我便能有感知。"她看着纪云禾，抓住了纪云禾的手，站到了纪云禾身后，"来，我把眼睛借给你。"

她说着，又像上次一样，纪云禾眼前忽然出现了一个场景，只是这次看到的并不是这女子的回忆，而是青羽鸾鸟……还有洛锦桑，以及……林昊青。

青羽鸾鸟化为原形，径直冲向了驭妖师大营，洛锦桑不在，好似已经隐了身，以便躲避，以及捣乱……青羽鸾鸟的利爪撕裂林昊青所在的那个营帐，周围人一片混乱，驭妖师、妖怪，还有昨日放回去的那个使者思语皆在。

但闻青羽鸾鸟一声清啼，巨大的鸟爪子抓住了林昊青的胳膊。

"我让他们去抓驭妖师，他们抓林昊青做什么？"纪云禾不解，一声呵斥，"乱来！"

白衣女子拉着纪云禾的手，在空中一挥，这边画面消失，另一边，长意已经擒住了一名驭妖师，将其打晕，在带回来的路上了。

纪云禾看着长意，微微一愣，只见长意神色焦急，以最快的速度在往回赶。

没等纪云禾继续看下去，白衣女子的手再是一挥。面前又出现了另一个房间，纪云禾没去过这个房间，但这房间的装饰让她陡然想起了她被囚的那六年，那个囚牢……

画面一转，出现一个站在书柜前的人，果不其然是一身素白的大国师。

而今一看，大国师的这身衣裳却是与这白衣女子……一脉相承。

"他当真是你徒弟？"

"我名宁悉语，他是我的亲传大弟子。他做乞儿时，我便将他捡了来，以我姓为他姓，给他取名宁清。我教了他一身本事，却不想……"她顿了顿，"我虽已身故，却能托身长风，存于天地，便如同那附妖一般存在着。他是我的徒弟，也是我的过错。多年前，我……我因故而亡，宁清对我，心有……妄念……"

她的声音有些颤抖，但还是尽量控制着自己，说着："他因我身亡而恨尽天下人，是以设局，令驭妖一族误以为是青羽鸾鸟作乱人间，又献十方阵给宁若初，致使宁若初与其他九名大驭妖师尽数身亡，而后在驭妖一族中，他大权独揽，设四方驭妖地，及至如今，一手遮天，造成这天下乱局……"

她说着，这一场天下浩劫的始作俑者，此时却在画面中，静静地站在那书架旁，拿着一本书，细细研读，阳光倾洒，他面色沉静，宛如世间一沉稳的读书人。

宁悉语挥手，面前画面散掉。

她松开纪云禾，纪云禾转身看向她："你想弥补你的过错？所以让我把真相告诉青姬，你想让青姬杀了大国师？"

"而今这世上，能与他一战的除了青姬，别无他人。"白衣女子看着纪云禾，"你时间……不多了。这世上，我也只能与你有这般联系。"

"为什么是我？这世上命悬一线的并不只有我一人。"

"是，命悬一线的人太多了，但踩在人与妖的缝隙当中，且还命悬一线的，只有你一人。我非人非妖，只能托身长风之中，并不在五行之内，而你虽有身体，却也越过了世间五行界限……"

白衣女子嘴唇还在动着，她的声音却慢慢变得模糊。

纪云禾道："我快醒了，青姬的事，我……"

纪云禾猛地睁开眼睛，眼前却不是房梁，而是长意的脸，近在咫尺。

唇上还有长意的温度。蓝色的光华刚刚在她胸膛间隐去。他……又将鲛珠给她了。

纪云禾坐起身来，长意往后退了一步，静静地看着纪云禾，纪云禾笑了笑："人抓回来了？"

听她开口说话，长意方才定了神："嗯。"

两人这方才搭了一句话，空明和尚便猛地将房门推开，他疾步走进来，怒斥长意："你怎么能让那傻子去抓林昊青！万一出事……"

第四章 劝降

长意眉头一皱："我没让她去抓。"

见长意被吼了，纪云禾插嘴道："青姬在，应当没事。"

"应当？"空明看来是气急了，恶狠狠地瞪了纪云禾一眼，"事没出在这个鲛人身上，你倒是放得下心！"

纪云禾眉头一皱，空明也觉自己失言，当即嘴一闭，径直转身离去，没一会儿，就听到楼道里传来空明和洛锦桑吵起来的声音——

洛锦桑："让开让开，我要告诉我家云禾一个天大的好消息！你拉着我干什么？我好着呢！大秃驴我跟你说，我和青姬把林昊青抓回来了！就关在地牢里呢！"

"洛锦桑你长没长脑子！谁让你去抓林昊青的？"

"你凶什么啊？我阵前擒主帅！多帅气！你有什么好气的？你是不是嫉妒我和青姬本事大啊？"

"洛锦桑！"

"干什么！"

"……………"

两人越吵越大声，倒是衬得这房间里安静极了。

长意转头，看着纪云禾，有些奇怪地问她："你知道她们去抓林昊青了？"

纪云禾一顿，她总不能告诉长意她在梦里已经看见了……纪云禾只道："猜的，青姬这性子，应该不甘寂寞。"她说完立即换了话题，"青姬既然将林昊青抓来了……我想见他。"

长意沉默了下来，他盯着纪云禾，这一次，终于没有再拒绝。

"一起。"

此二字一出，纪云禾就嘴角一扬。

她喜欢听长意说这样的话。有这样的话语，纪云禾瞬间只想将当初的事情尽数告诉长意——她对他从未背叛。

但是……方才鲛珠离身的疼痛，犹在身上残存。

纪云禾嘴唇动了动，终究还是将那些话都咽了下去。

将死之身，就不要玩那些反转了，形势那么复杂，何必徒增烦恼。

纪云禾本来还有一丝担心，若她与长意一同见了林昊青，林昊青要是说出点什么当年的事情，那她该如何圆场……

可没等她的担心落到实处，尚未来得及见林昊青，前线忽然传来消息，林昊青被青羽鸾鸟所擒，阵前所有驭妖师顿时群情激愤，在几位驭妖地领主的率领下，怒而大破北境前方阵法，挥大军而来。

青羽鸾鸟与洛锦桑阵前擒主帅此举，竟是将压抑多年的驭妖一族逼出了最后的血性。

纪云禾初闻此消息，有些哭笑不得，与自己同有隐脉的族人，隐忍多年，忽然这么振作一次，实属难得，而尴尬的是，她却站在这群振奋的族人的对立面……

这个消息传来时，洛锦桑与空明也在房间里。这下洛锦桑傻眼了："明明是我们阵前抓了他们的主帅，怎么还让他们变厉害了……"

空明一声冷哼，还在气头上的他对洛锦桑的疑惑并不搭理。

纪云禾道："兔子急了也咬人，你们此举太欺负人了些。"

洛锦桑挠头："那咱们只有硬着头皮去打仗了？"

"不能打。"长意神色不动，只淡淡地说了三个字，却无比坚定。

纪云禾点头，附和他的话道："若论单枪匹马，没谁斗得过青姬，但两方交战，必有损伤，加之驭妖一族而今战意高昂，不可与之正面相斗。就算赢了，也最多让北境喘息两月，两月之后，京师来北境的路途冰雪消融，朝廷大军挥师北上，北境无力与之再战。"

"那怎么办……"洛锦桑急得挠头，"我再悄悄把林昊青给他们塞回去？"

空明和尚又是一声冷哼："你还想干什么？侮辱他们第二次？洛锦桑，你有几条命够你折腾？"

"那……那……"

房间里，沉默片刻。纪云禾在沉思半晌之后，忽然抬头，看向长意。"和谈吧。"她道，"我去劝降他们。"

此言一出，房间陡然安静了下来。

洛锦桑呆呆地看着纪云禾："和谈？劝降？你去？"

纪云禾没有看洛锦桑，只是目不转睛地盯着长意："我去。"

长意沉默片刻，依旧是那句话："一起。"

…………

天正黑，驭妖台之外，风雪连天，面前是一片茫茫雪原，风雪背后，一片黑压压的大军压在天地之间，将这风雪景色更添厚重与压抑。

驭妖台前，巨大的城门之下，两匹马载着两人，走向远方那千人万骑。

越往前走，来自前方的压力越大。

纪云禾与长意一人只有一个凭鲛珠撑起来的空架子，一人没有身为妖怪力量代表的内丹。他们走过风雪，停在了雪原之上。两人马头并齐，对方人马未到，纪云禾望向身边的长意。

"你当真不将鲛珠拿回去？"

长意瞥了纪云禾一眼，银发飞舞，与雪同色："不拿。"

纪云禾笑着看他："他们要是动手将你抓了怎么办？"

"没有鲛珠，他们依然抓不了我。"

这个鲛人很是自信。纪云禾回过头，望向远方，道："你是个不说大话的人，我信你。"

长意回头，瞥了纪云禾一眼，只见纪云禾瘦弱的身形裹在那藏青色的斗篷之下，她那么瘦弱，好似这风雪再大一点，就能将她吹走，她拉着马缰，控制着身下因前方妖气而有些不安的坐骑。

"长意，这景色真美。"她眯眼看着面前的风雪与辽阔的远方，"我已许久没有身处这般景色之中了。"

她说着这话，好像此一行并不是赌上性命来与敌方对谈，而只是出来吹吹风，看看景，活动活动筋骨。

长意看着她，应道："对，很久没有了。"

他也很久没有在这般辽阔的景色下看过纪云禾了。

上一次，还是六年前，在离开驭妖谷的路上，她站在他的对面，背后是一片追兵，长意如今犹记得她手中长剑带给他的冰冷的刺痛感，那么清晰……

而如今，她在他身边。

长意本以为自己这一生都不会再将纪云禾从那个房间里放出来，他本是打算关她一辈子的，直到她真正停止呼吸，再不让她有背叛他的机会。

但他带着她出来了，若是纪云禾想要再次背叛他，她带着他的鲛珠，只要在对方来的时候，站在他的对立面，便可轻而易举地取他性命。

063

第四章 劝降

但他还是这样做了。

给她鲛珠，放她出来，与她离开驭妖台。

"这或许也是我此生最后一次了……"

她遥望着长空，风雪呼啸间，神色萧索。长意心中一痛，随之理解了她言语之中的意思，又是一痛。

纪云禾濒死之时，长意见过，也为之痛过。

他骗过自己，也忽视过自己的情绪，但及至此刻，看着纪云禾微微凹陷的眼窝，还有那被他吻过的，干裂苍白的唇，长意胸中情绪涌动，涌上他的喉间，压住他的唇舌，让他几乎无法控制自己地开口道："纪云禾。"

纪云禾转头看他，幽深漆黑的眼瞳映着漫天飞雪与他的银发。

"若你愿发誓，以后再无背叛，我便也愿……再信你一次。"

风雪还在乱舞，然而天地间所有的声音仿佛都静止了。

纪云禾愣愣地看着长意。

在长意眼中，她杀过他，背叛过他，利用过他，而今，他竟然……还说出这样的话。

纪云禾唇角动了动，终是压住心头情意，硬着心肠笑道："大尾巴鱼，你怎么还那么天真哪，这么多年了，人类的誓言，你还敢当真啊？"

纪云禾的言语，字字如针，但长意还是看着她道："你今日若说，我便信。"

心头一阵剧痛。冷硬的心肝都好似被震碎了一般疼痛。纪云禾双手在袖中颤抖，几乎握不住马缰，身下马有些焦躁地踏步，正在这时，不远处传来一阵轰隆之声，万人军队前来的脚步震天动地，打破两人之间的气氛。

纪云禾这才重新握住马缰，看着前方道："阵前休谈此事了。"

万人大军黑压压一片，如潮水般涌向两人，却在百米开外停住了。

前方，数十人打马而来，马蹄急促，转瞬间十几人便停在纪云禾与长意面前。

有些是纪云禾熟悉的面孔，有的则面生，但看起来凶神恶煞般，好不吓人。

此前到北境的使者思语也在其中，她是林昊青的妖仆，自是比其他人更紧张林昊青一些，她率先提了马缰，走上前来，望着纪云禾与长

第四章 劝降

意:"只你二人?"

对面的人一开口,方才将纪云禾飘散的神志唤了一些回来。她望着妖仆思语,道:"北境尊主亲自前来,胜过千人万人。"

众人看了长意一眼,长意未发一语,但他的蓝瞳银发,早已成为传说,传遍世间,有的人第一次见他,忍不住转头窃窃私语起来。

长意打马上前一步,扬声道:"北境无意与驭妖一族为敌,诸位若今日退兵,林谷主自然能安然无事回到驭妖谷。"

"我等如何信你?先交出林谷主!"人群中,一彪形大汉提了马缰,走上前来,"还有我驭妖山的晋陆兄,其他再谈!"

这人口中的晋陆兄,乃是被长意抓回来的那名大驭妖师,本是驭妖山的门面,而今被这么轻易地抓了,他们应当也是面子极为过不去了。

"这位兄台可是驭妖山的人?"纪云禾看着那大汉笑问。

大汉戒备道:"是又如何?"

"晋陆乃驭妖山最强的驭妖师,如此轻易被擒,兄台可是觉得北境打了驭妖山的脸面,欺人太甚?"纪云禾看着那大汉脸色一青,又转头盯着思语道,"更甚者,连林谷主也直接被抓了,这几大驭妖地联合伐北,一仗未打,主帅先被擒走,若传出去,可是显得各方驭妖地,无比可笑?"

众人本就心头窝火,此时更被纪云禾激得怒发冲冠,有人提了刀便要上前。

长意眸光一冷,体内残存的妖气一动,周遭风雪顿时停住,化为利刃,停在众人的四面八方。

局势一触即发。

"气什么?"纪云禾在对峙的僵局中,依旧一脸笑意,"主帅被擒,脸面被打,各方驭妖地阵前失了尊严,这不是早就注定的事吗?在多年前,大国师制出寒霜,建立国师府,设四方驭妖地,困住驭妖一族……打那时起,便注定了今日的败局。"

此言一出,众人沉默。

风雪呼啸间,只听纪云禾继续笑道:"诸位愤怒,是怒于北境妖怪太过厉害,还是怒于自己的无能与平庸?"纪云禾提了气,调动自己身体所有的力量,她坐在马背上,声音不大,却让面前的人与百米之外的所有人都听到了她的声音。

"百年前，国师府未存，四方驭妖地不在，驭妖一脉未被奴役囚困之时，可是如今的模样？"纪云禾背脊挺直，"我也是驭妖师，我曾是驭妖谷护法，我深知诸位冒死来这北境苦寒地的不甘、不愿与不易！但到底是谁让你们来的？你们又是在为谁而战？你们手中的刀剑，指向的是何方，这条性命与一腔热血，洒向的是何处？可有清醒的人睁眼看看是谁让驭妖一族血性不再，是谁困我等于牢笼之中？又是谁恫吓、威胁、驯服我们？"纪云禾伸手，抓过身边被长意定住的冰雪，冰雪似刀刃，割破她的皮肤，鲜血滴落。

纪云禾将手中冰刃狠狠掷于地面："我将刀挥向牢笼之外的行刑者，而不是同样在夹缝中求生的苦难者。"

她话音一落，长意转头凝望她片刻，手一松，周围风雪再次簌簌而下，落在众人脸上。雪原一片沉寂。而后，众人身后传来嘈杂之声。

纪云禾看着思语："我抓林昊青，不是为了战，而是为了不战。"

思语也定定地看着纪云禾，那看似柔弱的面庞，此时眸光却显得冷硬。"我们没有退路。"她打马向前，走到纪云禾身前，两匹马的马头，挨在了一起，"顺德公主说，若不将你交给她，便要将寒霜之毒投入天下水源。"

纪云禾一愣。

"她不一定想杀你们在场的驭妖师，但若有新生的双脉之子，天下之大，你要如何救他们？"

纪云禾沉默了片刻："我不知道。但正因如此，我才决不向她妥协。她今日可以此威胁你杀我，明日便可以此威胁你自杀，臣服她一次可以，但欲望永远没有尽头。"

话音刚落，数人从后面的军队之中走出，经过面前这十数骑身侧。思语掉转马头，往后一望……

"我愿入北境。"

"我愿入北境……"

数人，数十人，数百人，数不尽的驭妖师从后面的军队之中走出，行于纪云禾与长意身前。有人未走，但没有一人将离开的人拦住、挽留。

一时间，那黑压压的军队分崩离析。

北境的长风与鹅毛大雪拂过每个人的身侧，纪云禾看着他们，嘴角

第四章 劝降

一动，露出一个轻浅的微笑。

她转头看长意。只见长意也静静凝视着她，那冰蓝色的眼瞳之中，好似只有她的微笑。

"长意……"她轻轻地唤了一声。

风吹起了她的斗篷，斗篷在风中好似飞舞成了一只风筝。

她耳边再无任何嘈杂，甚至连自己的声音也都听不到了——

长意……这是我最后能为你做的事了……

她的身体往后仰去，头顶的风雪与渐渐亮起来的天，是她最后看见的景色。

第五章 归去

"她自由了……"
如这北境的雪，狂放飘扬，于天地之间，
随风而走，再不受任何束缚。

弥留之际，纪云禾感觉自己被人抱着，好似在风雪之中狂奔着。

她的世界里尽是那粗重的呼吸之声。

好不容易停下来了，这世界又陷入了一片嘈杂，她什么都能听见，但什么都听不清，永远都是断断续续的，时而听见洛锦桑在哭，时而听见空明和尚在骂。还能听到青姬劝慰洛锦桑的声音。

对了……青姬……

她还有话没告诉青姬呢。

纪云禾迷迷糊糊的，想睁开眼睛，但眼前一片白光，什么也看不见，她只得咬着牙，呢喃说着那白衣女子要她说的事，也不管要听的人是不是在自己身边。

她一直努力地说着，隐约间感受到有寒凉的风卷在她的身上，帮她分担了许多痛苦，让她省了许多力气："青姬……宁若初，十方阵……被大国师所害……"

纪云禾一直不停地发出呓语。

而随着她的声音，缠绕于她身侧的风越发强烈，甚至带动她的发丝,让纪云禾睁开了眼睛。

身侧是哭红了眼的洛锦桑,还有肃容站着的青姬。空明和尚与长意此时不知去了哪里,不过,他们不在也好……

纪云禾刚认清了人,忽觉身侧风动,甚至吹得床帏波动,这奇异景象让洛锦桑惊得忘了哭,只红着眼呆呆地看着纪云禾:"云禾……你这是……"

纪云禾是没有力气与她解释的,此时的她,身体好像被这风操控着,她似乎成了宁悉语的提线木偶——她的身体被长风卷起,几乎是半飘在空中。

"青姬,云禾这是怎么了?"

青姬也皱眉看着纪云禾,并无法给洛锦桑任何解释。

纪云禾唇角颤动,全然不受自己控制地吐出一句话来:"宁若初当年没有骗你。"

此一言让洛锦桑更加不解,却让青姬彻底怔住。

那梦中的宁悉语,好似在纪云禾弥留之时,借长风之力掌控了她的身体。就像在梦中,宁悉语将自己的眼睛借给纪云禾一样,在这里,她又主动地将纪云禾的身体借走了。

她借纪云禾之口,对青羽鸾鸟道:"他说要去陪你,是真的想去陪你,只是他也被大国师骗了,十方阵杀了他。是大国师杀了他。"

"云禾你在说什么呀……"洛锦桑眼睛通红,"你都这样了,你……"

一旁的青羽鸾鸟为这些话愣怔了许久,终是盯着纪云禾失神道:"我知道她在说什么。"她言罢,唇角抿紧,再不看纪云禾一眼,径直转身离开,却在转身的瞬间撞到了长意的肩头。

两人擦肩而过,青姬脚步未停,面容沉凝严肃,径直往屋外而去。而长意更是连头都没有回一下,根本不在乎是谁撞了他的肩头,也不在乎周围的人都在哪儿。

他只定定地看着纪云禾。

长意的唇色带着几分苍白,银发有些许凌乱,他走到纪云禾身前,看着纪云禾身侧奇怪诡异的风。

而随着青姬的离去,缠绕在纪云禾身侧的风便开始慢慢消散。

她的身体缓缓落下,宁悉语将自己的力量撤走,纪云禾对自己的身体没有丝毫的掌控力,在她的身体缓缓落在床榻上时,她的眼角余光看见了那银发蓝瞳的人。

她看着他嘴唇微微开启，又闭上，几次颤抖间，竟然一个字也未曾说出来。

你想说什么？

纪云禾很想问他。

但宁悉语的风彻底消失了，纪云禾在这一瞬间好似看见了那风的尾巴，穿过床帏，飞过窗户，最后归于寂寥天地。

纪云禾知道，自己很快也要和她一样归于无形，化为清风或是雨露……

纪云禾眼睛眨了眨，漆黑的眼瞳像是镜子，将这个世界最后的画面烙进瞳孔之中。

有窗外欲雪的一线天空，有洛锦桑微红的眼眶，有她已经看腻的房间天花板、桌椅、老茶具，还有……长意。

他的银发和蓝瞳。

只是可惜了，再也看不到他那条令人惊艳和震撼的大尾巴了。

眼皮沉重地合上，以一片黑幕隔绝了她与这人世的最后联系。

所有画面消失，所有声音退去，纪云禾最后的意识在一片黑暗当中给她勾勒出了最后的画面，是那日长意将她从国师府带走，他抱着她，行过千重山，万层云，最后落在一个山头上。

朝阳将出，长意将她摁在一个山头的岩石石壁上。

那是六年以来，"背叛"之后，他们第一次单独相处，毫无遮蔽地直视彼此的眼睛。

生命的最后一刻，纪云禾看到的却是这样的一幕。

为什么？

纪云禾自己也不明白。

她只是定定地看着长意，看他，也看他眼中的自己。朝阳从长意背后升起，他变成了黑色的剪影，只有那双大海一样的眼珠，那么清晰地映着她的身影。如同在照镜子一样，纪云禾在他的眼珠里，看见自己流下了一滴眼泪。

眼泪剔透，她心头再次感受到了灼热的疼痛。

"大尾巴鱼，"她终于对他道，"我从未背叛过你。"

这句话，到底是脱口而出了。

第五章　归去

她内心的遗憾，终于在生命终结的这一刻，以这样的方式在她自己臆想的幻境当中，对着这个臆想中的剪影说了出来。

纪云禾恍惚间，明白了自己为什么一直以来都不与长意说明真相。她扯遍了以大局为重的谎，骗过了空明和尚，也骗过了自己。

但其实最真实的理由，不是其他，而只是……她害怕。

她是个自私的人，她害怕如果她说出真相，长意依旧不愿意原谅她，那她该怎么办？她更害怕，她做的这一切，从一开始就是个错误。她替长意做选择是错，与林昊青计划激长意离开是错，在悬崖上刺他一剑，逼他心死是错……

她最怕长意得知真相后与她说——我会变成如今这模样，都是因为你……

她将那颗赤子之心伤得百孔千疮，又将那个温柔如水的人变得面目全非，更是大错特错……

所以她不说，不愿说，不敢说。

所以……到此刻，她才会看到这一幕，才会听到自己说——我从未背叛过你。

可……也只敢在自己心里说啊，真正的长意，永远也无法知晓，也无法听到吧……

但一切都无所谓了，说不说也无关紧要了。人死灯灭，她死了，便会带着这些过往一并消逝。

纪云禾看着长意背后的太阳越来越灼目，直到将周围照成一片苍白，长意的剪影也消失了。她仰头望着空白的天，闭上了眼睛。她一生盘算，为自由，为生存挣扎、徘徊，及至此刻，她终于是……安静了。

纪云禾死了。

一件理所当然的事，但当长意看着纪云禾终于闭上了眼睛，合上了嘴唇，而后……停止了呼吸，他忽觉一阵撕心裂肺的痛楚，像是一根时而极致冰凉，时而无比灼热的铁杵，从他腹部深处穿出，捣碎他的五脏六腑，终停在了他的心口处。

"扑腾。"

铁杵尖端，化为千万根针，扎在他的血管里，他从未那么清晰地听到自己的心跳声。

"扑腾。"

他的心脏，在针尖上跳得那么缓慢，又那么惊心动魄。

纪云禾死了。

这是一个事实。

他的鲛珠已经从死亡的身体之中飘出，晃晃悠悠，带着那人的余温，回到他的躯壳之中。那余温，好似想烧干了他的血液。

长意在这一瞬间，竟恍惚以为自己好像……也死了。

床榻上的人早已没了呼吸，本就枯瘦的脸颊，此时更添一抹青白之色。

屋子里只有洛锦桑压抑隐忍的哭泣之声，而那说起来最该难过的人，此时却直愣愣地站在那方，一动不动。

空明看着长意的背影，未敢抬手触碰他，只低声道："安排时日，将她下葬了吧。"

"下什么葬！"洛锦桑转头，双眼通红，恶狠狠地瞪向空明，"我不信！我不信！一定还有别的办法！那林昊青不是被抓来了吗，云禾一定是因为当年在驭妖谷中的毒才这样的！我去找他，让他治好云禾！"

她说着，立即站了起来，迈腿便往外面冲。

空明眉头紧皱，想去将她追回，但一转念，又看见身侧一动不动的长意。他心头略一沉吟，左右这是在驭妖台中，洛锦桑跑出去闹再大也出不了什么事，反而是这鲛人……安静得太过反常。

"长意，"空明唤他，"人死如灯灭……"

长意依旧没有任何反应。

"长意……"空明终于忍不住碰了他一下。

被人触碰，长意这才似回过神来了一样，他转头，看了空明一眼，此时空明才看见，长意的脸色苍白更胜那床榻上的死者。

他神情麻木，那双冰蓝色的眼瞳是如此灰败无神，其他人或许没见过，但空明见过，六年前，当他在湍急的河流中将长意救起来后，长意睁开眼时，便是这样一双眼睛。

空洞，无神。像个被抛下的孩子，无助又无措。

空明一时间也不知该如何言语。他唇角动了动，终究只沉默地一声叹息。

第五章 归去

没见他开口，长意回过头，转身往纪云禾身边走去。

他走到纪云禾身侧坐下，一言不发地静静看着她，看了许久，忽然间，长意胸口中鲛珠的蓝色光华再次闪耀起来，他俯下身，冰冷的唇贴在了她冰冷的唇上。

他试图将鲛珠再次送进这个身体里面。

但纪云禾没有气息，便如床边的床幔、头下的枕头、被子里的棉絮一样，都无生命，鲛珠进不去，便一直在他胸腔里徘徊……

一如他自己——进也不行，退也不行，再拿不起，也无法放下。

屋子里蓝光闪烁，他银色的长发垂在纪云禾耳边，那冰冷的唇瓣互相贴着，谁也没能再为谁取暖。

长意闭上眼，他不肯离开这已然没有温度的双唇。

胸腔中蓝光大盛，他撬开她的唇齿，想要强行将鲛珠喂入她的口中。鲛珠也果然被灌进了纪云禾口中，但也只停留在她的唇齿之间，任由长意如何催动，也没再前进。

他依旧不肯放手。

那鲛珠便在两人唇瓣间闪着蔚蓝的光华，将这屋子映出大海一般的蓝色，仿佛他已经带着纪云禾沉入了他熟悉又阔别许久的家乡。

空明在这一片蓝色之中站了许久，终于忍不住上前，拉着长意的肩将他拉了起来。

鲛珠再次回到长意的胸腔之中，消失无形。

"纪云禾死了。"空明道。

长意垂着头，银色的长发挡住他的侧脸，但仍无法掩盖他颓然的神色："她在骗我。"

"她已经没有气息了。"

"她定是在骗我。"长意像是没有听到空明的话一般，"以前她为了自由，便诳我去京师，侍奉顺德。现在，她一定是为了让我放了她，所以假死骗我。"

空明沉默。

"她不想让我困住她，不想待在这间屋子里，她想离开……"

"嗒"一声清脆的响动在纪云禾床边响起，空明一开始没有在意，直到又是"嗒"的一声，一颗珍珠从床榻边落下，滚在地上，珠光耀目，骨碌碌地滚到空明脚边。

传闻鲛人泣泪成珠……

六年前，从空明救起长意后直到现在，什么样的刀山火海、绝境险途未曾踏过？受过再多伤，流过再多血，无论多么艰苦绝望，他也未曾见过鲛人的眼角湿润片刻。

以至空明一度以为，什么泣泪成珠，都是虚妄之言，不过就是人对神秘鲛人的想象罢了，这鲛人根本就不会流泪。

原来……虚妄之言是真。

空明看着他，他银发似垂帘，挡住了他的神情，空明也不忍去看他的神情："长意，这既是她的愿望，也是天意，你便也……放下吧……"

"放下？"

珍珠颗颗落下，而他声音中却未带哭腔，他平静地诉说，只是难掩喑哑。"劝降驭妖一族前，我说，若她愿发誓，以后再不背叛，我便愿再信她。实则……这誓言，她说不说我都信她。"他道，"她利用过我，我也信她，她杀过我，我也信她。过去种种，我已然都放下，我放不下的，只是……"

他紧紧抓住纪云禾的手，几乎浑身都在颤抖。

过去种种，他都不在乎了，他困住纪云禾，其实已然不是为了报复，更不是为了折磨，他只是为了留住她。

他放不下的，想留住的，只是她……

但他还是失败了……

任凭这湖心岛有多孤立，这楼阁封印有多深厚，他的监视看护有多小心，他还是留不住她……

房间里静默许久，终于，只听长意缓缓地颤抖道："她自由了……"

如这北境的雪，狂放飘扬，于天地之间，随风而走，再不受任何束缚。

…………

鹅毛大雪中，洛锦桑顶着狂风，疯狂地奔向囚禁林昊青的地牢。她径直往地牢最深处跑。

狼狈地跑到牢门前，洛锦桑一把抓住牢门，对着里面微光里坐着的男子喊道："快把解药拿来！"

牢中蓝衣白裳的男子微微转过头来，看向洛锦桑，被囚几日，未见他有丝毫慌乱,他镇定道:"什么解药?"

"云禾的解药!老谷主给她下的毒!而今她快死了……"她说得慌乱。

男子闻言,这才身形一动,站起身来……

房中寂静,纪云禾还躺在床榻上,若不是她肤色青白,任谁看,她都只是如睡着一般安静。那长长的睫羽被窗外的微风吹动,好似在下一瞬间还会睁开一般。

只是……一切都是"好似"。

那双他永远没看懂的黑瞳,而今更是没有机会看懂了。

未有叹息,也无言语,长意静静地坐在纪云禾身侧,他的手握住她的手掌,一股寒气自他掌中慢慢散出,在纪云禾已然冰凉的肌肤上,用寒霜慢慢将她覆盖。

一寸寸,一缕缕,寒霜如他的指尖,似轻抚,似描摹,包裹她的手臂、身躯,而后爬上了她的颈项,直至脸颊。苍白的唇被冻上,纤长的睫羽也被冻上。

他试图将她……就此冰封。

"等……等一下!"

洛锦桑的一声惊呼传来,打破屋子里的寂静,洛锦桑疾步踏来,将长意的手臂猛地一推,长意掌心顺势往旁边一拂,霎时间,床榻之上也遍布冰霜。

而洛锦桑的双手因为触碰了长意的手臂,也瞬间变白,冰霜顺着她的皮肤爬上她的手臂,将她冻得浑身颤抖。

空明见状大惊,立即上前两步,将洛锦桑的双手抓住。空明掌心法术一转,双手登时被火焰覆盖,他双手抓着洛锦桑的手臂往下一捋,将寒霜尽数化去,随后怒斥洛锦桑:"你不要命了?"

"我没有不要命。"洛锦桑没有理空明,推开他对长意道,"云禾还有救!"

一句话,将那已黯淡的蓝色眼瞳点亮。

银色长发一动,长意转过头来,看向洛锦桑,而洛锦桑却指着门边道:"林昊青可以救她。"

顺着洛锦桑的手,众人看向门边,只见蓝衣白裳的林昊青站在屏风旁。

林昊青踏进屋来,目光在长意脸上一扫而过,随后落在床榻上的纪云禾脸上。只一眼,他便不由自主地皱起了眉头。

"你能救她?"长意问。

林昊青上前一步,再细细将纪云禾一打量,眉头皱得更紧。

太瘦了,六年前驭妖谷一别,林昊青便没想过还能再见到纪云禾,他那时一直以为,纪云禾要么立即死在顺德公主手上,要么隔段时间死在顺德公主手上……

没想到……她竟然能在国师府牢中熬上六年,而后又被鲛人带来北境。

他本以为,自己再也见不到纪云禾了。

"她怎么会这样?"他反问长意。

长意只固执地问着:"你能救她?"

林昊青目光一转,看向长意:"都变成这样了,怎么救?"

此言一出,屋中又是一静。

那稍稍亮起来的冰蓝色眼瞳再次失去了颜色。

洛锦桑不顾自己被冰霜冻得红肿的双手,丝毫不觉疼痛似的,一把将林昊青的衣襟拎住,她手指用力,手背的皮肤红肿得被撑开,流出滴滴鲜血:"你不是说你能救她吗!你说她不会这么容易死掉的!你刚才与我说的!"

林昊青并未挣脱洛锦桑的双手,任由她抓着自己的衣襟,他哑声道:"我本以为我能救。"

"什么意思?"洛锦桑问。

"我以为她只是被当年炼人为妖的药物所伤,所以我以为我能救她。"林昊青看着床榻上的纪云禾,"但不是。她形容枯槁,显然是身体之中的气血之力已被消耗殆尽,如今,周身皆已被冰封,如何救?"

洛锦桑唇角动了动,眼眶不由得再次红了起来,她一转头,对着长意怒道:"你为什么要封住她!"洛锦桑声音一哑,终于没忍住,哭出了声来,"你为什么要封住她!为什么?"

长意看着床榻上的纪云禾,并未作答。

洛锦桑只觉双腿一软,方才的狂奔丝毫不让她觉得累,及至此时,她才觉浑身的力气都被偷走了,空明在她身后将她抱住,低声道:"在冰封之前，她本就落气了。"

洛锦桑继续哑声问着："你为什么对她不好，为什么不放了她，你知道她最喜欢外面的天地，你为什么都没有让她多出去看看，你……"洛锦桑咬牙，她憋着气，挣开空明，跪行了两步，近乎狼狈地扑到了纪云禾身侧。

她伸出手，去抓纪云禾的手臂："我不让她待在这里，她想出去，我带她出去。"

她说着，去抓纪云禾手臂上的冰霜。冰凌让她手上再添鲜血，空明看得不忍，在他开口制止之前，纪云禾身上蓝光闪动，下一瞬，她的身体微微飘了起来。

屋内光华一闪，一声轻响，下一瞬间，湖心岛上的结界应声而破。长意与床榻上的纪云禾的尸身皆消失了踪影。

洛锦桑一边抹眼泪，一边道："他要带云禾去哪儿？"

"和你一样，带她出去。"空明将她扶起，目光静静看向窗外，"让她去自己喜欢的地方。"

屋中只剩下洛锦桑喑哑的哭声。林昊青站在一旁，并不多言，只是目光一直紧紧跟随着那空中的身影。

…………

湖心岛外自然是湖，此时漫天风雪，湖上也尽是厚厚的坚冰，长意踏步走在坚硬的冰上，他尚记得那一次，纪云禾才被他抓来湖心岛不久，她想离开，于是撞破了他的结界，一路狂奔，跑到了这冰上。

那次其实他早就远远地看见她了，只是他没有第一时间上前，他看着她奔跑着，在寒冷的空气中喘着粗气，最后跑不动了，在冰面上躺下，看着夜空放肆地大声畅笑。

那是纪云禾最真实的模样，是他最能看懂她的时候，简单、快乐。

他是喜欢那时候的她的。

长意将纪云禾放在坚冰上。

此时的纪云禾安安静静地闭着眼睛，没有吵没有闹，但他好像还能听见她在冰面上的大笑——乐得跟个小孩一样，没有受过任何伤，不曾见过天高，也不想知晓地厚。

长意看着她，却是嘴角微微一勾。

一颗珍珠落下，落在纪云禾脸颊上的冰霜上，随后，纪云禾身侧的冰面开始慢慢裂开，冰面仿佛开了冰凌之花，一层一层，盖在纪云禾身上，将她团团包住，每多一层，她的面容在长意面前便模糊一层。

　　冰层增多，直到将她完全包住，也将那颗从他眼睛里落下的珍珠永远固定在了纪云禾脸颊之上。

　　"你自由了。"

　　他说着，将纪云禾裹住的冰凌之花拉着她的身体慢慢向湖中沉去。

　　慢慢向下，越来越远，从她的面容模糊，到那珍珠的珠光消失，纪云禾终于彻底消失在他的面前。

　　坚冰合上，漫天风雪间，终于只余他孤身一人了……

第六章 阿纪，不回头

"阿纪，梦里的一切会过去，梦醒了，便也该让梦过去。时间在往前走，春花秋月，年复一年，你也不该总是回头。"

圆月如盘，遍照河山。

远山覆雪，而近处的湖面皆被坚冰覆盖，在月色下，冰面上透出幽幽的蓝光，带着清冷的美。

湖面上，黑衣人独自行走，一步一步，终于，他停在了一处，那一处与周围的冰面没什么不同，但黑衣人将手从斗篷中探出，他双手握着一柄寒剑，剑尖向下狠狠在冰面上一凿，坚冰应声而裂。

他退开两步，看着面前的坚冰慢慢裂开蛛网一般的纹路，露出了下方的湖水。

斗篷之中的眼睛望向湖水深处，在幽深的湖底，仿佛有一丝微弱的光亮一闪而过。

黑衣人眼中光华也因此微微转动。他收起了剑，没有任何犹豫，纵身跳下。"扑通"一声，黑衣人潜入湖水之中，他往下潜去，速度极快，周围的水将他戴在头上的兜帽拉开，露出了他的脸来——林昊青。

在月光无法照耀的黑暗里，他向着湖底的微光而去，终于，他的脚踩到了底。

他手中一掐法术，光亮自他指尖而起，照亮了四周湖底的景色，也照出了湖底被一层层深蓝色"冰块"所包裹的女子模样。

湖水太透彻，以至这么一点光亮已经足以将她容貌照清，还有她脸颊上被那蓝色"冰块"一同包裹起来的"珍珠"。

鲛人泪……

林昊青蹲下身，再次以手中长剑刺向那蓝色"冰块"，剑尖所到之处，"冰块"裂开，林昊青未停止用力，一直死死地往那下方刺去，直到他感受到自己的剑尖刺破所有包裹纪云禾身体的"冰块"，触到她的腹部，再一剑扎下，剑尖微微一顿，似刺入了什么东西里面。

他一咬牙，手臂用力，将剑尖猛地拔出。

随着剑离开纪云禾的身体，那蓝色"冰块"似有愈合能力一样，再次封上所有的缝隙，不让纪云禾的身体接触到周围的水。

林昊青将剑收回，此时，在他的剑尖之上凝着一颗黑色的圆形物什，好似一颗结在纪云禾身体里面的丹药。

林昊青将那丹药收好，负了剑准备离去，但眼角余光再次瞥见了纪云禾沉静的脸上，那颗因一点微光就闪出足够耀目光华的珍珠……

从他的角度看去，这样的纪云禾好似永远都躺在湖底哭泣一样。

纪云禾喜欢哭吗？

从小到大，认真算来，一次也没见过。她是个心极硬的人。

应当是不喜欢哭的……

…………

湖心岛小院被封了，长意再也没有往那处去。

他搬回了自己应该住的地方，驭妖台的主殿。北境本就事务繁多，而今大批驭妖师又降了北境，更增添了不少麻烦事。

今日又有地牢的看守来报，说林昊青逃了，当时天刚擦亮，长意揉了揉眉心，摆手让来人下去了。

空明正巧来了书房，看见疲惫得一脸苍白的长意，张了张口，本想问他几日没睡觉了，但又想了想，自己心里也明白了。打从他把纪云禾封入湖底那一日起，他就没有闭过眼了。

这个鲛人一刻也不敢让自己停下来。

"林昊青跑了，你打算怎么办？"空明最后开口，问的却是这句。

第六章 阿纪,不回头

"抓回来。"

"嗯,还有一事。"空明走上前,将一封信摆在了长意的书桌之上,他肃容道,"京师的那个公主约莫是真的疯了。"他顿了顿,声色透凉,"见北伐的驭妖师阵前倒戈,降了北境,她竟当真命人在几条主要的河流源头投放了大量的寒霜之毒。"

此言一出,长意微微闭了闭眼,复而才转头看空明,一双蓝瞳此时因血丝遍布,几乎成了紫色。眼下黑影厚重,让他看起来像是入了魔一般,有几分可怕。

"情况如何?"

空明和尚摇头:"很不好。河水带着寒霜之毒一路而行,沿河有不少毫不知情的百姓饮水,寒霜对普通人无害,却令不少有双脉之体的幼儿中毒,不幸中的万幸是,江河之水滔滔不绝,令寒霜之毒毒性稀释不少,未致人死亡,却……也害了他们一生。"

长意伏在书案之上,默了片刻,握着笔的手微微攥紧,他深吸一口气,继而松开拳头:"这么多年,你对寒霜的毒性有所研究,虽无破解之法,但亦可缓解症状,你可愿南行……"

"我便是来与你说此事的。"空明道,"我欲南行,即刻启程,哪怕能解一个孩子的苦痛,也好过在这里空坐。"

长意点点头:"嗯,我守在北境,你带百人南下,救人之时,警惕朝廷之人。"

空明点头,转身离开前,身形微微一顿,他看着书桌后的长意,在长意身后,是驭妖台主殿颜色深沉的屏风,他的一身墨衣几乎要融入其中,唯有那银发与苍白的脸色很是突出。

"你也歇歇吧。"空明终于道,"而今再如何惩罚自己,也无济于事了。"

空明离去后,空荡荡的大殿里,长意独坐主位之上,笔尖在纸上顿住,不一会儿便晕染了一大片墨迹。

惩罚自己,也无济于事……

他哪里是在惩罚自己,他明明只是不敢停下来。

在他漫长的一生当中,纪云禾出现的时间那么短,而他与纪云禾遇见的时间,更是短暂,但就是那么奇怪,如此长的生命跨度,对比如此短的刹那相逢,她的耀眼光芒却盖过了他过去的人生。以至在她离开之后,长意竟然觉得自己一呼一吸间,都有纪云禾的影子残存。她像一

081

个阴魂不散的鬼魂，时而在他耳边轻轻地呼吸，时而在他眼前轻浅地微笑，还偶尔在他闭眼的瞬间笑着唤他长意。

长意，长意……

一声一声，笑中似带叹息，几乎将他所有的神志都要唤走。

长意猛地放下笔，他有些忍无可忍地站起身来。

"来人。"他声音嘶哑地唤道，"今日巡城……"他欲起身走出门去，在站起来的这一瞬间，外面阳光照入大殿，长意眼前一黑，踉跄一步，几乎没站稳身子。直到被他唤进来的仆从扶住了他，他才缓过神来。

"尊主，你已经许久未曾合眼了，今日便……"

长意摆摆手，从主座的台阶上走下，他走在朝阳初升的光芒之中，每一步，皆如拖着千斤铁链，每一步，都让大脑眩晕，但他还得走，一直走，不回首，不驻足，因为一旦犹豫片刻，他便会彻底迷失。彻底忘记，他这副躯壳，到底是为何还在这儿行走……

…………

又是一年春花开。

杏花林间一个女童嬉笑着，左右奔走，一会儿在地上拔根草，一会儿在树上摘朵花。

女童双瞳漆黑，笑声爽朗，只是头上冒出的两个黑色耳朵显示了她并非普通的人类。她脖子上挂着的一颗银色珍珠在阳光的照射下闪闪发光，更将她的笑容衬得明媚了几分。

"阿纪。"一个女声从杏林另一头传来，一袭蓝衣的女子缓步而来。女童笑嘻嘻地一头扑在女子身上，咧嘴笑着，仰头看她，女子戳了一下女童的眉心，"怎么是个这么闹腾的性子？以前可不这样。"

"思语姐姐，你和师父总说以前以前，我以前到底是什么样？"

思语沉默了下，随即道："你以前比现在瘦多了。"

"思语姐姐嫌我吃得多？"

"我可不敢嫌你。"

思语牵了阿纪的手，带她从杏花林间走过，一直走到杏林深处，那里有一个破旧的院子。思语带着阿纪推门进去，里面院子不大，正好有两个房间，院中有一棵杏花树，飘下来的花瓣落在院中石桌之上。

石桌旁，蓝衣白裳的男子正皱着眉头在看书，一边看，一边口中念

第六章 阿纪，不回头

念有词，全然未觉外面的两人已经回来了，直到阿纪跑到他的面前，往他膝盖上一趴，脑袋顶掉了他手里的书，阿纪将手中的草编花环递到他面前。

"师父！你看我给你编的花环！"

林昊青看着趴在自己膝盖上的小女孩，愣怔了片刻，被锁在记忆深处的画面突然浮现。他已经记不得是多少年前了，在他尚且不是如今模样的时候，面前的这人也如现在这样，对他笑得灿烂。

林昊青收了手，将阿纪手中的花环接过。

"好看吗？"

"好看。"林昊青转头看了一眼站在旁边的思语。思语颔首恭敬道："留意了，无人跟来。"

林昊青这才点头："饿了吧，吃饭了。"

一顿饭，阿纪吃了五十个林昊青的量，桌边的饭桶没一会儿便被掏了个空。吃完一整桶饭，她似还有些肚子饿，思语便将自己碗里的饭都给了阿纪。她吃了个肚子滚圆，这边一吃完，马上打了个哈欠，揉着眼睛道："师父，我困了。"

"去屋里睡会儿吧。"

阿纪便自己回了房间，连门都没关，在那简易的床上一头倒下，登时呼呼大睡了。

而神奇的是，在她睡着后不久，她那吃得滚圆的肚子便开始慢慢地消了下去，每消一点，她的头发便也长长一点，翻身的时候，刚还合身的衣服这一会儿时间便已经露出了手腕脚腕来。

听着她均匀的呼吸声，思语道："从内丹化妖形，才十来天，睡一觉便蹿个头，这样下去，屋子怕是装不了她了。"

林昊青笑笑："长到她原来的个头便不会再长了。"林昊青重新拿起了书，"而今国师府和北境都欲拿我，带她出去且小心些。"

"是。"思语答后，顿了顿。

林昊青看她："怎么了？"

"属下只是不明白……"思语奇怪道，"当时……纪云禾身躯刚刚断气之时，主上明明知晓解救之法，却为何没有救她？而后又为何大费周折，将她从湖底带走？"

林昊青默了片刻，目光在书上，思绪却飘到了别的地方，他想起了

083

那日，在那方小屋，看到的纪云禾枯槁的脸颊……

"她想离开那儿。"林昊青道，"帮她一把而已。"

思语闻言，沉默下来，她默默退到林昊青的身后，站在院中，淋着这杏花雨，静静地陪着他，如影子一般，又度过了一段时光。

油灯光亮微弱，林昊青左手手指轻轻在泛黄的书页上摩挲，右手拈着一片轻薄如纸的物什在细细地看，他看得十分专注。忽然，门外响起了轻轻的叩门声。他放下手中的东西，卡在书页里，将书合上，贴身放好，这才迈步走向门边。还未开门，他便问道："怎么了？"

这个时辰来敲他门的，总不会是他的妖仆思语，他拉开门，门口果然站着阿纪。

时间已过了半月，阿纪个头长得极快，这眨眼间便已是少女模样，出落得与以前的纪云禾别无二致，只是神色间少了纪云禾暗藏着的冷硬与果决。

林昊青看着她，她头发披散着，手里还抱着枕头，因为情绪有些不安，所以头上毛茸茸的黑狐狸耳朵微微颤抖着。

一个什么过去都没有的纪云禾。心里想的，便在脸上表现了出来。如果没有经历驭妖谷的过去，她就该长成这般无忧无虑的模样。

"师父……"她抱着枕头，不安道，"我又做梦了。"

"先进来吧。"林昊青将门让开，阿纪便走了进来，她熟门熟路地将枕头往林昊青床榻上一放，然后坐了上去，将他叠好的被子抖开，裹在了自己身上，然后道："师父，还是那个梦，我又看见我躺在湖里，四周都是水，可冷了……"

林昊青在桌前坐下，倒了一杯凉茶，递给阿纪："只是梦而已。"

阿纪接过茶，摇头道："不是的，很奇怪……我睡着的时候也会做别的梦，但是……但是不是像这样的……"

"怎么样的？"

"我……我还梦见了一个长着鱼尾巴的人，他的尾巴又大又亮，可漂亮了！"阿纪说着，双眼都在发光，她的神情让林昊青瞬间失神地想到了驭妖谷地牢中，初见那鲛人的第一面……

那着实是一条令人惊艳的鲛人尾……

而激动完了，阿纪又垂下头，盯着手中茶杯里的水，有几分失神：

第六章 阿纪,不回头

"但是……他好像不开心。他在我面前的湖水里漂着,看着我,然后有珠子从他眼睛里落下来,落在我脸上……"阿纪抬手,摸了摸自己的脸颊,似还有冰凉的触感在她肌肤表面停留。

林昊青目光微微一转,看向阿纪颈项间的银色珍珠。

"就像这个!"阿纪激动地将自己戴着的珍珠取了下来,"师父,你说捡到我的时候,这个东西就在我身上,这到底是什么呀?"

林昊青轻轻接过阿纪手中的珍珠,将那珍珠链子又戴上了她的脖子。

"阿纪,这叫珍珠。这茫茫世间,万千江河湖海,里面有许多珍珠,这只是其中最普通的一颗而已。你的梦也只是万千幻梦中最平常的一个而已。"

阿纪沉默了片刻,林昊青的回答让她有些失落:"只是这样而已?"

林昊青点头:"只是这样而已。"

阿纪看着他毫无隐瞒的双眼,两只狐狸耳朵失落地耷拉了下来。"可是……"她握紧了手中茶杯,"为什么那个大尾巴人出现后,我……"

"啪嗒"一声,一滴水珠落入茶杯。

林昊青一愣,阿纪也是一愣,阿纪抬头望向林昊青,只见她眼角上还挂着一滴未落下的泪珠,在屋内昏黄的光线下,那么醒目。

阿纪将泪珠抹掉:"我……我也不知道我为什么会这么难过……"

林昊青沉默了片刻,想了许久,终于道:"吃东西吗?"

阿纪眨巴了一下眼睛,刚哭过的眼瞳像被洗过一样明亮,她呆呆地看着林昊青:"啊?"

林昊青转身,在屋里翻找了一下,递给阿纪一个果子。阿纪果然不哭了,专心吃着手里的果子,看她吃东西的模样,林昊青嘴角微微弯了一下,这才又在她面前坐下。

"我之前……也做过梦。"

"师父做梦,也会这么难过吗?"

"难过,但比难过更复杂……"林昊青沉默片刻,声音又沉又慢,"我梦见我以前很恨的一个人……"

阿纪不是一个好听众,她迫不及待地问:"有多恨?"

林昊青看着她,笑了笑。"大概是这世上我最想将其杀之而后快的人吧……"他的回答有些吓到阿纪了,阿纪眨巴着眼看他,没敢搭话,林昊青便继续道，"可我梦见的这个人，所做的让我憎恶的一切，都是有缘由的。这世上的人，不管是做什么事，大抵都是有那么一两个不得已的缘由的。没有无端的善，也没有无缘的恶……"

"师父……我听不太懂。"

听到这么一句话，林昊青愣了一会儿。

林昊青抬手，摸了摸阿纪的头，看着她的目光，林昊青忽然觉得，不知道是老天对她垂怜，还是要给她更多的磨难，天意让她一朝忘却所有，回到最本真的她。但他回不去了，也不想再回去。

"总之，师父在梦里，不管以前对那个人有多怨多恨，而后都不恨也不怨了，我甚至还要和那人协作，去完成某件事。阿纪，梦里的一切会过去，梦醒了，便也该让梦过去。时间在往前走，春花秋月，年复一年，你也不该总是回头。"

"但我怎么控制自己的梦境，才能算不回头呢？"

"梦里梦了便也罢，醒了，就不要念念不忘了。"

阿纪默了片刻，手紧紧地将果子握住。她下意识地觉得她师父说的是对的，她应该照着师父的话去做。但是……但是为什么，一想到要将那个长鱼尾巴的人忘了，她就又难过得心口都抽紧了？

见阿纪又陷入了沉默，林昊青收回手，故作严肃地问她："你有这么多时间沉溺于一个梦境，可见是将我教你的法术都学会了？"

阿纪一愣，果然被岔开了心神，挠了挠头道："师父，你教我别的法术，都简单，结印、画阵，都没问题的！但是……那个……那个变脸的法术……"阿纪有些不好意思地看了林昊青一眼，"我会是会了，但变了脸，总是不自在，情绪一动，稍有不注意，就又变回去了，没办法一直保持另一个模样……"

林昊青这下是真的严肃了起来。"其他的法术，你若能学会，自是好的，但变幻之术，你必须会。"他严厉道，"阿纪，这是你以后能按照自己的意愿活下去的唯一办法。你真实的这张脸，除了我与思语，谁都不能看见。我让你死记的规矩，你忘了？"

他的严厉让阿纪有些瑟缩："阿纪记得……不去北境，不去京师，不以真面目示人，不用双脉之力……"

见她如此，林昊青的情绪微微缓了下来："你是九尾狐，天生便该有九张脸，变幻之术当是你的看家本领，你好好练，一定可以控制好。"

第六章 阿纪，不回头

阿纪点头："但师父……为什么我明明是妖怪，却有驭妖师的双脉之力啊？思语姐姐是剑妖，她没有双脉之力，师父你是驭妖师，但你也没有妖力……"

阿纪自顾自地问着，林昊青不知如何作答，纪云禾被林沧澜炼人为妖，拥有双脉之力，也拥有妖力，而拥有妖力则必定会凝聚内丹。而妖怪只要内丹不破，便不会身亡。

或许连纪云禾自己也不知道，在她被炼人为妖后的这么多年里，她自然而然地有了两条命，一条在她作为驭妖师的身体里，一条在作为妖的内丹里。

所以他在冰湖冰封中取出她的内丹，根本没有费多少工夫，将养几日，便让她在天地之中再凝成形。

只是这次，她不再是以人的身躯承载妖力，而是以妖的身躯承载双脉之力。只是她的记忆，算是彻底留在了那具被冰封的身体之中。

但这些话林昊青没办法与如今的阿纪解释，因为一旦他说了开头，便又将面临着一大堆的"为什么"，而这些过去，林昊青并非懒于解释，他只是认为，既然新生，便彻彻底底地新生，那些繁杂的过去，就都抛下吧。

是以林昊青在良久的沉默之后，轻声道："阿纪，不回头。"

大半个月过去。

院里的杏花已经掉得差不多了，树枝开始冒出新芽。阿纪终于不再疯狂吃饭长个，也终于可以好好地控制自己的变幻之术了。

而阿纪没想到，当她用变幻之术呈现完美的男儿身站在林昊青面前时，林昊青说的第一句话竟然是："也好，也该离开了。"

于是思语一言不发地转身收拾了东西，当即便给了阿纪一个包袱，道："阿纪，你该南下了。"

阿纪接过思语手里的包裹，有些蒙，她看看包裹又抬头看看林昊青与思语，随即变回了自己的模样，还没开口说话，便见林昊青眉头一皱，她会意，立马又变回了男儿身，她挠头，有些不解："师父，你们不跟我一起吗？"

"我还有没做完的事。以后，便不与你一起了。"林昊青看着阿纪呆怔的脸，道，"记着我与你说的话，北境、京师都不可去，不得以真面目示人,不得用驭妖师之力。"

阿纪点头:"我都记得的,但是……师父……为什么不让我和你们一起去?"

思语轻轻摸了下阿纪的头:"我们不是要抛下你,只是我们要去的地方,你不能去。"

阿纪不解:"我不能去?那你们是要去北境,还是京师?"

林昊青道:"你不用知道,拿好行李南下吧。"

"我……"阿纪抱着包裹更加无措起来,"可我该去哪儿……该做什么……"

林昊青走上前,抓着她的肩,将她的身体推过去,面对大门口,林昊青在她身后,推着她向前走,一直走到门边,而后,不由分说地将放在她背上的手一用力,轻轻一声响,她被推了出去,也是在推她出去的这一瞬间,阿纪听见林昊青在她耳边低语:"你总会找到要去的地方和想做的事。"

声音没有起伏,还是如平时一般严肃,阿纪却忽然感受到了几分温柔的意味。

当她着急地转头,想要再看林昊青一眼时,身后"嘭"的一声,院门已经关上。

阿纪的鼻尖碰在脏兮兮的院门上,触了一鼻子的灰。

阿纪抱着包袱,呆呆地在门口站了许久,她心里还是有些不安,反复思量着,难道是最近自己哪里行差踏错,惹师父不开心了?

她在门口蹲了半日,半日后,她再敲门,屋里已经没有了回应的声音。她厚着脸皮,推门往里面闯去——院中清清冷冷,地上凋落的杏花无人扫,庭院间一片萧索。

不过半天的时间,院里已经人去楼空。

她在院中待了一会儿,便只好转身启程,走出小院,走过杏林,当她踏出杏林的那一刻,身后的杏林突然化为飞花,簌簌而落,被风一吹,穿过她的发间,转向长空,随即化为无形,她转头一看,身后哪儿还有什么杏林,阳光之下,这里不过是一片再普通不过的荒草之地。

忽然间,阿纪心头一空,心头便似长了几寸荒草一样,她感觉自己成了一棵没有根的浮萍,一无所知地从虚空里走出,没有父母,没有过去,一身的秘密无法得到解答,这世间,她莫名其妙地来,莫名其妙地

第六章 阿纪，不回头

长大，又莫名其妙地回到孤寂一人……

没有人可依靠，她咬咬牙，只好独自踏上南下之路。

但愿这一路南下，还能见更多繁花。

…………

南方已经回暖，但北境依旧苦寒。

而在这驭妖台北境尊主的房间里，比外面的冰天雪地更加寒冷。

冰霜在他身上凝结，自他身上蔓延至床榻，一直到殿内地上与墙上，皆覆盖了满满的寒霜之气。

外面突然传来敲门声。

躺在床榻上的银发鲛人眼睑动了动，猛地睁开眼睛，一双蓝色的眼瞳失神地望了一会儿天花板，直到外面敲门声再次传来，他才缓了缓情绪，捂着头坐起身来。

"进来。"他开了口，外面的侍从才推开门，一时间屋内的寒气涌出，侍从踏进来的一瞬间被冻得浑身一个激灵，又恰巧一脚踩在结了冰的地面上，登时狼狈地摔倒。在地上东倒西歪，宛如耍杂技一般挣扎了许久，才终于稳住身子，跪在地上，一动不敢动。

侍从出了丑，悄悄瞥着长意，一声不敢吭。

这北境的尊主自打离开湖心小院之后，身上寒气越发厚重，脾气也越发让人难以捉摸。换作以前，空明与洛锦桑还在，见侍从出丑多半是要笑上一笑，他们便也没有那么心惊胆战了，但而今……

长意一言不发地瞥了跪着的侍从一眼："什么事？"

"回尊主，空明大师从南方传来消息，说受寒霜之毒影响的人甚多，他或许要耽误回北境的时日了。"

"嗯。"长意应了一声。

侍从为了不让自己再摔倒，跪着趴在地上往外退。长意忽然开口道："明日你不用来了。"

侍从一怔，战战兢兢地应了声是，连忙退了出去。

他走了很远，出了好几个门，这才与相熟的侍从交头接耳道："还说北境比京师好待呢，我看咱们是来错了地方，这个尊主不比顺德公主好伺候，也是个阴晴不定的主儿。"

"不应该啊……听说这北境尊主以前不是这样的啊……"

"出了那湖心小院便变成这样了，也不知道是中了什么妖邪法术，你看这每日起来，殿里面冰天雪地的，还不如让我在外面站着吹冷风呢。明日不让我伺候他了，正好正好，这条命算是保住了。"

"唉……"

他们以为自己抱怨的时候无人知晓，殊不知这些话语一字一句都传入了长意的耳朵里面。

长意听着这些话，心底并无任何感觉，他觉得他们说得对。

他的脾气他自己也越来越无法控制，他看着这人世，便如同看着一片荒草一般，枯寂无聊，看着那些人脸，也如同看牲畜一般，没有丝毫触动。

他知道自己对这人间越来越没有兴趣，只因为他所有的执念和顽固，都已用在了一个人身上，而她将这些都带走了……

长意看着自己的手，指尖苍白，他每喘出的一口气，都在寒凉的空气中卷出白雾。

冰封纪云禾之后，他的身体就开始慢慢变成这样了。长意知道，是因为他在纪云禾身上留下的印记，才让自己受这苦楚。他在纪云禾耳朵上咬的那一口，是鲛人给伴侣的承诺，这会建立他们两人之间的无形联系，在她活着的时候，这印记能让他感知她的所在。

而当她死了……

鲛人一生都生活在海里，所以当鲛人身亡之后，便如同陆地上的妖怪身亡一样。陆地上的妖怪身死，化为无形，如粉末一般在空中消散，越是力量精纯，越是消于无形，或成一抔土，或直接在空中消散。

而在海中的鲛人亦是如此。他们的力量来自大海，所以当身亡的那一刻，周身力量也都还于大海，他们会化成海上的泡沫，在无形中消散。

纪云禾虽然不是鲛人，但她被他打上了鲛人的印记。只要长意将纪云禾的尸身放入大海，海水便会夺去她这身体上的鲛人印记，或许还会将她化为泡沫。而只要印记消失，长意便不必再受这冰霜之苦。

但他不愿意。

他以层层寒冰封住纪云禾的尸身，将她沉在湖底，便是不愿斩断他们之间最后的联系。

纪云禾可以走，可以放手，可以自由。

第六章 阿纪，不回头

他不可以。

他偏执地要抓住这一丝毫无意义的联系，不理智，不明智，甚至可以说有些不管不顾。只因为……

这周身的寒冷，让长意在夜深人静的梦里，好似能躺在与她同样的冰湖里，好似还能听见她在他耳边哑声低唤："长意……长意……"

只是他臆想出来的这一丝熟悉的感触，便足以支撑他在一夜更比一夜凉的刺骨寒冷中入眠。

长意走下床榻，脚踏在冰冷的地面上，他面上没有任何表情，一步一步往前走，走出屋外，日光倾洒，照在他身上，他却未曾感到一丝一毫的温度。

这渺渺人间，山川湖海在他眼中都已无甚趣味。长意忽然想起了很久之前听过的，国师府的那个大国师要为天下办丧……

为天下办丧……

大抵也是这样的感觉吧……

因为再也无法感受这世界的美好与有趣了，所以苍生倾覆，天地颠倒，也都与他无关。

"尊主。"又有其他侍从走上前来，长意转头看他，他这张脸与之前那个侍从的脸，在长意看起来差不了多少。侍从道："前一阵子降于北境的驭妖师卢瑾炎与在北境的蛇妖发生了冲突，两人动手，引起了驭妖师与妖怪的一次争斗，而今争斗已然平息，但双方仍旧心怀不满，尊主，驭妖师与不少妖怪而今都在我北境，此前人少，众人也算齐心，而今从几方驭妖地降来的驭妖师却……"

"杀掉吧。"

长意淡淡地吐出三个字。

来人一怔："尊……尊主？"

"闹事者，诛。"长意留下这话，转身便走了，徒留侍从在原处呆呆地看着长意的背影，一脸错愕。

…………

阿纪带着自己的包裹，用变幻之术化成了男儿身，一路南下。一开始她以为自己会茫然无措或者会有一段时间不适应，但没想到，她的适应能力总是超乎自己的想象。

在山水间走过，她发现自己意外地喜欢这样的生活，不求得，不畏失，天地之间，只有她一人任逍遥。

也是在离开了那杏林之后，阿纪才发现了真正的自己，原来她这么喜欢蓝天，喜欢艳阳，喜欢暖风习习，喜欢在溪水里抓鱼，也喜欢吃饱之后躺在草地里，一睡一整天。

前些日子被林昊青丢下的怅然与不快也都释怀了，她觉得林昊青最后和她说的那句话很对，她会找到自己想去的地方，也会知道自己该做什么事……

是日艳阳高照，阿纪在小溪边走着，忽听前方传来了女子的哭声。

阿纪一愣，连忙跑上前去。

前方溪边，一个母亲抱着浑身乌青的孩子哭得撕心裂肺。

"怎么了？"阿纪连忙询问。孩子母亲没有回答她，阿纪低头探看，只见孩子周身冰凉，浑身皮肤都是极不自然的乌青色，阿纪眉头一皱，将孩子手腕一握，发现孩子体内隐隐藏有双脉。

竟然是个有双脉之力的孩子……

"他中毒了……"母亲哭诉着，"这水里都是毒呀！"

阿纪转头看了一眼溪水，她也日日喝着溪水，也未曾这样。她握着孩子的脉搏，眼见气息越发微弱下去，她皱眉道，她该帮他护住心脉，但孩子有双脉之力，她万万不能将妖力灌入他的体内，林昊青之前与她说过，寻常人只有一股力量，这世上没有其他人像她这样，所以她要藏好自己，不能动用自己的驭妖师之力……

但是……难道要眼睁睁看着小孩送死吗？

忽然间，小孩微微抽搐了两下，小小的身躯在无助的母亲的怀抱里显得更加可怜。阿纪没再犹豫，握着他的手掌，便将自己的力量灌入了孩子身体之中。

没一会儿，小孩的抽搐微微停歇，气息也渐渐平稳下来，这一身乌青虽然没有消退，他却慢慢睁开了眼睛。

"睁眼了！"母亲破涕为笑，看着孩子，不停地摸着，"没事了，孩子没事了，阿娘在，阿娘在。"

阿纪退开两步，看着欣喜得像个孩子一样的母亲，唇角微微勾起了笑容。

入了夜，阿纪跟着母子两人来到他们暂时栖身的小破庙里面。

第六章 阿纪,不回头

母亲称他们是从家乡逃出来的,孩子的父亲已经去世了,她看着睡着的孩子,抹泪道:"小安生下来,大夫说他有双脉,我和他爹连夜带着他就逃离了家乡,为了不让他被抓到那四方驭妖地去……"

火光摇曳,阿纪看着母亲略显沧桑疲惫的面容,恍惚间,她脑中有一幅画面闪过,也是一对父母带着自己的孩子仓皇逃走的画面……

"小安爹早年被官兵抓住杀了。而后我就带着小安躲在山里,东躲西藏,就盼着那大国师死了,朝廷倒了,我们也就不用躲了,好不容易等到北境起兵了,不承想京城里的公主竟然把毒都投在了江河里。我让孩子不要喝河里的水,每日接了露水,还有下雨时接点雨水给他喝,但那哪儿够,孩子口渴,实在受不了了,趁我没注意,就趴在溪边喝了水……我宁愿他喝我的血,也不要他为喝一口水变成这模样……"

阿纪听得心惊,对母亲口中的公主更是直觉地感到厌恶:"那公主怎么如此丧心病狂?"

女子摇头:"那公主再如何做,我们也只得认倒霉,我想带着孩子去北境,倒不是为了别的什么,只是那里冰天雪地,至少有口干净的喝的。"

阿纪闻言,沉默了片刻,点点头:"阿姐,你莫伤心,明天早上我陪你去接露水。"

女子看她:"多谢小公子了,今天也是多亏了你……"

"没有,阿姐,你答应我,明日离开这儿之后便将我忘了,千万不要记住今天的事。"

"我知道的,人人都有自己的难处,公子救了我的孩子,我绝对不给公子添乱。只是这深山老林的,公子若是也要躲避什么,不如和我们娘儿俩搭个伴,一同去北境?"

阿纪摆手:"不了,我还要去做别的事。"

翌日,阿纪与母子两人分道扬镳,她顺着溪水而上。她答应了林昊青,不去北境,不去京师,但她可以在自己力所能及的范围之内去做点什么。

比如找到这条溪水的源头,至少想想办法,让喝了这溪水的双脉小孩不再中毒。

…………

阿纪顺着这条溪走了两天，入了一座大山。她找了个地方睡下，想等明天天亮了再探看一下溪水的源头。

而这天夜里，她听见了山背后传来一阵阵搜寻呵斥的声音，她在树上睡着，坐起身来抬头往远处一看，便看见不少人举着火把，在山林间寻找着什么。

阿纪心里奇怪，翻身从树上跳了下来。而她刚一落地，忽听旁边草丛里传来一声惊呼，她往旁边一看，月光之下，一个一袭白衣的少年满脸狼狈地摔坐在草丛里。

她眨巴着眼看了少年两眼，一个字还没说，少年忽然蹦起来将她的嘴捂住。"嘘！"少年惊慌道，"别说话！"

阿纪不惊不惧，依旧眨巴着眼看他，他的手将她的嘴捂得很紧，接触后，她察觉出了他身体里的双脉……一袭白衣的驭妖师……这白衣的料子还如此好……

阿纪琢磨着林昊青让自己看过的一些书，心里犯起了嘀咕。

而这边，少年确认她没有要惊叫的意思，这才颤巍巍地放开了手："你别怕，我不伤害你。"

"你是国师府的弟子吗？"阿纪问，只一句话，又让少年重新戒备起来，他退开两步，背抵在树上，戒备又惊惧地盯着阿纪。

"你……你是什么人？你是来抓我的吗？"

阿纪没有回答他，动了动鼻尖，她嗅到了一丝血腥的味道。她转眼一看，少年的左手臂衣袖破开，手臂上好长的一条伤口，还在滴滴答答地流着血。

"我不是，但那些人为什么要抓你？"阿纪打量他，"是不是你在这条溪的源头投的毒？"

少年连连摇头："不是我！我……不……也算是……"少年靠着树，好像再也没有力气支撑自己的身体了似的，他无力地坐下，双目失神，"我……和我师兄，受命前来，我在来的路上看见中过毒的小孩……他浑身乌青……我……我不想执行任务了，但师兄……师兄还是把寒霜投入了溪水里，后来北境的人来了……师兄被他们杀了，我逃到这里来……"

他说着，有些语无伦次，好似这一天已经受到了足够多的惊吓。

他抓着头发："我也不知道该怎么办，为什么……为什么会这样……"少年情绪有些崩溃，"我也不想害人，我也不想死……"

这个少年不过十五六岁的年纪，阿纪看着他，审视着他，而后相信了他。她下定了决心，蹲下身来，对少年道："我不抓你，你走吧，后面的人来了，我帮你糊弄过去。"

少年抬头看她，满眼的血丝，苍白疲惫的脸上全是不敢置信："我……我是国师府的弟子……现在外面的人都想杀了我们，你……你要帮我吗？"

"走吧，别和我闲扯了，他们要追来了。"

少年这才回过神来，他看着阿纪，蹭着树，撑着身子站了起来："我……我叫姬宁，我师父是国师府的姬成羽……"

姬成羽……

阿纪眉头一皱，突然觉得这名字莫名地熟悉。

少年未察觉到她的情绪，继续道："你……你叫什么名字？若日后……"

"还想有日后？"

一声冷笑自身后传来，少年看着阿纪身后，登时脸色苍白。

阿纪闻言微微转过头来，看见身后站着的壮汉，那人双手拿着一把巨型大斧，盯着阿纪与姬宁："国师府的走狗，休想逃走！"

少年脚下一软，再次摔坐在地。阿纪此时却站起身来，挡在姬宁面前。

月色之下，她眸中有点漆之光："他不过是被逼至此，何必赶尽杀绝？"

"哼，哪儿来的臭小子？休要扰大爷办事！"他说着，脚下一蹬，手持巨斧径直冲阿纪奔来，壮汉每踏一步，大地好似都震颤一下，他一声大喝，冲到阿纪身前，举起手中大斧，狠狠劈砍而下。

阿纪眸中光华一动，眉眼一凝，一抬手，"嘭"的一声，她一手顶住壮汉的手腕，手掌与壮汉手腕相接，气浪荡出一丈余，震颤了四周树木。

阿纪抓住他的手腕，壮汉面上神色渐渐从吃惊、挣扎，最后变成痛苦。

阿纪的手看似轻轻一推，那来势汹汹的壮汉便连连退了三步，右手登时握不住手中巨斧，手一垂，巨斧落在地上。

第六章 阿纪，不回头

壮汉不甘地抬头盯着阿纪,阿纪身后的姬宁也是一脸震惊。

只有阿纪一人还是一张平静无波的脸,道:"跟你说了他是被逼的。杀人前,能不能讲讲道理?"

第七章 再回北境

> "确实是个挺厉害的妖怪。将他也一并带回北境吧。"

"你也是妖怪?"壮汉缓了片刻,终于站起身来,盯着阿纪。

阿纪没有否认。

说话间,山下火光更近,不少举着火把的人翻上山头,众人手中的火光将方寸之地照得犹如白昼。

阿纪眸光一转,看向四周,粗略一数,大概有二十人。阿纪心想,她不清楚他们的底细,还得带着身后的人走,又要注意自己的变幻之术不露破绽,最重要的是,还不能催动身体里的双脉之力……

这要是一打,慌乱起来,指不定得露馅……

得跑。

阿纪扫了一圈包围他们的人,人群中有驭妖师,也有妖怪,可见大家平时关系并不紧密,配合得并不好,阿纪很快便找到了他们包围圈里的破绽。

林昊青只教了她一些阵法法术,并未教她这些东西,但她好像骨子里自带这些东西一样,权衡利弊,分析局势,做出决断,最后执行它……

眼前的壮汉也缓过劲来了,他握住受伤的手腕站起身来:"小子,不管你是什么人,老子奉劝你一句,我北境要抓的人,你休想带走,这闲事你最好别管!"

"我不喜欢管闲事。"阿纪道,"管的是人命关天的事。"

她话音一落,在所有人都没有准备的时候,一把拉起身后错愕的少年,扛在肩头,健步如飞,径直冲无人防守的"破绽"而去,有两人见状,手快来拦,阿纪不由分说,腰间短刀出鞘,以刀背击来人手肘,短促的两声轻响,那两人如遭重击,整条手臂登时酸麻不已,再难抬起。

阿纪趁机扛着少年纵身一跃,蹿出树梢,脚尖踏过树梢枝头,身轻如燕,似要奔月而去。

她回头看向身后,树影重重下,所有人的面目都变得模糊,阿纪笑道:"人带走了……"

便在这得意的刹那间,阿纪头顶忽然一片阴影罩来,她抬头一看,只见一个巨大的钵遮月而来。她瞪大了眼,要掉头跑,可等不及她跑,那钵便立即扣下。

"哐"的一声,犹如巨钟撞击,响彻林间,夜鸦尽数被惊起,扑腾飞远。

阿纪与姬宁都被扣在了巨大的钵里。

前来围剿的人这才急急忙忙地追了过来,众人看着大钵,还在挠头,一人忽然从林间另一头走了出来,壮汉见状,立即颔首行礼:"空明大师,洛姑娘,多谢二位帮忙了!"

"老远就听到这边的声音了。"洛锦桑从空明和尚身后走了出来,她敲了敲钵,"大秃驴的法器抓人还是挺好用的吧。"

钵体之中一片黑暗,阿纪与姬宁被困在里面,他们听不见外面的声音,但敲钵的声音传到里面,不停地回响,让两人头昏脑涨,一时间只想捂住耳朵,什么也做不了。

外面的洛锦桑敲了两下便也放了手,好奇地问面前的壮汉:"你们这抓的是什么人啊?"

"是国师府的一个弟子和一个不知名的妖怪。"壮汉妖怪答道,"此处是去北境必经之路,顺德公主于江河之中投入寒霜之后,不少带着双脉之子的人从此处路过,去往北境,然经过这里之时,多人中了寒霜之毒。后来我们发现,有国师府的弟子在溪水源头投毒,今日斩杀了一

第七章 再回北境

个，跑掉了一个，这里便是跑掉的那人。"

"国师府弟子？"空明挑眉，"呵，大国师真是能由着那妖女折腾，这样丧心病狂的事，也让门下弟子来做……"

"是，这两年国师府人手不足，好似大国师手下的弟子也开始收徒弟了，先前我隐约听闻，这是大国师座下弟子姬成羽的徒弟。"

空明闻言，眸光微微一动，看向钵体。

"哼，这些家伙坏到骨子里去了！"洛锦桑狠狠一拳砸在钵体上。

"嗡"的一声，外面的人也觉得耳朵稍有不适，空明瞥了她一眼。

"行了，人也抓住了，刚那一下够他们受的，大秃驴你把东西收了，咱们继续走吧，还有不少孩子要看病呢。"

洛锦桑转身便走，空明掐了个诀，巨大的钵慢慢变小，他没有看旁边的人，只淡淡吩咐道："国师府的弟子别杀了，带回北境去关起来，看能不能问出什么消息来。"

壮汉一愣，素闻这空明大师也是个心狠手辣的人，疾恶如仇，见恶便斩，没想到今日竟然想留这人一命。他不便多问，只点头应好。

而这边他话音还未落，空明的钵刚刚变小到离地几寸，忽然之间，一阵气息暴涨，径直将钵体震开。

众人霎时间被一阵满带妖气的黑风吹得下意识地护住眼睛，空明反应极快，手中禅杖一转，瞬间结了个阵法挡在面前，妖气未震到他分毫，他眯眼看着一片黑气弥漫之中的人："狐妖？"

阿纪周身黑气弥漫，将她与已经被震晕过去的姬宁护在其中，待得金钵被弹开，她周身的黑气也慢慢消散开来。

空明盯着她，眯眼打量。

黑气也从阿纪眼前散开，她看着站在对面的空明和尚，突然微微一阵头疼，脑中又是一片混乱的画面飞过，但她什么都抓不住。

而就在她愣神的这一瞬间，忽觉后颈一凉，她往身后看去，却什么人都没有，紧接着，一阵眩晕感传来，她蓦地倒在地上，昏迷过去之前，她看到先前离开的女子身影陡然在她身边显现……

隐身……这个女子……会隐身？

未来得及再多想其他，阿纪便彻底昏迷了过去。

看她闭了眼，洛锦桑拍拍胸脯："还好我没走远，这妖怪还挺厉害的。"洛锦桑蹲下身来，将阿纪覆盖在脸上的头发扒拉了两下，"看起来也不像这个小驭妖师的妖仆啊，他为什么要保护小驭妖师？"

空明走近，抬手握住了阿纪的手腕，捏了片刻，又放开了："确实是个挺厉害的妖怪。将他也一并带回北境吧。"

…………

阿纪再醒过来的时候，四周已是阴冷至极的地牢。

她揉了揉太阳穴，坐起身来，一下就反应过来自己被抓了，她一个激灵，首先摸了下自己的胸，再摸了摸自己的头顶……还好，最后一刻还是保住了自己的变幻之术，没有露出破绽来……

她舒了一口气，这才开始静下心来打量周围环境。

眼前是寒铁栅栏，身侧是将湿气都结成了冰的墙壁，她摸了摸墙，觉得这被关押的感觉……竟然也有几分熟悉……

她再一转头，微微一怔。这旁边，竟然还有一个人……准确地说，是两个。

姬宁被扔在角落里，现在还晕着，而另一个人穿着一袭破烂的粗布衣服，靠墙坐着，歪头打量着阿纪。

阿纪看着他，他也不说话，阿纪向姬宁走去，摸了摸姬宁的脉搏，确认他还活着后，这才转头对那一言不发的男子道："你也是被抓来的国师府弟子？"

男子这才将手一抱："老子是你大爷。"

阿纪转开了头，看看四周："牢里的大爷？"

男子面色一青。这时对面牢房中传来一声怪笑，似男似女的声音传来："小兄弟，这位大爷不日便要被砍脑袋了，你且让他再嘚瑟一两天吧。"

阿纪看向对面牢房，一个难分性别的蛇妖像没有骨头一样挂在对面牢笼的栏杆上，他虽然长了张人脸，但舌头还是蛇的模样，说着话，便吐了吐蛇芯子。

"你娘的，你不是隔日砍头吗？"男子一声怒叱，站起来便狠狠一拳头砸在牢门上，"不是你找事情，老子会跟你打起来？能有这事？要死一起死，他大爷的老子怕谁？"

对面的蛇妖依旧妖娆地吐着蛇芯子："卢瑾炎，事到如今，你也就只能冲我横，你有本事与那鲛人横去呀。"

第七章 再回北境

蛇妖说到此处，正戳中了卢瑾炎的痛处，他倒没有再骂娘了，只是气闷地回过头来，在牢里焦急地走了两圈，最后找了个地方蹲下。

他闷声道："早他娘的知道北境的鲛人也是这狗娘养的德行，老子便不该阵前降来北境。他奶奶的，这作风和大国师还有京城那个什么狗屁公主有什么两样？"抱怨了两句，他又站了起来，狠狠踹了一下牢门，指着对面的蛇妖继续骂道："你们这些妖怪就是他娘的不靠谱！就该给你们收拾着，还当什么尊主？给你们脸了！且看老子死了这世道怎么个乱法吧！都他娘的是王八，谁都不省心！谁也不让谁有好日子过！"

阿纪望着他，除去他连篇的脏话之后，将他们话里的意思捋了出来："那个北境的尊主因为你们打架，就要抓了你们砍脑袋？"

"对呀。"对面的蛇妖抢先答道，"咱们妖怪呀，和他们驭妖师那是宿仇，这都混在北境这么一块地方了，谁能给谁好脸色呢？那鲛人呀，是拿咱们杀鸡儆猴呢。"

"你他娘的才是鸡！"

阿纪在他的咒骂声中摸着下巴琢磨："那鲛人将我和这小子放到和你们一样的牢里，是不是意味着他也要砍我们的脑袋？"

蛇妖怪笑了两声："这小伙可终于反应过来了呀。他是国师府的弟子，你是帮着国师府弟子的妖怪，你们被抓回来，可不也是鸡吗？"

阿纪不乐意了："那不行，我不乐意做一只鸡。"

"怎么？这北境的地牢，现在可跟京师天牢有的一拼，你还以为你能逃出去？"

阿纪笑笑："反正都是要被砍脑袋的，能逃出去，为什么不拼命试试？"

此言一出，卢瑾炎与对面的蛇妖都陷入了沉默，两人相视一眼，皆看向了阿纪。

阴冷的地牢里，两名狱卒提着大刀巡逻了一圈，刚拐一个角，要走到最里面的两个死囚牢房，忽然间，里面传来了犯人的惊声呼叫。

"哎哎！蛇妖跑啦！蛇妖跑啦！"

两名狱卒闻言，心头一惊，对视一眼，知道那是尊主点名要斩的人，若叫他跑了，必定要受重罚。

两人立即追了过去，但见两间相对的牢房，一边关着三人。那国师府弟子还在昏睡，另外两个人一脸焦急，卢瑾炎破口大骂："这些妖怪他娘的好生狡诈！"

阿纪则指着对面的牢房大叫："快呀！快去抓呀！那蛇妖挖地洞跑了！"

狱卒连忙往对面一看，黑漆漆的牢房里果然不见蛇妖身影！两人登时慌张起来："挖地洞？"

"对呀！就是那角落！看见没，那里面，好像还有点光透出来呢！"阿纪指着角落，焦急地喊着，说得有模有样，"不能让他一个人跑了！把他抓回来！要死一起死！"

一个狱卒掏出了牢房钥匙，将蛇妖牢房的牢门打开，试图进去探个究竟。

而就在他开门的一瞬间，漆黑地牢的天花板上忽然垂下一条蛇尾巴，将他的脖子一卷，往旁边一甩，那狱卒当即便昏死过去。蛇妖身形如电，在另一人要大声呵斥之际，口中蛇芯子吐出，缠住那人的脸，紧接着，好似是用蛇芯子将自己整个身体拉过去的一样，他扑到那人身上，整个身子如无骨一般缠上那人，嘴巴张开到不可思议的程度，好似要将那人从头吞下。

"啪！"一块冰砸在他脑袋上。阿纪斥道："你还有时间吃人呢？弄晕了事，还不把钥匙拿过来开门？"

被关在玄铁牢房里的阿纪用不了法力，这一冰块倒是没将蛇妖砸出什么毛病，只是让他清醒了一下。蛇妖转头，看向牢里的三人，最终目光落在卢瑾炎身上，他忽然一笑，松开面前的人，将狱卒的钥匙捡了起来。

阿纪与卢瑾炎都巴巴地望着他，却见那蛇妖手一抬，将钥匙挂在了对面的牢房大门上。

卢瑾炎的面容一青："你他娘的什么意思？"

蛇妖得意地一扬下巴，扭着尾巴便往外面去了。

卢瑾炎气得双目怒瞪："你回来！娘的！你这孙子！你回来！"

而相较卢瑾炎的气急败坏，阿纪却显得尤为平静，只对卢瑾炎道："去帮我把国师府的少年弄醒，弄不醒就背起来。"

"背个屁！这蛇妖都自己跑了！把钥匙挂在那儿！你拿得到吗？你拿得到吗？娘的！我就说这些妖怪不可信！"

阿纪淡定地揉了揉耳朵:"他会回来的。"

阿纪声音不大,却清晰地传到了烦躁至极的卢瑾炎耳朵里。阿纪转头看他,面容沉静:"去把姬宁叫起来。"

卢瑾炎愣了愣,只觉自己暴躁的怒火在阿纪的冷静面前,显得幼稚又无用。

他挠了挠头,依言走到后面,拍了拍姬宁的脸。姬宁紧闭的眼皮动了动,眼看着便要睁眼,正巧,牢外又传来"窸窸窣窣"的声音,是那逃走的蛇妖的尾巴擦在地上的声音,而这声音,比他方才走时要显得匆忙很多。

不一会儿,那蛇妖便急匆匆地赶了回来。卢瑾炎把清醒过来的姬宁拉起来,转头便看见慌慌张张退回来的蛇妖。

"嘿,还真叫你说准了。"卢瑾炎笑了出来,盯着牢外的蛇妖,"你走呀?你怎么不走了?"

阿纪也抱着手看着蛇妖,却见他乖乖地将对面牢门上挂着的钥匙取下来,哆哆嗦嗦地将阿纪这边的牢门打开:"快快快,好多人!"

卢瑾炎架着还有些晕乎的姬宁从牢中走了出去,一踏出牢门,前方地牢转角处便传来急促的脚步声,听声音,也不知道这蛇妖引来了多少狱卒。

卢瑾炎气得咬牙,瞪着蛇妖:"让你这孙子先跑!"

"你们出去也一样得遇到。"蛇妖也有些急了,"这地牢里到处都是狱卒,光是打开这牢房的门根本就出不去,我们真是想得太天真了!如今,我们逃出来的事已经被人知道了,看来今天是走不成了。"

卢瑾炎咬牙,看向身后的阿纪:"怎么办,你鬼主意多,快想想法子呀!"

阿纪这才从牢门中踏出来,她瞥了蛇妖一眼:"我之前说,咱们互相配合,帮你打开牢房的门,然后你再来开我们的门,这样我们才能出去。我可没说你一个人就能出去。"

蛇妖嗤笑:"怎么?你是觉得加上你们三个,咱们就可以强行闯出去了?"

阿纪望着他,也笑了:"不是加上我们三个,是加我一个就可以了。"

话音一落,阿纪周身黑气如烟似雾,飘散出来,蛇妖与卢瑾炎初见

第七章 再回北境

103

妖气，登时一愣。

阿纪不再看他们，一转头，面前转角处已经有其他狱卒提着大刀而来，来人大刀劈砍而下，撞在似云雾一样的黑色妖气上，这明明是雾气，却让来人犹如砍到了钢铁之上一般，锵一声，刀刃径直卷了口。

狱卒双目蓦地一瞪，那云雾一挥，似戏子的水袖，只轻轻一舞，狱卒登时被一股巨大的力量推开，一连撞到后面追杀而来的七八名狱卒，狭窄的地牢甬道里，霎时间倒了一地的人。

阿纪周身雾气飘舞，渐渐在她身后凝聚成了三条尾巴。

男子的面容是她的第三张脸，她现在也只有三条尾巴的力量。但阿纪知道，对付这些狱卒足够用了。

之前林昊青在那杏林小院里便告诉过她，她很厉害，但阿纪对自己的力量厉害到什么程度其实并不了解，只是上次在山间溪水源头处与那壮汉妖怪交过手，方知三条尾巴的自己对上这样的妖怪，大概能一口气打十个。

而后被那钵罩住，本是意料之外，从钵中逃出后，对上那和尚，若不是脑中突然疼了起来，令她分了心神，她也不至于那么容易就着了别人的道……

"走吧。"阿纪转头，看了两人一眼。

蛇妖与卢瑾炎都呆呆地看着阿纪。

"乖乖，你竟然这么厉害？"卢瑾炎心惊。

蛇妖也眨巴了一会儿眼睛道："你既有这本事……说句大逆不道的话，要不你干脆直接杀到主殿上，杀了那鲛人，自己当北境尊主吧？"

"你们跟鲛人交过手呀？"两人摇头，阿纪笑道，"那你们怎么知道我一定打得过他？我可不去送死，北境我不待，出去了咱们分道扬镳，我还得回南方。"

…………

有阿纪在前面，后面跟着的几人逃狱逃得堪称正大光明，在援兵赶来之前，几人已经离开了地牢。

一路奔逃，入了北境的森林之中，阿纪收了尾巴，将清醒过来就是一路狂奔，奔得一脸茫然的姬宁拉了过来："接下来咱们分开逃吧，再一起走目标太显眼了。"

卢瑾炎抱手一拜："大恩大德，没齿难忘。你和别的妖怪不一样，我卢瑾炎记住你了。"

蛇妖白了卢瑾炎一眼，只对阿纪道："逃出地牢不过是逃过了两日后的死期，这外面的人世，也没什么值得期待的，得过一日是一日。"

阿纪点头："咱们都是北境尊主点名要杀的人，你们离开且好好注意些，这几日去往南方的路必定查得极严，或可在北境内避避风头再走。"

两人感谢之后，拜别离开，阿纪这才转头对姬宁道："你就跟我走吧，等离开了北境，你再自己找出路。"

姬宁呆呆地点点头，现在还没反应过来。

阿纪拉着姬宁便往更北方的风雪森林而去。她想，而今就算走没有路的天山，也比直接南下简单。

他们踏入了风雪森林，背后没了追兵，阿纪带着姬宁走得也不急，路上还有时间闲聊上两句，而让阿纪没想到的是，她本以为这森林不一会儿便能走出去，但在里面转了两三个时辰，也未能找到出路，反而越走四周的气温越低。

四周开始连树干都结冰。

姬宁已经开始有些受不了了。

阿纪将自己外面的衣服给了姬宁，还用法术点了狐火在掌心，给两人取暖。但越是往前，寒意越是刺人，即便有狐火点着，暖了身前，身后也是一片刺骨寒意。姬宁冻得睫毛都结上了冰。

阿纪心道，森林里的温度和外面的温度未免相差太大，这温度委实低得不太正常，她怀疑这森林里有不为人知的东西，或许是个妖怪，或许是什么奇怪的阵法，总之定不是个好对付的，她打起了退堂鼓。

正想和姬宁说掉头走，却未承想转过两棵树之后，面前豁然开朗，但他们看见的并不是出口，而是一片结冰的平地被一圈完全被冰冻住的雪白的树围着。

平地之上冒着尖锐的冰凌，冰凌或高或低，参差不齐，像是要将踏上这片地的人都刺穿一样，让人见而生畏。

姬宁害怕地退到阿纪身后："我……我们要不回去？这里好生诡异……"

阿纪点点头，正要转身，却鬼使神差一般踮脚往冰凌里面望了一眼，忽然，她身形一顿："等等……你在这儿等我一下。"

第七章 再回北境

105

她给姬宁周身丢了一圈狐火，将他围在其中，给他取暖，自己往遍布冰凌的地里踏了过去。

"阿纪……"姬宁轻声叫着，都不敢呼唤得太大声，生怕惊扰了四周风雪。

阿纪一步一步踮着脚往平地中间走去。

她低头看着下方的冰凌，在厚厚的冰块下，她好似看见了黑色的布料，布料上绣有暗纹，又往前走了一小步，她看见有银色的头发在冰凌之下的冰层之中被冻住，接着往前……

阿纪终于看明白了，这布满冰凌的冰层下面，竟然躺着一个人？

这是谁？为什么会躺在这儿？

他还活着吗？

阿纪弯下腰，用狐火融化了地面上的冰凌，冰凌化为水，很快又结成冰，阿纪并不是想就此将冰层融化，只是让自己有一个方便落脚的地方。

她跪坐在冰上，趴着仔细看冰层下的人，冰里面的结构让他的面容有些支离破碎，使她无法完全看清这人。但她莫名觉得，光是从轮廓来看，这便应该是一个极美的人……

这么长的银发……是男是女？

"阿纪……"姬宁在后面，看她趴了下去，担心地呼喊着，"阿纪，你在看什么，我们快走吧……"

阿纪坐起身来，转头看了姬宁一眼，还未开口说话，忽觉身下冰面一震。

震动不强，但很清晰，她微微转头，往下一望，只见冰层里面，纹理之中，一双蓝色的眼睛忽然睁开。

阿纪一怔，与之四目相接，恍然之间，四周的冰雪好似都已静止，而她的心跳声逐渐变大，每跳一下，便有一个声音在她耳边唤道："长意……长意……"

她率先想起来的便是这样两个字。

好似怀了满腔的情绪，在喟叹着什么……

"咔"一声轻响，阿纪趴着的冰面忽然裂开了一条缝隙。

也是这一声动静让阿纪陡然回过神来。

有危险，她不应该待在这儿！

第七章 再回北境

阿纪手撑在尚未完全裂开的冰面上一用力，脚一蹬，纵身而起，想要离开这块神秘人沉睡之地。但当她跃起来的一瞬间，她只觉手腕猛地被四周的冰雪凝成的冰雪链条缠住，这链条虽是冰雪凝成，却坚韧异常，蛮横的法力灌注在冰雪之中，只一接触阿纪便知道，只有三条尾巴的自己无论如何也斗不过这人……

她心头想法只来得及一闪而过，那链条却拽着她的手腕，将她往地上狠狠一拉。

阿纪全然没有挣扎的余地，"轰"的一声便一头撞在冰面上，地面坚冰碎裂，冰雪的粉末升腾而起，让周围好似起了一层仙雾。

"喀喀……"寒冷的空气夹带着细小的粉末被她吸入喉咙，让她不得不咳了两声。她倒在碎冰之中，身上皮肤被四周尖锐的冰凌划出不少血痕。

"阿纪！"不远处传来姬宁担心的呼唤。

阿纪却没有心思回应他。她在雪雾之中，碎冰之上慢慢爬了起来，扫视四周……

脚下坚冰的冰层已经彻底碎裂，冰层下的人早没了踪影，她凝神探寻着四周气息，试图将那人找出来。这人很厉害……这看似再普通不过的一击，在出其不意间竟让她伤成这样……而她却连他的脸都没看见。

雪雾在短暂的升腾之后，缓缓落下，忽然间，阿纪只觉右侧有黑影一闪，她目光往右方看去，但在她眼珠转动的一瞬间，另外一侧忽然蹿出数条冰雪链条，阿纪飞身而起，躲过两条，但链条的速度远远超过了她的感知力，在她毫无所觉的时候，一条链条蓦地缠上她的腰。

阿纪一惊，想要用狐火将链条烧掉，但为时已晚。

腰上的链条将她一拉，径直把她从雪雾之中拖拽出去，阿纪后背又狠狠撞在一棵冰树之上，链条如蛇，飞速地缠上她的身体，将她结结实实地绑在了冰树之上。

这链条力量之大，将阿纪撞得胸腔一痛，那些被她吸入肺部的冰雪粉末此时好像在她身体里对她发起了进攻一样，她一张口，便吐出一口鲜血。

阿纪被紧紧绑在冰树上，额上的汗被风一吹，几乎在她脸上结了冰。

她看着面前的雪雾，雾气渐渐散去，黑袍在雾气中若隐若现，阿纪

107

得见来人位置，在手脚皆被绑住的情况下，咬破嘴唇，猛地深吸一口气，在那人即将踏出雾气之时，一个巨大的黑色火球向那人喷去。

狐火温度炙热，直将四周冰雪融化，飘在天上的雪雾霎时间化为毛毛细雨，在这冰天雪地的北国下了一场春雨。

冰雪链条也在这炙热的温度下被融化为水，阿纪摔坐在地，她捂着胸口，看着前方。忽听振袖之声轻响，面前的黑色狐火顿时消散，黑衣银发的男子从绵绵细雨中踏步而来。

那蓝色的眼瞳如大海一般深邃而清澈，温度却比这北境还冷。

四目相接，阿纪一时间竟然忘记了自己与他刚经过一场拼死之斗。

她呆呆地看着他。这人的轮廓五官，如此清晰地展现在她面前，他每近一步，便仿佛在她脑海中掀起一场惊天海啸，许多画面被百米巨浪推着，涌到她心头，但只将她心尖城池摧毁殆尽，其他的，什么也没留下……

他是谁？

这问题一起，也根本不需要别人回答，她颤抖的嘴唇便突兀地、丝毫不受她控制地吐出两个字来："长……意……"

他的名字被脱口而出。

长意看着她，蓝色的眼瞳里飘过一丝疑惑，但显然这丝疑惑并没有让他停住脚步，他走到她身前，居高临下地看着在刚才的争斗中被打败的阿纪，她浑身是血，满脸狼狈。

"你是何人？"

他问她，那么倨傲孤高的模样。

阿纪闭上眼，将心头那些异样的情绪压下，她闭上眼，找回了理智。

北境，银发蓝瞳，力量强大，黑袍中的暗纹彰显他身份的尊贵……以上的特征，都指向那高高在上的唯一一人……

北境尊主，鲛人长意。

世人皆知他的名字，只是无人叫他长意，大家更喜欢称他为鲛人，毕竟这举世闻名的鲛人，也就只有他一个。

阿纪睁开眼，心头觉得有些好笑，之前在牢里，蛇妖还在与她开玩笑，让她去杀了鲛人，自己坐上北境尊主之位。而今看来，这果然是一个遥不可及的梦。

第七章 再回北境

她虽然用了三条尾巴的力量,却敌不过这鲛人随便捏出来的一条链子。想来他是一成的力量都未用尽吧……

栽了……一头撞上了棺材板……

她认命地仰头看向长意,笑道:"尊主大人,我是路过的。不知您在此休憩,打扰了……"

她如今只指望眼前这个鲛人不认识她,真的当她是个路过的,稀里糊涂地将她放了,左右……他在冰雪森林里躺着,应该还没有人来得及告诉他牢里的四个犯人跑了吧……

鲛人眯起眼,打量着她。

忽然,空中传来振翅之声,阿纪仰头一看,只见一只雪鹰盘旋,巨大的翅膀张开,阴影在她脸上掠过,雪鹰飞下,化为人形,跪在鲛人身侧:"尊主,卢瑾炎、蛇妖,以及空明大师令人送回来的那国师府弟子和狐妖四人打伤数名狱卒,从地牢逃走了。"

阿纪张了张嘴,看着那雪鹰妖怪,肚子里仿佛住了一个卢瑾炎,恶狠狠地在里面踹着她的胃,在她身体里骂了一万句"你娘的"……

那人话音落下,鲛人的目光便又转了回来。在她身上轻描淡写地一扫,随即又往旁边一看。

姬宁早在他们开始打架的时候便已经被绑在了一旁的树上,他更惨一些,嘴巴还被链条绑住了,全然说不出话来……

哦,阿纪忽然明了,原来之前她刚开始打架的时候,姬宁叫的那一声"阿纪"不是担心她,而是在呼救啊……

而现在,鲛人的目光在姬宁身上一扫。他虽然被绑得紧,身上的衣服也脏兮兮的,但仔细一看,还是能分辨出来那是国师府弟子的衣裳。

鲛人的目光又转了回来。那眼神仿佛是将他们俩的身份念叨了一遍——狐妖和国师府弟子。

寒冽的空气短暂地静默了片刻。阿纪觉得有些难言的尴尬,她决定再挣扎一下:"我真的是路过的……"

来禀报消息的雪鹰妖怪这才往旁边看了一眼,看见他们两人,雪鹰妖怪仿佛也有一些惊诧似的:"咦……"

阿纪垂头叹息,别咦了……是他们……

"带回去。"

鲛人冷冷地发布指令。

雪鹰妖怪立即点头应是，末了还不忘捧一句臭脚："尊主英明。"

阿纪除了叹息和乖乖认命，并不知道还能怎样。

阿纪与姬宁被带到了大殿之上。

这本是朝廷设立的北方的驭妖之地，阿纪转头看了看四周，大殿布置简单，光线通透，主座位于中间最高之处。此时一袭黑袍的鲛人正坐在主座之上，神色冰冷，极是威严。照理说，他当令人见之胆寒，阿纪却不怕他，莫名地……不怕他。

哪怕之前还被他打了一顿……

她甚至还觉得，这个鲛人坐在那个位置上的时候，看起来太过孤寂，孤寂得……令她有些莫名的痛感。

阿纪不知道自己这是怎么了，她的直觉是，这个鲛人应该就是林昊青不让她来北境的理由。不然，初见他时，她为何会有那么真切的感受？这个鲛人一定是之前在她生命里至关重要的人。

是仇人，还是爱人？

阿纪猜不出来，她什么也想不起来。她只能做最初步的判断——她和这个鲛人的关系应该不会太好。

因为林昊青是救她的人，对她也很好，还做了她的师父，教她法术，让她学会保命的本事，最重要的是，林昊青对她无所求……

离开杏林之后的一路上，阿纪其实思考过自己与林昊青的关系，但林昊青隐瞒得太多，她唯一能确定的是林昊青想要保她的命。既然如此，林昊青不让她见的人，那必然是对她性命有碍，或者是要对她不利的。

这个鲛人是她的仇人吗？她对这个鲛人有这么强烈的情绪，但这个鲛人并不认识她……

阿纪想到此处，愣了愣，她摸了摸自己的脸。

原来如此……所以林昊青才勒令她一定要学会变幻之术，一定不能用真实的面目示人，一定不能展现双脉之力，她的脸和她体内的双脉之力一定会引起这个鲛人的怀疑……

阿纪被押着跪在大殿之上，主座上的鲛人闭目养神，不过片刻，身后传来其他人的脚步声，来人吵闹的声音将阿纪从自己的世界里拉了出来。

第七章 再回北境

"别推老子！老子有脚！"

听到这个熟悉的声音，阿纪不由得转头往身后看去，只见大殿外，有两个人和她一样被绑着手押了上来。

卢瑾炎与蛇妖……竟然也被抓回来了吗？

所以……他们的越狱在分道扬镳之后，立马就宣告失败了吗？

卢瑾炎与蛇妖此时也看见了被扣在殿上的阿纪与姬宁。他们二人也是一怔，卢瑾炎忘了骂人，被人一踹膝窝，径直跪下。他的目光还直直地盯着阿纪与姬宁："你们……"

姬宁弱弱地答道："我们遇到了……鲛人……"

卢瑾炎一仰头，看了高高在上的鲛人一眼，长叹一声。

阿纪问："你们又是怎么被抓的？"

听闻此言，卢瑾炎心头一阵恨，咬牙切齿道："这狗东西在路上又和我打起来了……"

阿纪明白了。

她的目光在蛇妖与卢瑾炎身上转了一会儿："你们命里犯冲就不要见面了，各走一边不好吗？"

蛇妖幽幽道："我想啊。"

"我他娘也想啊！"卢瑾炎怒道，"你给老子闭嘴。"

"你怎么不闭嘴？"

听着四人嘀嘀咕咕了好一阵，鲛人这才睁开了眼睛，他一睁眼，站在旁边的士官便斥道："安静！"

大殿静了下来，此时旁边走来三名狱卒，其中一人像是牢头，三人行了礼，跪在殿前道："尊主！我等无能，请尊主责罚！"

鲛人的目光转到牢头身上，他看了牢头片刻，点头道："好，看不住犯人，要这眼睛也无用。"

牢头当即吓得腿一软，直接瘫倒在地。

在场众人皆是一惊。

阿纪尤为不敢置信，她皱眉盯着鲛人，怎么也无法想象这样的话竟然会从他的嘴里吐出来。

鲛人目光一转，看向阿纪："牢中不想待便也罢了，即刻处死。"

卢瑾炎三人闻言，皆是面色惨白。

鲛人站起身来，神色冷漠地欲迈步离去。阿纪看着他，看他一步一步便要走到殿外,好似这殿中的人皆成了地上的尸首,他的冷血让阿纪心头莫名涌上一股情绪来,她说不清这情绪里面是愤怒更多还是失望更多,抑或……是那打从见了他开始,便一直缠绕心头的若有若无的心痛。

她站起身来,背脊挺直,看着那鲛人的身影,道:"站住。"

这两个字,掷地有声,让所有面色惨白之人的目光都落在了她身上。

长意脚步微微一顿,侧着身,只微微转过眼,看着她。

阿纪上前一步。

殿中侍卫立即按住刀柄,情势霎时间变得紧张起来。

"这殿中人,你一个都不能罚。"她说着,手腕之上狐火再起,她努力维系着自己的变幻之术,而在她的身后,忽然出现了四条黑色的狐狸尾巴。

卢瑾炎三人惊诧,众人都知道,狐妖多一尾,力量便强上数倍。他们怔怔地看着阿纪,只见在第四条尾巴出现后,她周身登时黑色狐火大作,一声轻响,那在她身后缚住她双手的链条登时被烧断。

殿中侍卫拔刀出鞘,刃口离开刀鞘的声音混着满殿的黑气,更添了几分肃杀。

长意看着阿纪,面前这个妖怪明明是个男子,但说话的模样,却带着几分让他无法忽视的熟悉感,他注视着阿纪,直到自己蓝色的眼瞳被黑色的火焰照耀,光华流转间,几乎快被染成墨色。

这熟悉的感觉转瞬即逝,却足以让他驻足停留,他打量着阿纪身后的尾巴。

黑色的四尾狐妖……

他尚且记得,纪云禾被炼化为半人半妖的那一半的妖怪,便是黑色的九尾狐……

"凭什么?"他开了口。

烧掉链条,阿纪周身狐火慢慢隐去,她上前一步,不卑不亢地看着长意。"凭我相信,北境不该是这样的地方。"她道,"我也相信,能让驭妖师大军阵前倒戈的北境尊主,不是昏庸暴戾之主。"

好似被这句话触动了什么记忆,长意眸光波动。

自打冰封纪云禾之后,长意便似将过去与有关纪云禾的记忆都冰封了一样，他刻意让自己忘记过去，忘记纪云禾，也忘记与她经历过的事，但只要有一丝半点的缝隙，那些回忆的画面便会撞破他脑中的冰雪，从那冰窟里冲出来，在他脑中、心里横冲直撞，将一切都撕得一片血肉模糊。

宛如现在。

那驭妖台外的两骑，那漫天风雪，还有纪云禾的神色姿态，都从他的心间闯出。

面前的狐妖铿锵有力地说着，一如那日大军当前而毫无惧色的纪云禾。

"卢瑾炎，于阵前倒戈的驭妖师，他愿入北境，便是许北境以信任，这蛇妖知人世处处皆苦，流落北境，为北境所用，也是许北境以信任。你若杀他们，既辜负了他们二人的信任，也辜负了他们身后所代表的降北境的驭妖师与投奔而来的妖怪。众人前来北境，是因为这里有他们所求的生存与尊严，若因私人恩怨便要被处死，狱卒因犯人逃走也要被处罚，你这里便不再是北境，不过是立在朝廷北边的另一个朝廷，而你也不过是另一个大国师，被天下人所畏，也被天下人所弃。"

阿纪的话令在场众人无不专注聆听。

"我不信你不明白。"

他明白，只是这一切于他而言，都不再重要了……

阿纪未等他心头思绪落下，斥道："我看你这鲛人是身居高位久了，忘了初衷。你今日作风，怕是全然对不住那些为北境而死的亡魂！"

大殿之中，侍卫们也在面面相觑，皆是被阿纪这一番话动摇了，有人大着胆子，回头看了一眼长意，他孤身一人站在那方，只看着殿中的狐妖，不言不语。

阿纪继续道："今日，以你之力要杀我，绰绰有余。但我也许你这份信任，我信你不会杀我。"

她说罢，站在原处，直视长意的眼睛，殿中静默许久，几乎连针落之声也能听见。

在众人皆因沉默而心惊之时，长意忽然开了口："你叫什么名字？"

"我叫阿纪。"

长意的目光空了片刻。他转身离去，只有略显低沉的声音留在殿中。

"你和他们的命保住了。"

阿纪一愣。

长意方一离开，卢瑾炎便立即站了起来，都没让人解绑，便对着阿纪道："厉害啊！你这口舌好生厉害啊！老子光听着都认为鲛人要是杀了我们，那驭妖师和妖怪都得反他了！老子头一次觉得自己这么重要！"

姬宁也一直抹汗："我才是吓死了，阿纪哥你一直说为什么要留下他俩，我还以为最后就我一个人会被拖出去砍了呢……"

卢瑾炎哈哈大笑，拍了拍姬宁的脑袋："瞧把你吓的，汗水把头发都弄湿了。"

那三名狱卒也立即走过来："哎呀！多谢公子啊，多谢公子！"

在众人的感激之中，阿纪却呆呆地看着长意离去的方向挠了挠头。

蛇妖看着她，笑道："这是怎么了？救命恩人方才慷慨激昂一番陈词，说得铿锵有力，现在却如何有些呆怔了？"

阿纪摇头笑笑："没有……我只是觉得，留下咱们这条命的不是我刚才那番话……"

"那还能是什么？"卢瑾炎心直口快，道，"难不成是你的名字吗？哈哈哈哈！"

阿纪正色看向卢瑾炎，微笑道："好像正是我的名字。"

众人愣了愣，只当她胡言乱语，糊弄了过去。

阿纪又望了一眼鲛人离开的方向，这才转头，随劫后余生的众人一同离开了大殿。

第八章

试 探

> "变幻之术可变容貌，却变不了体内血脉之气，长意，你今日到这里来，不就是想确认一下湖里的人还在不在吗？"

三月里，遥远的南方已是春花遍地，而北境依旧寒冷难耐。

月夜之下，湖上的坚冰未化，萧索长风中，唯有一个黑袍人如墨一般点在一片孤寂的缟素里。

他静静负手立着，若不是长风带动他的衣袂与银发，恍惚间会让人以为他已被这寒冷冻为一块坚石。

山河不语，他亦是沉静，直到头顶明月将沉，他方才微微动了唇角："有人说了你会说的话，还有和你相似的名字，还说我错了。"他顿了顿，垂下眉目，看着脚下冰面，"我当然错了。"

从六年前他决定留在北境开始，就错了。

甚至更早，在驭妖谷遇见纪云禾时，在十方阵中随她一同跃入深渊之时，就错了。更甚者……他当初在那滔天巨浪中，根本就不该去救一个人类，一个封号为顺德的公主。

这一场人世纠纷，本该与他毫无干系。

但是……

他转身离去。

"错了便错了。"

他的声音和身影逐渐消隐在一片风雪之中。

……………

死里逃生之后,阿纪理智上认为自己应该马上离开北境,带着姬宁南下,到时候寻个安稳的时机把姬宁赶走,她还是能继续在人世中求她自己的安宁。

但很奇怪,昨日见过那鲛人之后,阿纪却还想再见他一面……虽然,上一次见面,他就把她打得吐血。

那个鲛人很危险,她不该靠近他,但是……

阿纪脑中忽然回忆起昨日他离去的背影。他离开时,所有人都在庆幸自己的死里逃生,而他却像背对着所有生机希望,独自走向死一般的孤寂。

阿纪觉得……他很可怜。

"哎!阿纪,问你呢!"桌子对面的卢瑾炎拿着酒坛"笃"地往桌上一放,"之后你怎么打算啊?"

阿纪这才回神。

她与姬宁昨日被蛇妖安排着在驭妖台外的客栈里住了一晚,今日还没到正午,卢瑾炎便扛着两坛子酒来找她了。

阿纪看了看桌上的酒,笑道:"要喝这么一坛,我什么都白打算了,撤了,给我拿茶来。"

姬宁也小声地插了句话:"我也喝茶……"

"你们国师府的人什么德行我知道,不强迫你喝酒。"卢瑾炎一边嘀咕着,一边从旁边拿来两个粗陶大碗,给阿纪和姬宁一人倒上了一碗粗茶,"但你一个妖怪,不喜欢吃肉喝酒,倒喜欢喝茶?你怕不是跟着哪个清心寡欲的驭妖师修行的法术吧?"

阿纪笑着端起茶碗:"我还就是跟驭妖师修的法术。"

卢瑾炎一声嗤笑:"你骗谁呢,你一个狐妖都修出四条尾巴了,这身本事要是驭妖师教的,整个天下都该知道那驭妖师的名字了,你倒是说说呀,谁这么有本事?"

阿纪在心里嘀咕,林昊青的名字还真就是整个天下都知道呢。只是她不能在这儿说……

第八章 试探

她喝了口茶刚想搪塞过去，忽然，身后传来一阵路人的惊呼，紧接着，一个熟悉的声音在耳边响起："我也好奇是谁教的。"

所有人的目光霎时间被这声音吸引了过去。

卢瑾炎与姬宁但见来人，面色一白，阿纪刚喝进嘴里的茶又吐回了碗里，她一转头，看到来人黑袍银发蓝眼睛，便是那闻名天下的鲛人标配……

"尊……尊主……"卢瑾炎屁股一歪，扑通一声摔坐在了地上。姬宁也立即一连退了三步远，在角落蹲下了。在这般氛围下，阿纪也不由自主地站了起来，怔怔地看着长意。

身边的人悉数躬身行礼："尊主……"

只有阿纪一人看了看他，又看了看四周的人，手在胸前比画了两下，实在没搞懂这个礼到底是怎么行的，最后只得依样画葫芦，不伦不类地把左手放在胸前："那个……尊主……"

阿纪垂头，心道，这两个字喊出来，还真是莫名地别扭……

长意看着阿纪的脑袋说："起来，今日我也是来喝茶的。"

他说着，自顾自地走到了阿纪对面的位置……

这一张桌，三方都有人坐过，唯有他挑的那位置是一直空着的。他一落座，身边的路人霎时间跑了个干净。

长意转头，看了眼呆呆的卢瑾炎和姬宁："你们不坐了？"

"我……我尿急！"卢瑾炎急中生智，跳起来，捂了裤裆，"哎，对，嘿嘿，我尿急！"他立即迈腿跑了，蹲在墙角的姬宁也颤巍巍地说了句："我也急……"然后也连滚带爬地跑了。只剩下桌子对面站着的阿纪。

长意抬头看她："你呢，急吗？"

阿纪打量着长意的神色："我可以急吗？"

"最好不急。"

然后阿纪乖乖坐下了。"是不太急。"她说着，心里却犯起了嘀咕……

这尊大神，昨日看着那般孤寂高傲，宛如天边孤鹰，今日怎么落到他们这鸡篓子里面来了……难不成是昨日要他们的命没要成，回去辗转反侧不甘心，今日又特意来找他们麻烦吗？

"尊主……"

"接着说。"

"嗯？"阿纪被打断得有点莫名其妙，"说什么？"

"是哪个驭妖师教你的这身本事？"

竟是还记着这茬……阿纪琢磨了片刻，不动声色地撒了谎："我逗卢瑾炎的，我这身本事都是自己学的。"

说来也奇怪，她当着这鲛人撒谎的感觉……竟然也有几分莫名的熟悉。

她以前和这个鲛人到底有什么纠葛？莫不是她骗了人家什么贵重的东西？她难道是个贼吗……

阿纪这边在琢磨，那边长意也缓缓给自己倒了碗粗茶，抿了一口，茶叶的苦涩味道在唇齿间蔓延开，他看着茶碗，继续问道："哦，那又是何时修成人形的？二尾得何机缘而成，三尾又是如何突破？及至四尾，你应当有许多修行的故事可以说。"言罢，他的目光才转到阿纪身上。

阿纪被他冷冽的目光盯着，嘴巴张了张。"我……"她终于道，"尿急……"

"去吧。"长意放下茶杯，"回来说也一样。"

阿纪推开茶碗，忙不迭地往客栈后面跑了。她一离开，只剩长意一人独自坐在客栈大堂中间，四周除了小二再无他人。

小二和掌柜眉眼交流了许久，终于，掌柜走上前来，赔着笑问："尊主……前些日子打南边来了一些上好的茶，要不我给您换换？"

长意转头看了掌柜一眼。

自打冰封纪云禾以后，长意已经许久没有记住身边人的长相了，他们在他眼中都是一张模糊的脸，今日见的与昨日见的没什么不同，不同的只是他们身上的标记，他的侍从、谋士、军将……

但今日，他却将这个掌柜的脸看清了。

他脸上沟壑深藏，是饱经人世沧桑的印记，掌柜的眼中带着的讨好与卑微是他内心恐惧的象征，他在害怕自己，但又不得不服从自己。

长意转过头来，转了转手中未喝尽的苦茶。

昨日大殿之上，这个叫阿纪的人掷地有声的叱问尚在耳边——"我看你这鲛人是身居高位久了，忘了初衷。你今日作风，怕是全然对不住那些为北境而死的亡魂！"

他仰头，将手中粗茶一饮而尽。

"不用了。"他淡淡道，"这茶很好。"

第八章 试探

掌柜一惊,眨巴了一下眼:"哎?这茶……这茶……"

"我坐片刻便走,你忙自己的,不用管我。"

"哦……好好……"

掌柜的摸着脑袋走到了一旁,和小二面面相觑。而长意一边又给自己倒了碗茶,一边耳朵动了动,他以敏锐的听力听见客栈后面三个人叽叽喳喳地讨论着。

卢瑾炎空洞茫然地问着:"怎么办?"

"我们是不是尿太久了?"姬宁问。

阿纪抓了抓头发。"那个……妖怪……怎么说呢?我想想……嗯……"她的神色突然镇定下来,"算了……我们跑路吧!"

另外两人有些蒙:"啊?"

"走走走,咱们从后门走。"

一阵窸窸窣窣的声音后,后院便再无动静。

长意看着碗里的茶,茶水映着他的眼瞳,他勾唇一笑,将碗中茶饮尽,随即摘了身上的玉佩,放在桌子上,道:"忘了带银子,便用它抵茶钱了。"

他没再看震惊的老板和小二,走出门去,走过繁华的小街,长意轻轻唤了声:"来人。"黑影侍从如风一般悄无声息地出现在长意身侧。侍从单膝跪地,俯首听着他的吩咐:"去查查那只狐妖到底有几条尾巴。"

"是。"

侍从简短地应了一声,眼看着便要离开,长意忽然又道:"等等。"

黑影身形顿住。

"抬起头来。"

黑影一愣,呆呆地将头抬起来:"尊主?"

一张清秀的脸,年岁不大,却已是一脸老成。

"我记住了。"长意迈步继续向前,"去吧。"

是的,他是应该记住的,这一张张脸,一条条人命,他们对他交付鲜血与信任,他们什么都没做错,何以要为他的步步错承担责任……

阿纪三人逃出客栈后,不敢再回去,阿纪就带着姬宁在北境城中找了个破庙过了一晚。

现在的北境,与鲛人初来时只有驭妖台的北境并不太相同了,北境有了自己的城池,原来的驭妖台便如同京城的皇宫一样,在整个北境城的中间。

在地牢中相遇的四人里,蛇妖是在北境待得最久的人,虽然同样是坐牢,但是人家坐牢之后有家可以回,不像他们。而卢瑾炎与阿纪、姬宁两人也不一样,卢瑾炎也有自己的驭妖师伙伴,虽然他们才降来北境,但他离开客栈之后,也有包容自己的团体。阿纪和姬宁在北境就是真的举目无亲了。

他们不敢去找蛇妖,怕被鲛人找到,也没法跟卢瑾炎一起回去,那些驭妖师现在对妖怪和国师府弟子有很大的偏见,所以她只好带着姬宁寻了个破庙将就着睡了。

第二天一大早,卢瑾炎热心肠地给他们带了早餐来,阿纪也早早地醒了,一边吃着东西一边道:"我们还是得尽快南下。这鲛人心性我摸不准。"她分析道,"现在不走,之后可能就走不掉了。"

她不知道这个鲛人对过去的自己是个什么态度,但从他的各种举动来看,这个鲛人应该是个强势至极的人。一旦被他发现她和过去的她有一丝半点的联系,那他肯定不会让她离开了。

搞不好囚禁一辈子也是有可能的。

她还没看够这个世界,可不想在这苦寒地被囚一辈子,就盯着那张鲛人脸,什么指望也没有。

虽然……那张脸也挺美的,甚至可以说是她目前为止见过的世上最美的脸。

"你们得走。"卢瑾炎接过阿纪的话头,打断了她的遐想,"但是我还是得待在北境,虽然这鲛人吧……和我一开始想的不一样,但我的同伴们都来了这里,我也不能走。"

"嗯,好,那就此别过,待会儿我和姬宁就直接离开驭妖台了。"言罢,阿纪盯着姬宁道,"你呢?出了北境,你去哪儿?"

"我?"初醒的姬宁沉默了片刻,终于垂头,低声道,"我还是得回国师府,我师父还在国师府……"他声音越说越小,他想,在世人眼中,国师府的人已经是恶名昭著,他怕阿纪瞧不起他……

阿纪却只是点了点头,再自然不过地说:"行,南下路上,我送你到最靠近京师的驿站。"

姬宁愣了愣,不敢置信地盯着阿纪,随后一抿唇,握紧了拳头。

第八章 试探

阿纪没有留意姬宁的表情，扒拉了两口食物，告别了卢瑾炎，带着姬宁往驭妖台的城门走去。

这两人还没走到城门，阿纪便察觉到了身后有人跟着他们，与偷偷摸摸的跟踪不同，她一转头，就看见两个穿着墨衣配着刀的人站在他们身后，她继续往前走，又是一个猛回头，两人还是亦步亦趋地跟在他们后面，半点要躲避的意思都没有，站在后面，盯着他们，毫不避讳。

想来也是，这本来就是鲛人的地盘，鲛人想干什么都行，他派人来跟着他们，这城里怕是一个来拦的都没有。

阿纪心里有些愁得慌，但还是抱着侥幸的心理，奔着城门去了，果不其然，刚到城门，两个墨衣人便从后面走上前来。

"二位，你们现在还不可出北境。"

姬宁有些慌了："可……可鲛人，不……你们尊主都说放了我们了。"

没等两人答话，阿纪接过话头道："是不杀我们，没说放了我们。"

两人道："正是如此。"

阿纪拍了拍姬宁的肩，以示安抚。

"行，我们不走，就待在北境。"她平静地转过身去，此时，身侧忽然有一辆搭着干草的板车经过，阿纪以迅雷不及掩耳之势将那干草一扒，干草霎时间飞了漫天，乱了人眼，狭窄的城门门洞里顿时乱成一团，阿纪拎了姬宁的衣襟，纵身一跃，霎时间失去了踪影。

两名墨衣人将身上的干草拍干净，相视一眼，一人往城外追去，一人往城内追去。

其实阿纪并没有跑多远，她只是带着姬宁躲到了城门旁边的一个马厩后，没给姬宁反应的机会，她不由分说地抓了地上的泥抹了姬宁一脸。

"这是……等……哎……我的衣服！"

"别吵！"阿纪将姬宁外面的衣服扒了，左右看了一眼，随手捡了地上的一块破布，将他围了起来，"你装乞丐，我装你姐姐，咱们一起混出城去。"

"我姐姐？"姬宁不敢置信，"怎么……"话音未落，他将糊在眼睛上的泥抹干净，转头看了阿纪一眼，霎时间便呆住了。"你……你是阿纪？"他震惊，几乎要跳起来，"你是女的？"

阿纪用了第一条尾巴的脸，是一个干瘦的女子，她的身形模样与刚才全然不同，宛如换了一个人。

"你你你……"

"我是狐妖，狐妖能变脸的，你没听说过吗？"

姬宁听了这话，方才稍稍冷静了下来："听……听过……没见人当场变过……"

"你现在见过了，来，别耽搁，起来。"阿纪将姬宁拉了起来，拽着他往前走，而姬宁看着阿纪还是有些没反应过来，嘀咕着："那真正的你……到底是男是女啊？"

"有关系吗？"阿纪回头瞥了他一眼，再一转身，却蓦地一头撞上了一个人的胸膛。

来人身上清冽的香味让阿纪刚一嗅到，便打了个激灵，她一抬头，银发蓝瞳，又是这个鲛人……

怎么上哪儿都有他……他不是鲛人，是个鬼人吧？

阿纪咬咬牙，一垂脑袋，想当没看见，硬着头皮糊弄过去。

但哪儿有那么容易，面前泥地上未化的积雪霎时间化为冰锥，直勾勾地指向阿纪。阿纪脚步一顿，手中法术一掐，又变回了男儿身。

她深吸一口气，转头，打算直面鲛人。

"尊主，"她盯着长意蓝色的眼瞳道，"我们是稀里糊涂被带来北境的，又没犯事，你这不让我们离开有些没道理。"

长意听着她的话，却没有第一时间回应她，那双蓝色的眼瞳静静打量着她，最后却问了一个毫无关系的问题："你有几张脸？"

阿纪心头一惊，但面上不动声色。"四张啊。"她道，"四条尾巴四张脸。"

"四条尾巴？"长意眼眸微微一眯，忽然间，他身侧寒风骤起，阿纪只觉身侧的冰雪凝成的冰锥霎时间飘浮了起来，带着巨大的杀气直指向她。

猛烈的杀气令阿纪的身体瞬间紧张了起来，出于对自己的保护，她血液里的妖力与驭妖师之力几乎瞬间苏醒。

一旁的姬宁已被这杀气吓得面色苍白，几乎站不稳脚。

阿纪与长意凝视着对方，忽然之间，冰锥一动，刺向阿纪。

"铿"的一声，冰锥被一层黑色的妖气挡住，却还是刺入了那层保

第八章 试探

护之中，冰锥之尖只余一丝的距离便要刺破阿纪喉间的皮肤。

长意眸光一转，看向阿纪的身后，那处只有四条黑色的尾巴。

方才那一瞬间，他是以杀了阿纪为目的发起的攻击，电光石火间，根本没有留时间让阿纪去思考。所以除非阿纪不想活了，否则她那一瞬间的抵御不会不尽全力。

但只有四条尾巴……

长意一挥手，冰锥化为雪，簌簌而下，再次落在地上。

阿纪也看着长意，似乎也被吓到了一样，气息还有几分紊乱，脸色也白了几分。

长意瞥了她一眼，迈步离开。

"等等。"身后传来阿纪微微喘着气的声音，她道，"现在我们可以离开北境了吧？"

"不行。"

"为什么？"阿纪不甘心，"你拘着我们，总得有个理由吧？"

"他是国师府的弟子，北境要拘着他，还需要什么理由吗？"

阿纪气笑了，开始较起真来："他是国师府的弟子没错，我又不是，你拘着我总需要理由吧！"

她的话听得后面的姬宁心头一寒，只得弱弱道："话也不能这么说吧……"但此时前面的两人根本没有搭理他。

长意沉默了片刻，道："你与国师府弟子在一起，形迹可疑，拘你再正常不过。"说完迈步离开。

马厩边这时又围过来好几名墨衣人，大家都看着她。也不抓她，也不骂她，只是监视她。

阿纪看着长意渐行渐远的身影，又看看面前的墨衣人，嘴张了张，只得带着姬宁在众人的监视下又回了客栈。

到了客栈房间里，姬宁才敢悄悄道："为了逼出你到底有几条尾巴，都差点把你杀了……这个鲛人真是比国师还暴戾。"

阿纪瞥了姬宁一眼，没有接话。

刚才鲛人的一击，无论在谁看来，都是要杀了她的。毕竟从情理上来说，她如果是他要找的人，鲛人的那一击，她一定能挡下，如果她不是，那杀了也无妨。

所以生与死真的只在一线之间，她只是赌了一把，最后赌赢了而已。

"说这些还有用吗?"阿纪道,"想想之后还有什么办法能离开北境吧。"

……………

明月当空,冰湖之上,银发人悄然而立。片刻后,他却俯下身来,将掌心放在冰面上,他掌心蓝色的法咒转动,冰面之下,澄澈却幽深的湖水之中也微微泛起了一丝蓝色的光芒,似乎是在遥遥回应着他。

他未踏入湖水之中,眼瞳却似已穿透冰下的黑暗,看见了最下方冰封的那人。

寒冰之中,静静躺着的人眉宇如昨,睫羽根根清晰,犹似能颤动着睁开双眼。

像是被刺痛了心脏某处一般,长意手中法术猛地停歇。

这是他冰封纪云禾以来第一次来看她。他闭上眼睛,单膝跪在冰面之上,山河无声,他亦是一片死寂。

白雪在他肩头覆了一层之后,他才呢喃道:"不是你……"

不知雪落了多久,几乎快将他埋了进去,便在此时,远方忽然传来一阵脚步声,惊动了宛如石像一般的长意。

长意转头看向来人。

"空明。"

"去殿里没找到你,猜想你会在这儿,果然在。"

长意这才站了起来,身上的积雪落下。他对空明道:"我以为你还要过些时日才会从南边回来。"

"一路上中了寒霜之毒的孩子,能救的都救了,但没有一个能完全治好。"空明摇摇头,叹道,"顺德此举,引起滔天民愤,投奔北境的人越来越多,甚至动摇国本,大成国恐怕将亡矣。我想北境应该事务越发繁忙,便回来了。"

长意点头,与他一同踏过湖上坚冰,往回走去。

路上,空明又道:"回来的路上,还听到了一个有趣的消息。"

"什么?"

"离开北境许久的青姬竟然是去了南方的驭妖谷。"

长意一顿:"驭妖谷?她又去驭妖谷做甚?"

第八章 试探

"这就没人知道了。"空明道,"而今四方驭妖地的驭妖师多半降了北境,其他的四处流窜,国师府人手不足,再难控制局面。驭妖谷也成了一个摆设,青姬竟以妖怪之身,堂而皇之地住进了驭妖谷中。呵……"空明讽刺一笑,"或许,是想去研究研究困了自己百年的十方阵吧。"

长意沉思片刻:"大国师呢?此前我们以青姬引大国师离开京师,可见他对青姬十分重视,而今青姬在驭妖谷的消息你已知晓,他势必也知。他此次为何没去?"

空明转眸扫了长意一眼:"顺德的脸还没完全治好呢,他不会去任何地方。"

长意默了片刻:"他的喜好实在古怪。"

"谁不是呢?"空明一瞥长意,"听说,在北境人手不足的情况下,你还叫人特意去盯着我送回北境的那只狐妖?"

长意静默不言。

"因为他与纪云禾有几分相似?"

长意看向空明:"你也如此认为?"

"黑色的狐妖本就不多,我虽然与他只有一面之缘,但他的目光神情着实会令我想起那么一个人,恐怕也就洛锦桑这缺心眼的丫头看不出来。但你也不用多想,我把过他的脉,只有妖气,没有驭妖师之力,他只是一个普通的狐妖而已。"

"他会变幻之术。"

"变幻之术可变容貌,却变不了体内血脉之气,长意,你今日到这里来,不就是想确认一下湖里的人还在不在吗?"

长意深吸一口气,目光看向远方,远山覆雪,近处风声飕飕,一如他一般寂寥。

"对,她已经死了。"

阿纪在北境被困了几日,愁得挠头,本以为只能用四尾力量的她是摆脱不了北境的监视了,但难题总是怕人动脑筋。

这日晌午,姬宁在桌边埋头苦吃,少年正是长身体的时候,吃得多,睡得香,看起来像是毫无烦忧。

阿纪却对饭菜兴致寥寥,自己的饭都给了姬宁,她打从心底不喜欢被人监视的感觉。她将所有的菜都推到了姬宁面前。自己走到了窗台边发呆,而就在此刻,她忽见还覆盖着皑皑白雪的远山,眉眼一动,心中陡生一计。

她跳了起来,将还在吃饭的姬宁拉了过来。

"那边,"她指着远方的山,"没有城门的对吧?"

姬宁咽下嘴里的饭菜,望了一眼她手指的方向:"北境苦寒地,再往北,荒无人烟,没人去那里,也没谁从那里来,没有城门吧?"

阿纪一拍手:"走走走。"

"去哪儿?"

阿纪回头看了姬宁一眼,见少年一脸茫然,她没细说,只道:"去爬山,锻炼身体。"

姬宁望了一眼远方的雪山,说:"现在?我饭还没吃完……"

"回来再吃。"说完,她拉着姬宁便出门了,没带行李,好似真的只是出去玩玩。

阿纪这边一出客栈,便看见身后跟了两个墨衣人,她只当什么都没看见,一路向北走去,直到快走出北境城的地界,身后两名墨衣人才觉得奇怪,对视一眼,一同走上前来,拦住阿纪与姬宁。

"二位,不得再往前了。"

"又怎么了?"阿纪问。

"前方……"答话的人顿了顿,看着前方一片茫茫的雪原,一时间没找到阻拦的理由。

阿纪便趁此机会接过了话头,道:"前面出城门了吗?不是北境地界吗?我们吃了饭想出来走走,爬个山,赏赏雪,这也不行?你们北境还讲不讲道理了?"

她一番话将两个墨衣人问住,两人愣怔了片刻,阿纪便继续拽着姬宁往前走了。

一路往雪山上爬去,冰天雪地里,姬宁都爬得热了,他抹了抹额头的汗,回头一望,北境城驭妖台尽在眼下,而前方的阿纪还在不知疲惫地继续爬着,后面的墨衣人也默不作声地继续跟着。

"阿纪,我们还要爬多久呀?"姬宁扬声问,"我看马上要到山顶了。"

"上去歇歇就下山吧。"前面的阿纪头也不回地答道。

第八章 试探

身后的墨衣人听了也稍松了口气。却在他们松气的这一瞬间，寒风刮过，一道黑气忽然飘到两人身后，两人登时警觉，立即往身后一望，但还没来得及动作，便有重物击中后脑勺，两人眼前一黑，脚一软，眼瞅着要往雪山下滚去，这时黑气登时化为实质，将两人拉住，让他们在雪地里躺了下来。

阿纪背后的尾巴晃着，姬宁震惊地看着她："五……五条？"

从三条尾巴变成五条尾巴，阿纪再难维持自己的三尾男儿身，登时化作了一个少女，这是她最接近本体的一张脸，不过只出现了一瞬，她又变回了三条尾巴。

"你到底……到底有几条尾巴……"饶是姬宁也忍不住发出了这个疑问。

"重要吗？"阿纪走下来，对姬宁伸出手，"走了，咱们从这儿绕着飞，从雪山上飞过，再去南……"她这话还没说完，伸去拉姬宁的手还没碰着他的衣襟，却忽然被另一只手打开。

她一愣，面前黑影一闪，头发与雪同色的鲛人立在她身前，将身后的姬宁全然挡住了。

姬宁腿一软，往雪地里一坐，差点没从坡上滚下去。

"你刚才的脸……"面前的鲛人一把揪住她的下巴，将她拉到身前，"变出来。"

阿纪嘴角微微一动，一句"怎么哪儿都有你？"脱口而出，她狠狠挣脱："你开天眼盯着我吗？"

鲛人没回答她，而摔倒在地的姬宁却看见倒在地上的两人手中捏着一个小球，小球已经破裂。"这个……"竟是两人遇袭的瞬间，捏碎了手中的球，通知了长意。

阿纪的恼怒并未维持多久，长意一手再次捏上阿纪的脸，几乎要将她这张脸捏得变形："变出来！"

多日被监视困住，阿纪早在心中积了一团怒火，此时长意的无礼径直点炸了她心头的火，她又是狠狠一巴掌将长意的手从自己脸上打掉："好！"

"呼！"一声，阿纪身后陡然出现了五条黑色的尾巴，尾巴随风而动。"给你看！"说着她没再吝惜力气，掌心集聚法力，一掌拍在长意心口，口中还怒叱，"满意了吗！"

长意恍然间见到这张与纪云禾相似的脸，有一瞬间的愣神，根本没有提防阿纪的这一掌，愣生生挨了这一击。

掌风荡出，将四周积雪都震荡开去。但长意纹丝不动，他站在阿纪面前，任由她的手掌打在自己胸口，而他的手却放在她的脸上。

他看着她，蓝色的眼瞳中光华转动，那目光似哀似痛，看得盛怒中的阿纪都有些愣神起来。

到底是什么样的故事？

阿纪不止一次对过去的自己感到好奇，但从没有哪一刻如此刻一般，她看着他的眼神，心头好似有一只手在拽着她的心尖问她——到底经历过什么样的故事，才能让一个人拥有这样的眼神？

良久，却是长意率先放开了手，而阿纪的问题在嘴边转了几个圈，最终却转出了一句——"姬宁，我们回去。"

她想，反正这鲛人来了，他们今天一准走不了了。

"站住。"长意转身，看着准备下山的阿纪，"为什么隐瞒？"

他是在问前几天他使了杀招，她却没有露出五条尾巴，她当时为什么要隐瞒。阿纪回头，面不改色道："没有隐瞒，我只是认为四条尾巴足够应付了。"阿纪说罢，带着姬宁要下山，一边走，嘴里一边不服气地念叨："出来走走，看看景色多好，老憋在屋子里，别管是妖怪还是人，脾性都会变得古怪，爱关着自己还爱将别人关着，也不知道是哪儿来的癖好。"

她的话听得姬宁额上冷汗直流。

姬宁不由得回头看了一眼长意，长意还是那张冷脸，活似什么情绪都没有，口中却道："好，走走。"

三个字，让前面四条腿停了下来。

阿纪以为自己听错了，转头看了看姬宁，姬宁也以为自己听错了，询问似的看向阿纪，随后两人一同转头，望向长意。

长意也盯着他们："一起走。"

姬宁将手默默地从阿纪手里抽了出去："我可以自己回去，我保证不乱跑，或者我帮你们把这两个军士扛回去，我还是有点力气……"

"好。"长意瞥了姬宁一眼，"不要动歪心思。"

姬宁发怵："不动，不动。"

他用驭妖师的法术将两个军士扛起来，带着他们一步一蹒跚地往山下而去。

冰天雪地间，只剩长意与阿纪两人面面相觑。

阿纪问长意："我和你有什么好一起走的？"

"你走前面。"长意根本没有给阿纪更多说话的机会。

形势比人强，阿纪一声叹息，咬咬牙，只得埋头往前面走去，她像个被流放的犯人，在前面走着，一回头，便见长意在她身后不声不响地跟着。她走快，他便走快，她走慢，他也走慢，但她又从来没见过哪个押送犯人的衙役脸上会有这样的神情。

他好似就是想看她，看着她的背影，然后去追忆一些根本回不来的过去，抓住一些虚无缥缈的——恰似故人归……

第九章 最是情深留不住

心生心死，情淡情深，都留不住。

一路自风雪中走过，行入人迹罕至的大雪山里，阿纪没有停，长意便也不叫她停下来。好像她就算这样一路走到南方，他也不会多说一句。

从荒无一物的山头一路走到低洼处，四周开始有了被冰雪覆盖的枯木，阿纪走得脚都有些累了，身后的人还是不发一言。

"你没事要忙吗？"阿纪偷偷瞥了长意一眼，"我不是赶你走，我是怕耽误你的时间。这也闲逛了好一会儿了，不如我们回去吧？"

"再走一会儿。"

一句冷漠的回答让阿纪只得依言继续往前走。

她走得无聊，路过一棵树的时候便随手晃了一下，树枝上的积雪抖落下来，她晃完就走，那些雪半点没落到她身上，反而尽数落在身后的长意头上、肩上。

他没有躲，所以阿纪回头的时候，看见的便是身上落满了雪的冷脸人。

阿纪与长意四目相接，对视片刻，阿纪没忍住笑了出来："尊主，我这真不是故意的。谁知道你本事那么高，却连积雪都没躲过。"

长意冷着脸拍了拍肩上的雪，一转眼眸，看见的便是阿纪满带笑意的脸，暗藏三分狡黠。

他一怔，目光随即柔了下来，记忆中的人很少在他面前这样笑，但想来她开心起来的样子，应该也与阿纪相差无几。

但见长意的目光又变得深邃，阿纪的笑便有些尴尬起来。不知道这个鲛人又透过她在看些什么，她揉了揉脸，继续转身往前。

"尊主，你还想走多久啊？我真不想走了，我想回客栈。"

"再走一会儿。"

还是这句话。

阿纪叹了一声气，扭头继续向前，又走了一会儿，说："一会儿走过了，回去吧，大爷？"

"继续。"

阿纪忍无可忍，一扭头盯着长意，一看长意的冷脸，"打不过他"四个大字就出现在阿纪脑海里，但她想着连日来被监视的状况，还有今日这莫名的逼迫，心中觉得憋屈又愤怒，当即一盘腿往地上一坐，仰着脖子看着长意。"我不走了。"她破罐破摔地抱起了手，"不走了。"

长意看着雪地里的阿纪："行，那便坐会儿。"

言罢，他一撩衣摆，竟然也盘腿坐了下来，双眼轻轻一闭，竟是就地打坐起来。

阿纪惊得一愣，不敢置信地盯着长意。

这鲛人……这鲛人竟是这么倔吗？可谓有些厚颜无耻了……

阿纪看看四周，忽见雪林深处有一股白气袅袅升起，方才一路走来她便看到了，只是没有放在心上，现在走近了，嗅到几分远远传来的味道，她道："行，你坐，我坐这儿冷，那边有温泉，我去泡一泡。"阿纪说着站起身来。

长意睁眼看她。阿纪抢在长意说话之前开口道："这温泉，尊主可是要来与我一起泡泡，放松放松？"

她大胆邀约，长意一愣，转过头，垂下眼眸："你自己去。"

阿纪闻言，一勾唇角，懂了。

原来……也不过如此嘛。

第九章　最是情深留不住

131

阿纪一边往那处温泉走去，一边将外面的袍子一脱，就地一扔，头也不回地往前走去。长意微微转头，目光瞥了一眼她放在地上的袍子，那地方便好似成了一条界线，让他不得踏过。

阿纪往雪林里面走，听着身后果然没有长意的脚步声，心中觉得有趣，早知道这个鲛人对男女大防一事如此介怀，她早该用这招来收拾他的。

不过今日她是不打算再跑了，她能想到一旦鲛人知道她没有脱光衣服下温泉，反而要御风而走，那她是无论如何也走不了的。不如就当真在此处放松放松吧。

阿纪破开水雾走了过去，但见一片雪地里，有两三个低洼的地方蓄积了温泉水，三个池子都冒着热气，让人看着就觉得暖和，阿纪挨个摸了下温度，挑了最喜欢的一个，将身上其他衣服褪去了，摸着石头坐了下去。

一声舒畅的长叹自口中发出，阿纪头仰靠在旁边的石头上，整个身体都放松地漂在水里。

"尊主！"这雪林寂静，她笃信鲛人能听到这边的动静，"我泡水里了，可舒服了，这儿还有几个池子，你当真不来？"

她知道鲛人绝对不会来的，所以她便故意说这话给他听，好叫那鲛人也闹闹心。"不泡也行，你那儿坐着冷吧，要不你自个儿在林子里走走？你不是喜欢走吗？"

阿纪埋汰他埋汰得十分畅快，心情一时大好，脚在水底晃动着。

忽然间，但听"咕嘟"两声，却是从下方冒了几个气泡上来，阿纪一开始以为是自己双腿晃出来的气泡，但接下来气泡越来越多，阿纪停下了动作。

"咕嘟咕嘟"，气泡不停地翻涌，水温也紧跟着高了起来，霎时间烫得像要把她涮熟了一样，阿纪一声惊呼，立即从水里跳了起来，在雪地里蹦跶了两下，浑身皮肤已经被烫得红肿不堪。

她立即捞衣服，一边穿，一边叱道："你这鲛人，忒不讲理！不开心也不能直接将我煮了啊！"

"怎么了？"旁边传来鲛人的询问声，声音不大，却足以让阿纪听清楚了。

阿纪将里衣系好，还没来得及说下一句话，忽然间"轰"的一

第九章 最是情深留不住

声,她方才还在里面泡的温泉突然冲天而起,冒了老高,炙热的水冲上天,又变成雨点哗啦啦地落下,霎时间将阿纪刚穿好的衣服淋了个通透。

白色的里衣贴在她身上,寒风一吹,又将她吹得瑟瑟发抖。

正在这时,雪林外传来脚步声,阿纪知晓来人是谁,一时也顾不得冷,连忙将另外一件衣服往身上裹:"别别别!"

她眼角余光看见黑袍人走了过来,手抖着还没将另一件衣服穿好,他脱在外面的大袍子便从天而降,将她盖住了,她慌乱地套好自己的大袍子,将自己裹严实了,才看了长意一眼。

长意的目光根本没有落在她身上。"你也没那么大方。"

一句话将阿纪方才泡在池子里时的那些悠然揶揄都撑了回去。

阿纪忍着怒火,掐了个诀,令周身发热,将自己湿透的里衣烘干,随后转头瞪他:"你这鲛人心眼太小!自己泡不了就把池子烧了!"

长意瞥了阿纪一眼:"不是我。"言罢,他看向阿纪方才所泡的温泉池子,阿纪也转头看去,登时一愣。

方才的泉水尽数喷出之后,池子里仅剩的一点水也被高温灼烧干净,烟雾变成了黑色,气味渐渐变得刺鼻,让人难以忍受,不一会儿,漆黑的池子下微微裂开了一条缝隙,里面鲜红灼目的熔岩翻滚,一闪而过。

阿纪眨巴了一下眼:"我竟在这池子里泡过澡……"

大地猛然一动,阿纪与长意的身形都跟着一晃,忽然间,不远处雪山之巅的皑皑积雪悄无声息地坍塌而下,随着雪往下滚,渐起声响,原来是雪崩了……

但这山间雪崩,大雪只会覆盖雪林,并不危害山下驭妖台,长意提着阿纪的袍子,纵身一跃,立时离地而起。

而等两人跃到空中,方觉形势不妙。

"这是什么……"阿纪问。

下方阿纪刚泡过温泉的地方,时不时有红光涌动,但两人在下方时却不知。此时在雪林外数十丈的地方,雪地仿佛被人砍了一道鲜红的伤口,岩浆在地下翻滚,蜿蜒流出,阿纪待过的池子不过是这绵延伤口的一个延伸。

"此前北境有这个?"阿纪震惊,"你知不知道?"

133

长意的眉头微微蹙着。"不知。"他目光转动，落在阿纪身上，"此前，北境也没有熔岩。"

　　"那……难道是我泡了个澡……却把大地泡得裂开了？"阿纪不敢置信，"我这么厉害？"

　　长意盯着她："我也不知，你这般厉害。"

　　雪山之上的雪崩落而下，一时间白雪腾飞，似厚云一般，将那片雪林盖住，但紧接着，白雪就被下方的岩浆融化了。

　　鲜红的熔岩翻涌更甚，阿纪转头遥遥望去，这山坳往前绵延，还有数里的长度，皆有黑烟冒出，山间震颤，雪崩不断，如此动静，却是越来越严重了，再这样下去，山崩地裂，山下的北境城与驭妖台怕是难逃一劫。

　　而此时有那么多逃亡而来的人住在北境城中……

　　阿纪神色严肃起来："北境为何突然如此？可是朝廷做的手脚？"

　　"山河之力，怕是大国师也难以操控，这也并非普通熔岩。"

　　"熔岩还有普通不普通的说法？"

　　"海外仙岛，有名雷火，岛上唯有一座通天之山，山口常年涌出炙热岩浆，岩浆艳红，胜似鲜血，传闻雷火熔岩乃因地狱业火而成，可灼世间万物。"

　　阿纪听得愣神："这是哪儿的传说，你在什么地方听的？"

　　"海里。"他答了两个字，没再说其他，拎着阿纪往前御风而去。他速度很快，比阿纪自己御风要快很多，寒冷的风刮在脸上，阿纪垂头看了看鲛人的腿，随后又抬头看着鲛人美得过分的侧脸，终于忍不住问："听说你以前有一条十分漂亮的大尾巴，所以顺德公主才想抓你？"

　　长意听到这话，却像没有听到一般，连一个眼神都没有给过来。

　　"顺德公主毁了多少人？"

　　"她到最后一定会付出代价。"

　　长意带着阿纪沿着熔岩裂缝飞了没一会儿，终是在空中一处停住了身形，在他们的下方，原来或许本是一个山间小潭的地方，此时正咕噜咕噜地往外冒着鲜红的岩浆，真的宛似血液，看起来骇人至极。

　　而更可怕的是，在这岩浆潭外，越过一座山头，下方便是北境城的城门。也就是说，如果岩浆在此处爆发，很可能就会毁掉下面的北境城。

第九章　最是情深留不住

这些岩浆，有的渗入土地中，一直蜿蜒流到他们来时的地方，有的则在地表流淌而过，在雪山里划出一道道触目惊心的痕迹。巍峨的大山此时也被这熔岩之力震颤着，四周的白雪已尽数被灼烧干净，露出了一片焦黑的山体。

"怎会如此严重？"阿纪大惊，"北境此前也没人发现？"

"定是不久前才出现的。此处或许与海外雷火岛同属一脉，只是之前没有露出来罢了。"长意道，"你回北境找到空明，告诉他，让驭妖师与妖怪们带着百姓暂离北境城。"

"往哪里去？"阿纪心急，"再往北人迹罕至，寒冷难耐，驭妖师与妖怪尚且能忍，普通人如何自保？还有，这么多人离开北境城，粮食支撑不超过半月，到时候，朝廷不找你麻烦，北境也散了。"

长意瞥了她一眼，道："我没让他们彻底离开北境，只是暂时的。"

"暂时？"阿纪望着他，"你留在这里要做甚？……"

她看着长意坚决的目光，猜道："你想将这即将爆发的熔岩压制住？等这熔岩退去了，你再让人们回到北境？"

长意并没有否认。

阿纪瞪大眼看长意，摇摇头："你这鲛人疯了不成？你方才也说了，山河之力，便是那朝廷的大国师也没有办法，你凭什么阻止？"

"我会在此处设立一道屏障，待下方熔岩喷溅殆尽，便撤去。"

"说得容易！要以一人之力在天灾当中护一座城，你……"话音未落，下方"轰"的一声巨响，喷溅出来一道炽热的岩浆，岩浆直飞冲天，而后往四周散去。

长意手中结印，四周冰雪倏尔聚拢而起，化成一道屏障，将喷溅到他们这方的岩浆尽数挡住。

长意擅长操纵水，这千山之间，皆是皑皑白雪，取之不尽，用之不竭，正好方便了他。

白雪不停地在他面前凝聚，屏障越来越大，以至比起这千山之雪，他这个施术人变得如此渺小。

"快走。"

见他如此坚决，阿纪一咬牙，再不敢耽搁，转头便向驭妖台而去。

她飞过北境城城池，街上已有不少百姓看到了山间动静，熔岩爆发使大地震颤，群山皆是雪崩不断，而崩下来的白雪并未落下，便被长意操控着汇聚成了一道巨大的墙,挡在熔岩与北境城之间。

驭妖台的守卫们本欲擒她,却被她一招挡开:"你们尊主派我前来的!空明在何处!"守卫们面面相觑,此时远方忽然传来一声轰隆巨响,却是远山之间那熔岩猛烈撞击在雪墙之上,终于在雪墙上撞出一大块黑色,宛如墨汁点入水中,却并未撞破雪墙。

阿纪更是心急:"空明在何处!"

"何事喧闹?"空明自侧殿踏出。

阿纪立即上前,转达了鲛人的安排:"北境之外山上熔岩爆发,鲛人正独力抵挡,不让熔岩毁掉北境城,以防万一,你马上着人安排,带百姓们出城。"

空明诧然:"熔岩爆发?他独力抵挡?"

"他要独力抵挡,但自然不能如此,你遣百名会水系法术的人与我前去,助鲛人一臂之力。"

她话音刚落,空明还未来得及吩咐,旁边立即便有军士抱拳道:"属下会水系法术!愿助尊主一臂之力!"

"属下也会!"

"属下请命!"

阿纪看了一眼四周,请命之人有妖怪也有驭妖师,不知为何,在北境看到这样一幕,阿纪心头忽然涌起一股难言的激动。驭妖师与妖怪有数代仇恨,在她的记忆当中,她没有经历过这样的事,但在她的灵魂深处,却好似对现在的场景已经渴求了千百遍一样。

阿纪点头:"人手够了,在此处集合,我们都去帮他。"

北境的办事效率惊人地高,或许正因为大家都是从苦难之中走出来的,于是当苦难再临的时候,他们会最快地拾起自己求生的本能,空明已经开始安排百姓往城外撤了。

而一百名会水系法术的人也很快在阿纪面前集结了。

"诸位,炽热岩浆在山坳之中,尊主以法术凝结雪墙于北境与山坳之间,令喷溅的岩浆无法毁坏北境城,岩浆炽热,大家功法不比尊主,是以千万小心,切莫冒进,我们此去,并非代替尊主抵御熔岩,而是帮助他更好地保护北境。"

第九章 最是情深留不住

"是!"

阿纪御风而起,百人跟在她身后,向雪墙而去。

而在雪墙之前,墨衣人的头发与衣袂被风声撕扯,他耳边除了风声,什么声音都听不到。

要维系如此大的雪墙,抵御源源不绝喷溅而出的岩浆,长意一刻都不能放松,他将自己的妖力尽数灌注于面前的雪墙之中,灼热的气息与撞击的压力无不令他感到剧烈的疼痛。

他闭着眼,在极致的吵闹之中,他好似又走入了极致的寂静当中,仿佛到了那湖水里,那冰封的人身侧。

长意知道,天地之力何其强大,他此举九死一生,但其实,在他内心深处某个最阴暗的缝隙里,他是期待着死亡到来的那一刻的。

"轰隆"一声,下方岩浆猛烈爆发,冲上空中,向长意所在的雪墙扑来,冰雪与岩浆交混之间,无数水汽蒸腾而起,水汽的温度也足以伤人。

长意半分未退,只将更多妖力灌注其中,四面八方的冰雪更加快速地凝聚,不承想先前被岩浆溅破的雪墙还未来得及恢复,又是一股灼热气息扑来,两块细碎的熔岩穿过雪墙,温度骤降令熔岩化为坚硬且锋利的石头,一块擦破长意的脸颊,另一块正中长意心口。

长意只觉气息一乱,四周雪墙险些坍塌,他压住心口翻涌的灼热血气,正勉力支撑之际,忽然间,长风一起,一股清凉的感觉从身后传来。

长意冰蓝色的眼瞳微微往后一转,而后……慢慢睁大。

百十个穿着北境军士服饰的人从身后赶来,他们手中凝聚了法力,法力的光华如同线一般,连向面前的雪墙,一条一条,他们以个人之力,帮长意支撑着这面巨大的墙。

他们站在长意身后,浮在空中,竭自己之力,帮长意扛住了下方岩浆最剧烈的一次喷溅。

长意蓝色的眼瞳微微一动,但见黑发少女从军士身后御风而来,她刚指挥完最后一个军士,飞到雪墙上端,支撑雪墙最上面的位置。

少女的面容与纪云禾有三分相似,而那神情更是与纪云禾如出一辙。

"这忽冷忽热,真是让人难受至极,味道还如此难闻……"她忧心地看向长意,"其他军士都去帮助百姓们撤离了,我只能叫来这么多会水系法术的人。"

"她叫的……"

阿纪正说着,忽然间,脚下雪山一阵剧颤,岩浆再次冲天而起!雪墙被砸得不停晃动,数百人齐齐受了汹涌一击,有人心脉受损再难御风,身子脱力向下方坠去。

阿纪看见,当即身形一动,从空中追下,还未来得及将那人抱起,那人却被另外一个人接住。阿纪抬头一看,来人竟然是卢瑾炎。

"老子也来!"在卢瑾炎身后,蛇妖飞身上前,在空中飘荡的尾巴狠狠抽了一下卢瑾炎的后脑勺,"哟,尾巴滑了一下,对不住了。"

"你他娘的故意的!给老子等着!"

阿纪惊讶地看着两人,而在两人身后而来的,还有数以千计的人。

有驭妖师,有妖怪,有北境的军士,有还未入北境军队的人,他们尽数赶来。会水系法术的已经顶了上去,而不会水系法术的人则将自己的力量传给会水系法术的人。

"这座城是老子们的!"卢瑾炎大喊着,"不要随便把火球丢到老子们家里来!"

众人一声高喝,呼应之声似可动山河。

阿纪的目光扫过众人,最后落在最中间那个黑色的背影上。她飞身上前,停在长意身边。她欲伸出手去,将自己的力量传给长意,但掌心挨上他后背的一瞬间,阿纪却忽然迟疑了一瞬。

林昊青严肃的神情在脑海中浮现。

她其实一直在猜想,如果鲛人知道了她就是他要找的人会如何?她又要如何去面对鲛人?她……根本没有以前的记忆呀。要是以前的她和现在的她完全不一样,那她又该如何与这鲛人相处?

而便是在这愣神的刹那,大地猛烈颤动,频率极高,四周热气翻涌,众人察觉不妙,凝神聚气间,一声极为低沉的轰鸣从山下传出。那岩浆竟然不再喷溅而出,而是径直将山体烧穿,本被困在山坳里的岩浆,霎时间顺着山体缓慢流下。

岩浆即将流经的地方,便正好是北境的城门!那里还有大批准备撤出城门的百姓!

岩浆血红,似沸腾的血液,空中的人们登时大惊。

第九章 最是情深留不住

长意是最先反应过来的一个,他立即收了法术,阿纪对他的意思心领神会,她立即冲空中大喊:"撤法术!让雪墙掉下去!拦住岩浆!"她声音中带有妖力,传入每个人的耳朵。众人依言撤手。

巨大的雪墙宛如一块幕布,从天而落,截断岩浆的去路,

升腾而起的灼热水汽让空中的每个人都犹如身处蒸笼,甚至不得不以法术护身。

但就在众人还在空中等待水汽散去,想看下方岩浆有没有被截断的时候,长意身形一转,便已经追了下去:"去下方拦。"

他一动,反应快的人立即追随而去,不一会儿,空中的人便也跟随而下。

穿过层层灼热的白气,鲜红的岩浆再次出现在众人面前。

它缓慢流动着,前方的岩浆遇冷,有的凝聚成形,有的漫过前方的岩石,继续向前。

长意拦在山下,咬破自己的拇指,以血为祭,结印而起,无数的冰锥拔地而起,交错之间,阻拦熔岩继续前进。长意最后结了一块厚重的冰墙,立在自己身前,他手中法力维系着冰墙,令其越升越高,似要将熔岩再次完全拦住。

明白了他的意思,身后的人尽数将法力灌注于冰墙之上。

但岩浆太多了。岩浆在冰墙上慢慢堆积,最下层的岩浆凝聚成了石头,上面的岩浆不停灼烧,切莫说阻止岩浆,便说这冰墙加上这些石头的重量,也会让下面支撑的人感到越来越疲惫。

拦不住的……

阿纪在空中左右一望,忽然看见驭妖台北方,有一个坚冰围绕的湖心岛。

她当即灵机一动,堵不如疏。借山河以对山河之力,不是正好?只要将岩浆引入那湖水之中,偌大一片湖,还不够盛这岩浆?

她立即飞身而下,落到长意身侧:"快!将你的冰墙往驭妖台北方延伸过去。那里有湖!湖里正好可以容纳岩浆,正好可以绕过北境城!"

长意闻言一愣,转头望向阿纪。

阿纪却不明所以:"快啊!"

长意未动,仍旧死撑着头顶的重压。这情境,一如他的心境。

阿纪在他耳边怒叱,而另一边,他仿佛已经来到了那幽深的湖底,

湖水之中，纪云禾安好地躺在湖底。这外界的纷争，一切的一切，都与她毫无干系……

长意只觉心头一阵悲恸，他睁开眼，冰蓝色的眼瞳再不清晰，他眼眶赤红，牙关紧咬。只听他一声低喝，手中法力甩出，冰墙延伸出去，绕着山体仿佛水渠一般，引着岩浆往那冰湖而去。

"放了我吧，长意。"耳边，似乎还有那人的叹息，"放了我吧。"

对，纪云禾，他马上就要放了她了。

生也留不住，死……

也留不住。

心生心死，情淡情深，都留不住。

第十章 正是故人归

"我以为,上苍不仁,逼着我承认,我的执着都是虚妄,但空明,她不是虚妄,我的执着也不是虚妄。"

巨大的冰墙沿着蜿蜒山体,向前而去。

黑色的人影在山河之间如此渺小,但如此渺小的他却能与山河相抗。

冰墙向前延伸,有的地方因地形而不得不稀薄些许。后面有人看懂了长意的意图,便立即跟上,将稀薄之处撑了起来。长意一路向前,身后的冰墙犹如他徒手造的长城,而每个冰层稀薄的地方则像是一个烽火台,被留下的人守护着。

岩浆顺着冰墙流淌,所行之处,触碰冰墙,铺就了一层黑色的岩石,猩红液体在上面翻滚,低沉的轰鸣声不绝于耳。

阿纪一直御风赶在长意前方,她在帮长意探明地形,引导长意以最快捷的路途到达冰湖。

将岩浆绕过北境城引入冰湖,说着简单,但沿路铺就如此多的冰墙,究竟需要多少妖力难以估量,她现在只担心长意坚持不到那个时候……

她回头看了长意一眼,却在他脸上找不到任何异常。她咬牙继续向前。

眼看着冰湖将近,冰墙也跟着延伸而来,阿纪率先一跃而起,身后五条尾巴霎时间张开,她握掌为拳,一拳击破湖面坚冰,冰墙也顺势接入湖水,滚烫的岩浆登时流入湖中,冰水立即被烧得沸腾起来。

在岩浆的冲击下,无人看见的湖底已变得一片混乱,纪云禾被冰封的尸身静躺之处也终于起了波澜,湖底沉积千年的淤泥被突如其来的岩浆激起,力道之大,激荡湖水,将封裹着纪云禾尸身的冰块登时震荡起来。

而胡乱蹿入湖底的岩浆并未就此停止,有的岩浆变成了石头,有的还是鲜红的液体,那冰封之"棺"被激荡的湖水裹挟着,一会儿撞在坚石之上,一会儿落在湖底,一会儿又被推拉而起,终于,一道鲜红的熔岩将她吞没,彻底吞没……

湖面之上,随着源源不断的岩浆涌入,围绕着湖心岛的冰湖下方冒出暗红的光,湖水沸腾,变得一片混浊,湖上小半年没有化过的坚冰不一会儿便尽数融化。

阿纪身影一跃,跳到岸边。回头一望,但见过来的路上,冰墙犹在,每隔不远的距离便有人守护着冰墙,以保证冰墙不塌。

而在离阿纪十来丈远的地方,鲛人也静默地站在岸边。此时,整个北境都被岩浆灼烧得犹似在炼狱火中,而只有长意,只有他呼出重重寒气,衣襟里,脖子上几乎被寒冰锁住,霜雪结在他的脸上,令他看起来有几分可怕。

这个鲛人……法术施用过度……

忽然,鲛人好似心口一疼,弯下身来。

这个高傲得好似从来不会低头的人似乎再也忍不住这疼痛了一样,他捂着心口,单膝跪地,方才还被寒冰束缚的身体,一瞬间又变得通红,好像被这熔岩灼烧了一样。

阿纪不知道他怎么了,正要过去看他,忽然听到空中有人惊呼。

阿纪仰头一望,原来长意的身体出了状况之后,他施术而成的冰墙也受到了影响,冰层本就稀薄的地方须得注入更多的法力去守护。而更可怕的是,在长意头顶上方,冰墙入湖的末端陡然断裂!

炽红的岩浆顺着冰墙倾倒而下,径直扑向长意!

长意浑身极冷极热交替袭来,一半是施术过度带来的负担,一半是湖底……纪云禾的尸身正经受灼烧之苦给他带来的感同身受。

纪云禾已经什么都感觉不到了，她将在这一次的浩劫当中，彻底被天地之力带走，被这岩浆熔化，她会消失，或许会成为一滴水，一阵风，或许……什么也不会留下……

他心头巨痛，却不是因为这冷热。

此时，他余光看见灼热赤红的岩浆从他头顶倾倒而下。

他转头，迎面向着赤红的光，火光落在他脸上，驱逐了他周身冰冷，好似那远在天边的太阳忽然来到了咫尺之间，将要把他吞没。

来吧。

他没什么好怕的。

他用所有的力量护了这北境城，他终究没有变成大国师那样以天下给一人送葬的人。

如此……

若真有黄泉，还能相见，他在饮那忘川水之前，也不惧见纪云禾最后一面……

恍惚间，在极热之中，一道人影忽然拦在了他与那吞天"赤日"之间。

黑气如丝，四处飞散，拦住极致的灼热，她的身影瘦弱而强大，身后九条没有实体的狐尾飘舞晃动，她的影子在耀目光芒的拉扯下如此斑驳，但又如此清晰。

岩浆倾倒而来，将两人裹在其中，身侧皆是红如血液的光，只有她竭力撑出的黑色结界阻挡了杀人的灼热。

"让你跑……嗓子都喊破了……"她奋力撑起在岩浆中护住两人的结界，她咬牙切齿地转过头来，黑色眼瞳被点了红光，"你怎么就一个字都没听见！"

看着她的侧颜，长意愣怔地直起了背脊。那冰蓝色的眼瞳呆呆地盯住面前的人，满目的不敢置信。

阿纪奋力地撑着结界，但如此近距离地接触雷火岩浆，这灼热已经超乎她的想象，不过片刻，岩浆便在她的结界上烧了一个洞，灼热的气息好似一柄枪，径直刺在她的心口上。

阿纪只觉心头一痛，她一声闷哼，后退两步，撑住结界的手开始有些颤抖起来，她再用妖力，心口疼痛更甚，火烧火燎的，几乎要从她的心脏，顺着她的血管，烧遍她全身。

但她不能撑不住，鲛人已经竭尽全力救下了一城的人，她总该竭尽全力将这样一个人救下吧……

阿纪咬牙，浑身妖力大开，她不顾心头的疼痛，将所有的妖力灌注在结界之中，而她另一只手掐了一个诀，却是驭妖师的法术。她没有去管身后的长意看见她这道法术的感想是什么，也根本无暇顾及那么多。

她一转身，拉住身后长意的手。触碰到他，阿纪才发现，这个鲛人的身体竟是忽冷忽热。

刚才那一路，必定已经耗光了他所有的力气。

她看着单膝跪在地上的鲛人，"我不确定能不能冲出去，我只能尽力一搏。"她对长意道，"你愿意把命交给我吗？"

而她得到的回答，是长意紧紧握住了她的手。

忽然间，阿纪脑海中莫名出现了一幅画面，是她拉着这个鲛人，仰头倒下，坠入一个黑色的水潭里，仿佛还有强烈的失重感，告诉她这件事真实地发生过。

阿纪回过神，正要施加法术，忽然间，周遭妖力凝成的结界被灼热的气息撕裂，滚烫的岩浆瞬间挤入狭小的结界之中，阿纪当即没有多想，一把将长意径直抱住……

心口的灼烧之气更加浓烈，让阿纪宛如身在炼狱，一幕幕看起来毫无联系的画面接二连三地涌入她的脑海，有鲛人漂亮的大尾巴，有她看着被囚在玄铁地牢里的鲛人，还有小屋里鲛人投在屏风上的身影，虽说毫无联系，但画面里都是她与鲛人。

但最后，留在她眼前的却是那月夜之下，悬崖之上，她将一把寒剑刺入鲛人心头，他幽蓝的眼瞳里满是她的杀意决绝。

这一剑却好似扎在阿纪身上一样，让阿纪心头一阵锐痛。

"果然是仇人。"阿纪挡在长意身上，背后的灼热似乎已经将她的感官烧得麻木了，她只是呢喃道，"果然是仇人……"

但这个仇人……她为什么直到现在却连一丝一毫的恨意都没有？

世界陷入黑暗，她想，她或许快要死在这滚滚岩浆之中了吧……

想想还是有点可惜的，若是能全部想起来就好了……

…………

第十章 正是故人归

当空明带着人凿开了一层又一层黑色的岩石，发现下方的长意时，长意正在一个坚冰铸造的半圆冰球之中。

黑袍的鲛人一头银发已被染成灰白相间，显得脏污不堪，而他怀里却好好地抱着一个毫发无损的女子。长意的银发遮挡了那人的容颜，让空明看不清楚，但不管这女子是谁，空明只要确认长意还活着，他便放下了心。

其他的军士看见了长意，知他无恙，也开始欢呼起来，很快，人们便一层一层地将这消息传开了，不一会儿，身后便是一片雀跃的欢呼。

空明想将长意叫出来，他在冰球之外敲了好久，长意像没听见一样，丝毫不搭理他，空明忍无可忍，一记法术拍在那冰球之上，这动静才终于让长意抬起了头。

那绝世的容颜此时也染上了黑色的灰，那么狼狈。

而在那么狼狈的脸上，却有两道清晰的泪痕，银色的珍珠散落在女子身侧，在女子颈项间，却还用细绳穿着一颗珍珠，细绳还有一半藏在她的衣襟间，看样子，好似是长意从她脖子里拉出来查看的。

坚冰融水，空明终于听到了长意嘶哑至极的声音。

"是她。"他说，"纪云禾回来了。"

空明一愣，目光这才落在了长意怀里的女子脸上，他呆住了。

这……竟然当真是……纪云禾。

"主上，有消息传来，北境近来出现了一个黑色的狐妖，精通变幻之术，有人见过她的四尾……"

书桌边的林昊青静静地放下手中的笔。他看了一眼身边的妖仆思语，问："是纪云禾吗？"

"属下听闻那行事作风，猜想应该是她。"

"鲛人认出她来了？"

"应当没有。"

林昊青沉默片刻，忽然一声笑，摇了摇头："缘分到了，却是拦也拦不住，随她去吧。"

林昊青在见顺德公主之时，听闻顺德公主要让他集结四方驭妖师之力北伐，他观多年局势，知朝廷行事作风，便早推断出大成国运不济，人心涣散，在国师府多年的高压下，四方驭妖地早有反叛之心，如若北伐，在纪云禾那舌灿莲花之下，驭妖师大军定会临阵倒戈。

他故意率兵前往，中间的过程虽然出乎他的意料，但结果倒是与他想的一样。但没想到纪云禾的身体竟然孱弱至此，劝降大军之后当即身亡，他有解救之法，故意未说，逃离北境之时，方私自带出她的内丹，救活了她。

林昊青拿了一个罐子，看了看里面残余不多的药粉："当初找顺德要的寒霜，内里药材我已分析出来了，只是有两味药不知其制药的先后顺序。思语，这些日子准备一下，我们要找一个时机回京了。"

思语沉默了片刻。"主子，如今回京，怕是拿不到寒霜的制药顺序，驭妖师降北境一事，顺德的怒火必定发泄在你身上。"

"所以……"林昊青看着手中的盒子，"我们要等一个时机。"

…………

北境城外的山体上，冰墙消融之后，顺着冰墙流淌的岩浆在山体上凝固成了坚硬的黑色岩石，围着北境城形成了一圈诡异的环形山体。

北境四周皆是高山，本就易守难攻，现在有了这一圈山体，只要北境人在上面建起堡垒，架上兵器，就算百万大军攻来，北境也无所畏惧。

这突如其来的岩浆爆发，未致北境一人死亡，却阴错阳差地成就了一个惊世绝作，令此处成了一个不破之城。

但空明没时间为这个消息感到高兴。

侧殿之中，床榻之上，已恢复自己本来面貌的纪云禾静静地躺着，她呼吸沉重，皮肤异于常人地红肿与滚烫。长意手中凝聚法术，放在纪云禾心口，淡蓝色的光华流转，从长意的手中渡到她心口。纪云禾的神情便微微放松下来。

但不过片刻，长意唇上却泛起了乌青之色，忽然之间，长意的手被人猛地打开。

空明站在长意身侧，冷冷地看着他："昨日施术过度，让你好好休息，你还敢胡乱动用法术？"

长意的目光一直停留在纪云禾身上，未抬头看空明，也未正面回答他的问题，只开口道："我要带她去冰封之海。"

第十章 正是故人归

空明闻言，沉默了一瞬。

长意继续道："岩浆属于海外仙岛雷火一脉，可灼万物，她被雷火之气灼伤心脉，以我之力无法令她苏醒，只有去冰封之海寻得海灵芝，方能解此火毒。"

空明看着长意："你想好了？"

长意看着面色痛苦的纪云禾。她比在那湖心小院的时候胖了许多，可胖得好，她终于不再那么枯槁，好似风一吹便会被带走一样脆弱。

"这件事，不用想。我葬了她，却没有把她葬入海里，我怕无法留住她的尸身，我怕她变成海上的泡沫……此前，我将岩浆引入冰湖……"

再提此举，长意依旧心绪一动。

"我以为，上苍不仁，逼着我承认，我的执着都是虚妄，但空明，她不是虚妄，我的执着也不是虚妄。"

听他言语之中去意已决，空明道："北境呢？"

"有你主持大局，我很放心。"

空明深吸一口气。而今北境经昨日一乱，众人共历大劫，一些此前暗藏的矛盾暂时算是隐了下去，不管是驭妖师、妖怪，还是普通人都难得地同心协力起来。

在这样的境况下，长意离开北境也不会出什么乱子。

空明看了看床榻上的纪云禾："真不知她到底是如何从地狱里爬出来的……"

她像一个奇迹，对长意来说，或许更像一个神迹。

"去吧。北境我还能看几天。"他离开前，转过身来，似极不情愿地吩咐，"带上几个信得过的人，别再搞什么孤军奋战了，你现在又不是才被捞上岸的鲛人。"

冰封之海位于北境东南，距离北境并不远。

长意没有花多少时间，便将纪云禾带到了海岸边。随他们而来的还有洛锦桑与许久未见的瞿晓星。

瞿晓星一直待在北境，长意将纪云禾带回北境之前，他一直认为鲛人总有一天会将纪云禾带回来，他定是还能见着他的护法。后来鲛人果然将纪云禾带回来了，但他将纪云禾幽禁在了湖心小院中，他和洛锦桑一样,天天盼着去见纪云禾,但一直也没有等到机会。

他不如洛锦桑胆大,也没有青姬那样的后台,于是便一直在北境缩着,帮着打理一些事务,等着鲛人开恩让他去看看纪云禾,但待着待着,所有人好像都将他忘了似的。根本没人和他提起这一茬,直到后来,纪云禾劝降北伐的驭妖师,他初闻消息很是开心,纪云禾立下这般大功,他总有见见纪云禾的机会了吧。不承想,纪云禾竟然死了……还被鲛人直接冰封在了湖底当中。

这下瞿晓星是彻底断了念想,他万没想到,驭妖谷中那一别,竟然是他与护法见的最后一面,早知如此,他在北境便是不要这张脸也不要这条命,也应该学着洛锦桑的模样,厚着脸皮跟过去看看。

总想着以后以后,竟然就没了以后……

但偏偏天意就是这么弄人,在他彻底放弃了之后,忽然之间,北境岩浆爆发,鲛人救下了整个北境城,而有人说他们看见一只九尾狐妖救下了鲛人。

这下瞿晓星再没有等了,他立即去打探消息,最后找上洛锦桑,抓住了鲛人带纪云禾离开前的最后一点时间,终于再一次见到了纪云禾。

只是……却是昏睡中的她。

"你们在这里好好照顾她,我去海里取海灵芝。"

鲛人将他们带到了冰封之海的岸边,这里没有沙滩,只有犹如刀劈斧砍一样的悬崖峭壁,冰封的大海在悬崖峭壁之下,海面与这海岸大概有三十丈的落差,在下方的海一如它的名字,永远被冰封着,从来没有荡起过波浪。

这是属于北境的唯一一片海,却没有任何利用价值,它终年冰封,不能行船,传闻中的海灵芝是它闻名天下的唯一原因。

瞿晓星与洛锦桑蹲在峭壁岸上的破木房子里,洛锦桑用脚垫着纪云禾的头,不停地给她吹着风,以缓解她周身的灼热。瞿晓星看看纪云禾,又看看远去的鲛人,忧心道:"锦桑,听说这冰封之海下面有大妖怪守护海灵芝,你说鲛人下去会不会有什么问题啊?"

洛锦桑瞥了瞿晓星一眼,说:"你看鲛人的表情像是有什么问题吗?"

瞿晓星被噎了一句,没再说话。是……他看鲛人的表情,听他说的话,好像他只是要下海抓一条鱼一样,轻轻松松,去去就回。

天下皆知这一片海域里有海灵芝,也都知道海灵芝是传说中的圣药，但是……就是没人来取……"

"他的尾巴……"

洛锦桑便也沉默地看向岸边的长意。

长意立在峭壁前，看着脚下冰封的海面。虽然海水尽数被封存在厚厚的冰层之下，但是长风带来的味道还是混杂了海的腥味与咸味，这是他再熟悉不过的味道。

他本以为，这条命到终结，他也不会再有回家的一天……

他是一个失去了尾巴的鲛人，本来也是再没有资格回到大海的鲛人。但为了纪云禾，他却必须回去。

长意深深吸了一口气，在百尺崖边，纵身一跃，向着下方覆盖了冰层的海面跳去，在他即将落入海面之前，数道冰凌从天而降，"锵锵"两声，海冰应声而破，冰面裂开数百丈。一袭黑袍的长意从冰缝里一头扎入了海水之中。

冰冷的海水霎时间没过全身，幽蓝海水瞬间将他包裹，这熟悉又陌生的感觉让长意在水中愣怔了片刻。他下意识地回头看了一下自己的双腿，再也没有让他在水中来去自如的鱼尾，冰蓝的眼瞳轻轻闭上，再一睁眼，他抛却所有犹豫，聚气凝神，身形似箭，径直向幽暗的海底行去。

行得越深，四周光线越是稀少，他幽蓝的眼睛在黑暗中睁开，终于，他在幽深的黑暗里，看见了一道微弱的光——海灵芝。

他游到那处，伸出手，在即将采到海灵芝的那一刻，一只巨大的触手从长意面前挥舞而过，触手荡出的水波将他推开数丈。

他没有鲛人的尾巴，在水中到底是添了几分不便。他望向干扰他的妖怪……

在海灵芝的背后，十只并排而上如灯笼一般的眼睛睁开，眼睛诡异地眨着，妖怪的触手在水中凌乱地挥舞，十只眼睛盯着长意不停地眨着："割尾为腿的鲛人王族，愚蠢……"

海妖的声音混浊低沉，声波散在海水之中，推荡着周遭的水，形成水波，水波震荡，传到海面，令沉寂已久的冰封之海激荡起来，海水裹挟着碎冰，撞击着峭壁。

长意漂在海水之中，面上神色不为所动，他双手结印，两掌分开之间，拉出三尺来长的冰剑，握于掌心，他的银发在海水中漂散，显得那般柔软，但他手中的冰剑却锋利地直指海妖。

"让开。"

海妖触手狂舞："虽贵为王族，但既已开尾，便是舍弃大海，叛离者如何能再取海中之物？"海妖一声嘶吼，触手疯狂地向长意攻来。

而一片黑暗之中，长意冰剑一转，寒冽的冰剑后，是他更加冷漠的蓝色眼瞳……

…………

冰封之海上方的冰层尽数被激荡的海水撕裂。巨大的海浪裹挟着冰块撞击着峭壁，发出轰隆之声，听起来令人心惊胆战。

巨大的浪撞在峭壁上，力量之大，使巨浪散去之后，甚至有冰冷的海水落在这数十丈高的峭壁之上，将三人淋了个通透，好似下了一场大雨一样。

瞿晓星和洛锦桑被海面突如其来的大浪惊住，两人全然不知海面之下是什么情况。洛锦桑抱着纪云禾不宜走动。瞿晓星便大着胆子去悬崖边探看情况，可他刚在悬崖边望了一眼，只看见了下面的惊涛，便忽见一条粉红色的巨型章鱼触手从海里伸了出来，径直往峭壁而来。

"啊啊！"瞿晓星吓得大叫，连滚带爬地往后面退，"大妖怪！海里的大妖怪！"

还没等他退两步，那粉红色的章鱼触手便"咚"的一声落在他身前，还在他身前扭了扭，却……竟然只有半截？

这是被砍下来的！

瞿晓星摔坐在地，惊骇地看着面前的触手，耳边听到身后传来的脚步声，他回头一看，黑袍鲛人浑身湿答答地从海里出来了，此时正站在他的身后，拧了拧垂在身前的头发。而他手里拿着的，还有一朵发着微光的灵芝。

"海灵芝！"瞿晓星欣喜一笑，鲛人没有理他，径直向前，往纪云禾的方向走去。瞿晓星又指着面前还在蠕动的触手问："这个东西又是什么？"

"晚饭。"长意冷漠地答了一句，"章鱼脚。"

第十章 正是故人归

瞿晓星嘴角抽了抽，看着面前比自己腰身还粗两倍的章鱼脚有点害怕。

这个鲛人……或者说他们鲛人，在海里搞不好比在岸上还要可怕个千百倍呢……

巨大的章鱼脚被烤得嗞嗞作响，不用刷油，它自带的油脂便已足够丰富，在火焰的燎烤下，粉红色的章鱼脚缩了水，变得白里透红，散发着阵阵诱人的奇香。

瞿晓星摇动着木棍，已经不知道咽了多少口水。旁边的洛锦桑也巴巴地望着章鱼脚，不停地催促："能吃了吗？能吃了吗？怎么还不能吃？"

瞿晓星转头看了眼正在照顾纪云禾的长意，长意已将海灵芝喂纪云禾服下，纪云禾周身的灼热已经减轻了很多，只是她还没有苏醒，所以长意一直守在她身边。瞿晓星试探着问："那个，尊主，你照顾护……照顾云禾一天了，不如先吃点东西？"

长意这才抬头瞥了他一眼："能吃了。"他话音一落，洛锦桑拔了身侧的长剑，径直削了一块肉穿在自己的剑上，猴急地吹了吹，就吃进了肚子里。

"啊……好香！"洛锦桑一声感叹，"好吃！这到底是哪里找的大章鱼！怎么这么香！"

瞿晓星也迫不及待地割了一块，嚼巴嚼巴吃得开心，嘴里还含混地应着："对呀对呀，这章鱼好好吃。"

"不是章鱼，是海妖。"

长意淡淡地说了一句话，正愉快地吃着肉的两人忽然动作一顿，神情一瞬间变得有些呆滞："海妖？"

洛锦桑呆呆地问："妖怪？"

瞿晓星也呆呆地问："会说话的那种？"

两人看着长意，长意点头："嗯。"

瞿晓星："……"

洛锦桑："……"

他们齐齐回过头，看着自己手里还冒着油的香肉，一瞬间神情都萎靡了："是妖怪。"

151

"活着的。"

"会说话……"

"我们是不是吃人了……"

两人陷入了难以自持的惊恐之中,开始不停地念叨起来。

而长意的心思却没有放在两人身上。他只是看着昏睡不醒的纪云禾,眉头微微皱了起来,照理说,服过海灵芝,火毒已经解除,她应该苏醒了,但为什么……

外界的吵闹与长意的目光阿纪此时都感觉不到。

自打因灼热之气昏睡过去之后,她便陷在了一片混沌之中。

好似掉进了炼狱里,她被锁在了那岩浆之中,浑身的皮肤都在不停地被灼烧着,将她整个人都烧化了,皮也掉了,肉也烂了,整个人一片模糊。

而在这难受的灼烧当中,她偏偏还一个字都喊不出来,因为双唇也像被火焰烧化了一样,粘在一起,怎么也无法张开。

只有偶尔一道清凉的寒气传入之时,她才能在这灼热之中得到片刻的安静。

不知时间在混沌里过去了多久,她感觉自己的双唇被人打开了,一股清凉的东西被灌进她的嘴里,流入喉间,这冰凉的带着苦味的气息顺着她的喉咙流过胸膛,及至落入胃里,而后在肠胃里慢慢散开,驱逐了她四肢灼烧一般的疼痛。

她终于有了片刻的舒适,身边炼狱一般的火焰退去,她这才来得及去关注自己以外的世界。

她发现自己飘在空中,赤着脚,未沾地,火焰彻底消失之后,她才发现自己脚下竟然是一片白云,风吹过她的耳畔,一道女子的声音忽然在耳边响起。

"纪云禾。"

陡然听到这三个字,阿纪猛然心头一惊。

她回过头,想要找到说话的人。

"纪云禾……"

但这声音只随着风声而来,风过则停。阿纪对这三个字有莫名的熟悉感,每听到一次,她就心惊一次。

"我叫阿纪。"她张开了口,对着面前的白云长空沙哑道,"纪云禾是谁?"

"是你。"

又是一阵风声划过,阿纪这次追随着声音,猛地回头,终于在极远的云端处看到了一个身着白衣的女子。阿纪皱眉看着她,觉得这人有些熟悉,但又什么都想不起来:"你又是谁?"

"宁悉语。"那人遥遥地站着,身影忽隐忽现,声音似近似远。"找回你的记忆。"她道,"找回你的记忆。"

"为什么?"阿纪向那人而去,但不管她怎么向前走,那女子都永远在远方,好像无论她怎么跑,都到不了那女子身边一样。

白云在她身侧流转,将她的身形盖住:"我的力量,可以给你……"

"什么力量?"

阿纪还欲继续追问,忽然之间,她只觉额头猛地一凉,肌肤的触感径直将她从那白云之中拉了出来。

阿纪猛地睁开了双眼。

眼前,朝阳初升的晨光打在破木屋里,给她的眼前罩上了一层朦胧光影。四周静谧,破败的房顶外还有小鸟叽叽叫着,飞舞掠过。

她抬起绵软无力的手,将搭在自己额头上的冰布条拿了起来,她左右看看……

这是哪儿?

她一转头却见身侧的银发鲛人撑着头,在她床边静静闭目休息。

她想要坐起身来,只轻轻一动,鲛人便睁开了眼睛,待得目光转到她身上,那初醒的蒙眬很快就消失了,他看着她,盯着她的眼睛,好似要从她眼睛里挖出什么东西来,又好似……要将她整个装进自己的眼睛里,只要一合眼,就把她锁在自己的脑海中。

阿纪却有些不明所以地挠了挠头,被鲛人这般盯着,她有些不自在地挪开了视线,还开口打破了气氛:"啊……嗯……岩浆呢?控制住了吗?"

她没留意,所以也不知道,在她挪开视线开口说话之后,那冰蓝色的眼瞳中的光暗淡了下来。

长意眨了下眼,也略显落寞地转开了目光。

阿纪转头,这才看见屋里竟然还有两个人,一男一女,男的她没见过,这个女的倒算是认识,之前在南方,她和姬宁就是被这个女的和空明和尚抓来北境的。

只是现在这两人趴在地上，神色有些枯槁，好像受到了什么沉重打击一样，在她开口说话之后，都没有第一时间转头来看她。

"呃……"看着这两个怪异的人，这怪异的处境，阿纪浑身上下都是满满的不舒适感，"这是哪儿？我怎么会在这儿？你……你们为什么也在这儿？"

"这是冰封之海。"鲛人垂着眼眸，终是沉着声音答了她的话，"你被雷火岩浆灼热之气伤了心脉，需要海灵芝祛除火毒。"

阿纪眨巴了一下眼，看着长意："多谢尊主了。"

长意唇角忽然抿紧。他没给出下一个反应，他俩说话的动静终于惊醒了旁边还沉浸在自己世界里的两人。

两人转过头来，看见纪云禾，面上的灰败登时一扫而光。

洛锦桑率先扑了过来，一把将阿纪抱住："云禾！你终于醒了！你不知道你睡觉的时候这个鲛人做了什么！他让我们吃人！"

旁边的瞿晓星也红着眼眶点头："不……其实是吃妖怪……好恶心，但终于又见到护法……不是，终于见到你了，终于……"

阿纪看着激动的瞿晓星，又看看神色落寞的鲛人，一脸茫然。

若是她没记错，此前她见这个女子的时候，如果不是这个女子隐身偷袭，她也不至于被抓来北境吧？这一睡一醒间，差别竟然这么大……为什……

没等她在心里问出原因，忽然之间，她昏睡前的一幕倏尔撞进脑海，她以九尾之力，撑出结界，护住了鲛人……

九尾！

阿纪下意识地摸了一下自己的屁股。

尾巴不在，但是，她下一瞬摸到自己脸上……

完蛋了，她恢复本来面貌了。那鲛人……

阿纪又立即望向鲛人，瞬间理解了她初醒过来时鲛人那复杂且具有深意的眼神……但是……

她推开身前的洛锦桑。"嗯，是这样的。"她一本正经地看着洛锦桑道，"我或许是你们认识的人，但我……并不认识你们。"

洛锦桑和瞿晓星当场愣住。

阿纪又转头看向旁边的鲛人，沉默了片刻，叹了口气："抱歉，关于过去，我都忘了。"

长意黑袍广袖之中的手紧紧攥成了拳，而神色却还是尽力维系着平静："我知道。"

第十章 正是故人归

第十一章 自由

> "但在生死之间走一遭，后来又稀里糊涂地过了一段自由自在的日子，我方知浪迹天涯逍遥快活其实并不是自由，可以随心选择，方为自由。"

纪云禾的遗忘让洛锦桑与瞿晓星有些措手不及。

但洛锦桑想想，又宽慰自己和云禾。"没关系。"她抓了阿纪的手，"忘了也没事，我都记得，我，还有瞿晓星，都在你身边待了很长时间。还有鲛人，鲛人也记得，我们把过去的事情都一点一点说给你听。"

闻言，瞿晓星连连点头。

阿纪沉默了片刻。"你们是我的朋友。"她看向两人身后的鲛人，"那我们……是朋友吗？"

洛锦桑与瞿晓星停下了嘴，顺着她的目光也看向长意。

长意抬起了眼眸。

四目相接，破木屋内静默下来。

"不是。"

长意落下了两个字。

洛锦桑与瞿晓星都不敢搭话。

阿纪想了想，随即笑了。"我想也是。"她道，"先前，被灼烧昏迷之前，我好像隐约想起来一些关于你的事，但现在记得最清楚的是我刺

第十一章 自由

了你一剑……"

长意微微咬紧牙齿,当她若无其事地提起这件过往之事时,他心口早已好了的伤此刻却忽然开始隐隐作痛起来。

是啊,悬崖上,月夜下,她刺了他一剑。

阿纪叹了口气,她心想,所以这就是林昊青不让她来北境,不让她露出真实面目的原因啊……

"你该是恨我的吧?"她问。

短暂的沉寂后——

"不是。"

这次,不只阿纪,连洛锦桑与瞿晓星都惊得抬头,愣愣地看着长意。三个脑袋,六双眼睛,同样的惊讶,却是来源于不同的理由。

洛锦桑心道,这鲛人终于说出来了!

瞿晓星却震惊,都把护法囚禁到死了居然还说不是?

而阿纪……她是不明白。

她刺了他一剑,将他伤得很重,甚至穿过时光与混沌,她还能感受到他眼中的不敢置信与绝望。

但现在的鲛人却说……他不恨她?

为什么?

长意转过身去,离开破漏的木屋前,他道:"雷火热毒要完全祛除还需在五日后再服一株海灵芝,这期间不要动用功法,否则热毒复发,便无药可医。"

他兀自出了门去。只留下依旧呆怔的三个人。

长意走到屋外,纵身跃下冰封之海,在大海之中,他方能得到片刻的沉静。他放任自己的身体滑向幽深的海底,脑海中,尽是纪云禾方才的问题与他自己的回答——

"你该是恨我的吧?"

"不是。"

——长意闭上眼,他也没想到自己竟会给出这样的答案。

面对死而复生的纪云禾,一个对过去一无所知的她,询问他是否对杀他的事怀有恨意。

他脱口而出的回答竟然是一句否认。

…………

京城公主府，暖阳正好，顺德公主面上戴着红色的丝巾，从殿中走出，朱凌一直垂首跟在她身后。"师父给的这食人力量的禁术是很好用，"顺德叹了一声气，"可这抓回来的驭妖师双脉之力差了点。"面纱之后的那双眼睛，比以前更多了淡漠与寡毒。

"可惜了，动不了国师府的人……"

顺德公主话音刚落，忽见天空之上一片青光自远处杀来，青光狠狠撞在笼罩京城的结界之上。

京城的结界是大国师的杰作，预防的便是现在的情况。

青光撞上结界后声响大作，惊动了京城中所有的人。

顺德公主仰头一望，微微眯起了眼睛："青羽鸾鸟？"

朱凌闻言眉头狠狠一皱："北境攻来京城了？"

顺德公主摆了摆手："早便听闻青羽鸾鸟只身去了南方驭妖谷，在十方阵残余阵法中待了一阵，她来，不一定跟着北境的人。"

"她只身来京师？"

两人对话间，京城结界在青光大作之下轰然破裂，京城之中响起此起彼伏的惊呼之声。未等众人反应过来，空中一声鸾鸟清啼，鸾鸟身形变化为人，成一道青光，径直向国师府落去。

顺德公主神色微微一变："师父……"

她迈了一步出去，却又忽然止住。

她在原地站了片刻，"朱凌。"她说话间，国师府内忽然爆出巨大的声响，斗法的风波横扫整个京城，甚至将公主府院中树的枝叶尽数带走。仆从一片哀号，顺德公主立在狂乱的风中，任由狂风带走她脸上的红色丝巾，她一转身，却是往殿内走去，"给本官将门关上。"

她走回殿内，朱凌紧随其后帮她将身后的殿门关上，外面的风波不时冲击着公主府大殿的门，朱凌不得不将门闩插起来，饶是如此，外面狂风仍旧撞得整个大殿都在颤抖，人们的惨叫声不绝于耳。

顺德公主看着被狂风撞击得哐哐作响的大门，神色却是极致的冰冷："待得两败俱伤，我们再收渔翁之利。"

"是。"

顺德公主抬起了自己的手，她的掌纹间尽是红色的光华流转，这是她练就了大国师给她的秘籍之后学会的法术——将他人的双脉之力，为己所用。

第十一章 自由

"若能得了师父的功法,"她看着自己的掌心,嘴角微微弯了起来,"到时候,我让师父做什么,他便也得随我。"

……………

林昊青执笔的手微微一顿,烛火摇曳间,他笔上的墨在纸上晕开了一圈。

"青羽鸾鸟只身闯了国师府?"

"是。"思语答道,"……京师大乱,国师府被毁,但鸾鸟终究不敌大国师,而今已被擒,囚于宫城之中。"

林昊青将笔搁下:"思语,准备一下。回京的时机到了。"

是夜,冰封之海吹来的寒风令破木屋中沉睡的人都忍不住缩了缩胳膊。

洛锦桑和瞿晓星在角落里席地而眠,长意不见踪影,而阿纪躺在床上,风过时,她眉头忽然皱了皱。

"纪云禾。"

有人在梦里呼唤着。

"纪云禾……"那人的声音一阵急过一阵,"青姬被擒,快想起来!我把力量借给你,去救她!"

青姬……

阿纪恍惚间又落到了那白云之间,她还没有弄明白身处的状况,忽然间,长风一起,阿纪只觉一阵杀意刺胸而来,这杀意来得迅猛,令阿纪下意识地运起功法想要抵挡,但当她运功的那一刻,她只觉心头平息下去的热毒火焰霎时间再次燃烧了起来。

一瞬间,她登时只觉身处烈焰炼狱之中。

阿纪猛地一睁眼,她双目微瞪,眼白霎时间被体内的热度烧成了赤红色。

长意特意嘱咐她不要动用功法,她……她万万没想到,她竟然在梦里感觉到杀气,在梦里动用功法,身体竟真的用了这功法?

阿纪只觉火焰从心里灼烧,让她疼痛难耐,想要翻身下床往屋外走去。但一下床,却立即腿一软,跪在了地上。

这声音惊动了洛锦桑与瞿晓星。两人迷迷糊糊地睁开眼,只见阿纪已经趴在了地上，呼吸急促。

两人还没来得及反应，屋外一道黑影冲了进来，行到阿纪身边，一把将她抱起，几步便迈到了屋外。

似乎感觉到了情况的不妙，洛锦桑立即拉起了瞿晓星，两人一同追了过去。

"怎么了？"瞿晓星被拉得一脸茫然，洛锦桑声音低沉："云禾好像热毒复发了。"

瞿晓星震惊。

言语间，两人追到了屋外，正巧看到长意抱着阿纪纵身一跃，跳入了冰封之海黑色的深渊之中。

…………

入海之后，长意随手掐了一个诀，阿纪脸上、身体上微微泛出了一层薄光，待光华将她浑身包裹起来之后，长意便带着她如箭一般向冰封之海的深渊之中游去。

海水流逝，所有的声音在阿纪耳边尽数消失。

没有人再叫她纪云禾，没有人再与她说青姬的事，在冰冷的海水之中，时间好似来到了她从来没有来过的时刻。

她看见了湖底被冰封的那个自己。

她看见一颗黑色的内丹被林昊青取了出来。

"纪云禾……"她呢喃自语，声音被急速流淌的海水带走，长意并没有听见。而在这混乱之中，阿纪脑海中出现了更多混乱的画面，她在雪山之间，冰湖之上被长意冰封的画面，她脸上落下一滴长意泪珠的触感，还有小屋内，她望着屏风上的影子、斑驳的烛光，与窗外永远不变的巍峨雪山。

慢慢地，更多的画面出现。

三月间，花海开满鲜花的驭妖谷。

地牢里，她被顺德公主折磨鞭笞的痛苦与隐忍。

房间内，林沧澜坐在椅子上的尸身与沉默的林昊青。最后的最后，她还回忆起了那玄铁牢笼中，满地的鲜血，被悬挂起来的鲛人，他那条巨大的莲花般的尾巴……

霎时间，无数的画面全部涌进脑海，她听见无数的人在唤"纪云禾"，洛锦桑、瞿晓星、林昊青……长意……

第十一章 自由

她也终于知道,他们唤的都是她……

"长意……"

深海之中,黑暗之渊,长意终于停下身形,却不是因为纪云禾的呼唤,而是因为他到了他的目的地,一片发着微光的海床。海床上长满了海灵芝,海床的光芒便是被这大大小小的海灵芝堆积出来的。

他想将纪云禾放到海床之上,但当他放下她的那一刻,却看到了纪云禾在他法术之内的口型:"我想起来了。"

她的声音被阻隔在他的法术中,为了让她能在海底的重压下呼吸生存,他不得不这样做。对他来说,纪云禾的这句话是无声的、静默的。但就是这样用口型说出来的一句话,却在长意内心的海底掀起了惊涛骇浪。

长意望着纪云禾,在海床的微光下,他冰蓝色的眼瞳宛如被点亮了一般,闪闪发亮。

而纪云禾的身体还是顺着他之前放下她的力量,在水中漂着,落到了海床之上。

眼看纪云禾身体离自己远了,长意立即伸手,一把抓住纪云禾的手腕。

纪云禾后背贴在海床上,微光将她包裹,一时间身体内的热度退去不少,她绵软的四肢也终于有了些许力气,她微微蜷了手臂,同样也抓住了长意的手,她拉拽着他,让他漂到了她的身体上方。

四目相接,隔着微光,隔着法术,隔着海水。

"大尾巴鱼……难为你了……"

无声的唇语,长意读懂了。

长意不曾料到,这样一句话却触痛了他心里沉积下来的百孔千疮和无数烂了又好的伤疤。

纪云禾,就是这个纪云禾,即使已经到了现在,她也可以那么轻易地触动他内心最深处的柔软与疼痛。

她的生与死,病与痛,守候与背叛,相思与相忘,都让他感到疼痛。

就连一句无声的话,也足以令他脆弱。

纪云禾望着他,微微张开了唇,她松开长意的手,却在海水里抚摩着他的脸庞。而后,她的手越过他的颈项,在海水里将他拥住。

这人世间的事，真是难为这条……从海里来的大尾巴鱼了……
…………

京城，亦是深夜。

一场大战之后，京城遍地狼狈，一场春雨却还不知趣地在夜里落下，淅淅沥沥，令整个破败的京师更加肮脏混乱。

无人关心平民的抱怨，几乎被夷为平地的国师府内，大国师走到他已残败不堪的书房前，手一挥，施过法术之后，一本书从废墟之中悄然飞回他的手里。

书被雨水打湿了一部分，他用纯白的衣袖轻轻擦了两下书上的水，却忽然气息一动，剧烈地咳嗽起来。

雨声中，他的身影难得地佝偻了起来，不一会儿，一把红得近乎有些诡异的伞撑在了他的头顶。

他一转头，但见顺德一身红衣，戴着面巾，赤脚踩在雨水冲刷的泥污里，一双眼睛一眨不眨地盯着他："师父，你受伤了。"

"嗯。"

"青姬前来，汝菱未能帮上师父，是汝菱的错。"

"你没来是对的。"大国师将书收入袖中，又咳了两声，"好好休息，伤寒感冒会影响你的身体。"

大国师说了这话，顺德公主的眼神微微一动，她唇角微颤，但大国师又道："此后服药的效果会受影响。"

顺德唇角一抿，握紧红伞的手微微用力。

大国师却未看她，只道："快回去吧，穿上鞋。"言罢，大国师忽然剧烈地咳嗽起来，一时间几乎连腰都直不起来，直到一口污血吐在地上，他手中立即凝了法术，将法术放在心口，闭上眼，静静调息。

伞柄之后，顺德公主上挑的眼睛慢慢一转，在红伞之下，有些诡谲地盯着大国师道："师父。"

大国师没有回应她。

重伤调息之时，最忌讳的就是他人的打扰……

顺德眸光渐渐变冷。

春雨如丝，这伞下却并无半点缠绵风光，忽然之间顺德五指凝气，一掌便要直取大国师的后颈。

第十一章 自由

而大国师果然对她没有丝毫防备！她轻而易举地便擒住了大国师的颈项，法术启动，红伞落地，她从大国师身体之中源源不断地抽取她想要的力量，大国师的双脉之力精纯有力，远胜杀一百个无名的驭妖师！

顺德公主内心一阵疯狂的欣喜，却在此时，空中一声春雷，只见伤重的大国师微微转过头来。

他一双眼瞳清晰地映着她的身影。

顺德心头惊惧，只一瞬间，她周身力量便尽数被吸了去。

顺德想抽手离开，却直到她近日来吸取的所有力量尽数被吸取干净，方有一股大力正中她的胸膛，将她狠狠推出去三丈远。

她赤脚踩在破碎的泥砖上，鲜血流出，顺着雨水流淌到大国师的脚下。而他清冷的目光未再施舍给她。

"汝菱，你想要的太多了。"

对于她的算计、阴谋，他好似全部都已看穿，但也全部都不放在心上，绝对的力量带来绝对的制裁……

顺德愣愣地看着他，在雨中，神色渐渐变得扭曲。"为什么不杀我？"她问，"我背叛你，我想要你的命！为什么不杀我！"

大国师离开的脚步微微一顿，这才稍稍侧过脸来，瞥了她一眼："你心里清楚。"

因为这张脸。

哪怕已经毁了，但他还近乎偏执地想要治好她的脸，就因为这张脸！

她伸手，摸到自己凹凸不平的脸，那携带着怨毒的指甲用力，狠狠将自己的脸挖得皮破血流："我不要这张脸！我不是一张脸！你杀了我呀！你养我、教我，你让我一路走到现在！但我背叛你了！我背叛你了！你杀了我啊！不要因为这张脸饶了我……"

她无力地摔坐在地，捂着脸失声痛哭："我不是一张脸，我不只是一张脸……"

春雨在京城淅淅沥沥地下了一整夜，顺德自国师府回公主府之后，便在大殿的椅子上坐了一整夜，脸上的血，湿透的发，她什么都没有处理。

163

朱凌前来，一阵心惊："公主，您的伤……"

"朱凌，我没能杀了师父。"

她的话让朱凌更是一惊："大国师……"

"他没罚我，只是将我的力量都抽走了……身份、尊位、力量，都是他给我的，命，也是他给我的。朱凌，除了这张脸，他对我一无所求……"她睁着眼，目光却有些空洞地看着空旷的大殿。

"试了这么多药，脸上的疤也未尽数除去，他的耐心还有多久？一月，两月？一年，两年？一旦他放弃了，我就变成了被他随手抛弃的废物，与外面的那些人有什么不同？"

顺德公主眸中忽然闪过一丝疯狂的光芒，她转头望向朱凌："不如我以死来惩罚他吧，他要这张脸，我不给他，叫他也不能好过。"

"公主……"朱凌看着神色有些癫狂的顺德，"公主莫要灰心，属下前来便是想告知公主，林昊青回来了。"

"林昊青？他还敢回来？"

"林昊青道，他有助公主之法。"

"助我？他能助我何事？"

"杀掉大国师。"

顺德身体微微一僵，片刻的沉默之后，她转过头来，看向朱凌，眼瞳之中怨毒再起："让他来见本官。"

…………

海床之上，长意以法术在幽深的海底撑出了一个空间，海水尽数被隔绝在法术之外。

纪云禾在满是海灵芝的海床上躺了一宿。

她悠悠醒转时，身侧的长意还在闭目休息。他黑色的衣袂与银色的发丝散在海床上，这一片海灵芝的蓝色光芒像极了他的眼睛。

这色调让纪云禾感觉好似身处一个奇幻的空间，私密、安静，海底时不时冒出的气泡声更让她感觉神奇。

她一时间没反应过来自己到底是在梦中还是在现实中。

她抬起手，指腹勾勒他鼻梁的弧度，而指尖在他鼻尖停止的时候，那蓝色的眼睛也睁开了。

海灵芝的光芒映在两人脸上，而他们彼此的身影则都在对方的眼瞳里清晰可见。

"长意。"纪云禾先开了口，但唤了他的名字之后，却又沉默了下来。他们之间有太多过往，太多情绪，复杂地缠绕，让她根本理不出头绪，不知道该先开口说哪一件。

"身体怎么样？"长意道，"可还觉得热毒灼烧？"

纪云禾摇摇头，摸了摸海床上的海灵芝："这里很神奇，好像将我身体里的灼烧之热都吸走了一样。"

"这一片海无风无雨，便是因为生了海灵芝，方常年冰封不解。"

"为什么？"纪云禾笑道，"难道这些灵芝是靠食热为生？"

她眉眼一展，笑得自然，她未在意，长意却因为她的展颜而微微一愣。

长意此前见阿纪，怀疑是她，但因为冰湖里纪云禾的存在，所以他又坚信不是她。到现在确认了，坐实了，看着她在自己面前如此灵动地说话、谈笑，与以前别无二致，长意霎时间也有一种在梦中的恍惚感。

这几个月时间，恍如大梦一场。

他回神，将自己的情绪隐忍。"海灵芝可以算食热为生。所以服用海灵芝，可解你热毒，但热毒复发，单单一株海灵芝难以消解。你须得在此处海床休养几日。"

"我记得你与我说这些日子不能动用功法，我确实也注意了，却不知在梦中……"言及此，纪云禾忽然愣了愣，脑海里闪过些许梦里的画面。

她现在记起来了，也知道梦中与自己说话的便是大国师那传说中的师父宁悉语。但是……她先前是说了什么，还是做了什么才让她在梦中动用了功法来着？

纪云禾皱了皱眉头。"……脑中太多事……我想不起来梦中为何要动用功法了。"她看着长意，"抱歉，又给你添麻烦了。"

长意默了片刻，从海床上坐起身来："不麻烦。"

这听来淡然的三个字让纪云禾愣了片刻。

若她没记错，在她"死亡"之前，她应当没有将当年的真相告诉长意。

她身死之后，知晓真相的人无非就是林昊青、顺德公主与国师府的那几人，另外还有一个一心想让长意忘掉她的空明。

这些人，没有谁会在她死后还嘴碎地跑到长意耳边去嘀咕这件事。

那长意而今对她的态度就很耐人寻味了。仔细想想，包括之前她还没有想起自己是谁的时候，长意的种种举动……

"长意，"她忽然开口，"你为什么说……不恨我？"

长意转过头，蓝色的眼瞳在海底闪着与海灵芝同样的光芒："因为不恨了，没有为什么。"

他的回答过于直接，令纪云禾一怔。

纪云禾也微微坐起身来："我背叛过你。"

"嗯。"

"杀过你。"

"嗯。"

"你坠下悬崖，空明和尚说，你险些没了命。你花了六年时间，在北境……想要报复我。"说到此处，纪云禾忍不住微微乱了心神。

"没错。"

"……而你现在说你不恨了？"纪云禾凝视着长意，眸光在黑暗之中慢慢开始颤动起来。她垂下头，心中情绪不知该如何诉说，最后开口却是一句："长意，你是不是傻？"

这个大尾巴鱼，时至今日，经过这么多磨难，兜兜转转，到头来却还是那么善良与真挚。

"你怎么心地还是那么好呢……你这样，会被欺负的。"

她说着，看着长意的手，他的手掌在此前解北境岩浆之危时，被自己的法术所伤，手背掌心全是破了的小口。

"我没有你说的那么好，心地也不那么善良，我……也曾险入歧途，但最后我没有变成那样，不是因为这颗心有多坚定，而是因为……"他顿了顿，神色如水一般温柔，"因为你还在。"

就算她不认识他，忘了过往，但她还是将他从深渊的边缘拽了回来。

"而且，没人能欺负我。"长意道，"你也打不过我。"

提及此事，纪云禾忽然破涕为笑，她仰头看着长意："没有哪个男人能把打女人说得这么理直气壮。"

第十一章 自由

长意唇角也勾起了微笑。

时隔多年，于远离人世的深渊海底，他们与对方相视时，终于带着微笑。

....

公主府中，林昊青被侍从引入侧殿之中。

红色的人影从大殿后方走了进来，林昊青起身，还未行礼，上面便传来了一声："行了，直说吧，你的目的。说得不好，本宫便在此处斩了你。"

林昊青直视顺德公主，红纱后，她脸上可怖的痕迹依旧朦胧可见。

"公主，罪臣此次前来，是为了解公主多年心病。"

"本宫的心病，你可知？"

"国师府，大国师。"

顺德公主往后一仰，斜倚在座位之上。"国师是本宫师父，你却说他是心病？该杀。"

林昊青一笑："若非心病，而是靠山，那么公主近日来，何须以邪法吸取那么多驭妖师的灵力？"

"我公主府还有你的探子？"顺德公主眯起了眼睛，"林谷主，本宫不承想，你们驭妖谷的手伸得可真长啊。"

"为自保而已。与公主一样，我驭妖谷，四方驭妖地，在大国师的钳制之下苟延残喘，偷活至今，莫说风骨，连性命也被他随意摆弄。朝堂之上不也是如此吗？"

顺德公主沉默不语。

"公主渴求力量，罪臣冒死回京，便是要为公主献上这份力量。"

"说来听听。"

"炼人为妖。"

顺德眯起了眼睛，想到那人，她神情一狠。"纪云禾？"她冷哼，"她都已经死了，你还敢将她身上的法子放在本宫身上？"

"纪云禾已死，却并不是死于这药丸，而是死于多年来的折磨。"

提及此事，顺德公主仍旧心有余怒："死得便宜了些。"

林昊青恍若未闻，只道："纪云禾生前所用药丸，乃是我父亲所制，不瞒公主，大国师以寒霜掣肘驭妖一族多年，为寻破解之机，我父亲私下研制了炼人为妖的药丸，寒霜只针对驭妖师的双脉之力，若炼人为妖，寒霜自然对驭妖师再无危害。父亲将那药丸用在了纪云禾身上，以抵御寒霜之毒。只可惜未知结果，父亲反而先亡。

"我顺着父亲的研究，继续往下，几乎已经快成功研制出炼人为妖的方法了，只是，我还缺少一个东西。"

"少了什么？"

"寒霜的制药顺序。"

"哦。"顺德公主一声轻笑，"当初我让你去北伐，你向我提要求，要寒霜之毒，说是方便你去掌控四方驭妖地的人，原来是拿了我的药，去做自己的事。"

"此一时彼一时，公主，我当时对公主是有所欺瞒，只是如今，我与公主皆畏大国师，何不联手一搏？"

顺德公主静默许久。"三天。"她道，"你做不出来，我便将你送给大国师。"

洛锦桑和瞿晓星在岸上等得焦急不已。

洛锦桑几次想跳进海里找人，被瞿晓星给拦住了："这海下面什么情况都不知道，鲛人下去了都没动静，你可别瞎掺和了！"

"那你说怎么办！这都一天没人影了！"

像是要回应洛锦桑的话似的，忽然之间，下方传来一阵破水之声，两人未来得及转头，便被冰冷的水淋了一身。

长意跃到了岸上，还带着几条活蹦乱跳的海鱼。

洛锦桑和瞿晓星惊得一愣，随即洛锦桑疯了："云禾呢？你怎么带鱼上来了？她呢？"

长意拧了拧自己头发上的水："烤了。"

"什么？"两人异口同声。

长意终于给了两人一个眼神："把鱼烤了，我带下去给她吃。"

这下两人方才明白过来。

洛锦桑拍了拍瞿晓星，瞿晓星便认命地上前，将鱼拎了起来，洛锦桑凑到长意身边："云禾为什么不上来？"

"疗伤。"

"疗多久？"

第十一章 自由

"三天。"

"那她在海里怎么呼吸?你给她渡气吗?"

长意一愣,转头沉思了片刻。

洛锦桑又自己推翻了自己的想法:"你是鲛人,肯定不会用这种土办法,那你们在下面三天,就你们俩?孤男寡女黑灯瞎火……你不要趁云禾什么都没想起来占她便宜啊!"

长意一怔,随即又陷入了沉思。

瞿晓星在旁边听不下去了,嘀咕了一句:"姑奶奶,您可别提点他了……"

长意瞥了瞿晓星一眼:"烤鱼,你们话太多了。"

长意去了林间,想寻一些新鲜的果实。

瞿晓星盯着长意的背影道:"这鲛人喜欢咱们护法到底是哪一年的事啊?他不是一直想杀了咱们护法吗?我到底是错过了什么才没看明白啊。"

"你错过的多了去了。"

…………

朱凌将一颗药丸奉给了顺德公主。

顺德公主接过黑色的药丸,在指尖转着看了一圈:"这么快?"

"林昊青说,他需要的只是寒霜的制药顺序,拿到了顺序,制出这颗药便是轻而易举的事情。只是,这颗药并非成品。"

顺德公主一笑:"他还想要什么?"

"他需要一个妖怪与一个驭妖师的力量来献祭。"

"京师多的是。"

"是需要与公主本身修行的法术相契合的驭妖师与妖怪。"

顺德公主默了片刻,"本宫修的五行之木,在京师,修木系的驭妖师可不多。"她道,"师父修的也是木系法术。难道这林昊青是想让我去取师父的力量?"

朱凌思索片刻:"公主,若一定要服此药,属下有一驭妖师人选,可配公主身份,为公主献祭。"

"谁?"

"姬成羽。"

顺德公主拿着药丸在手里掂了掂："他不错。至于妖怪……青姬也算是木系的妖怪。"

"青姬力量蛮横，与姬成羽的力量不合，恐对公主有危险。"

顺德公主想了想："嗯……木系的妖怪让林昊青去寻来，别走漏了风声让国师府知道此事。最迟明日，我便要结果。"

"是。"

…………

正是傍晚，风尘仆仆的白衣少年急匆匆地跑进一座院子："师父！师父！"

姬成羽从屋中走出，看见姬宁，登时一愣："怎么去了这么久？"

姬宁眼中积起了泪水："师父……我……我这一路……我被抓去了北境。他们将我放回来了，我……"

"北境？"

"嗯，我……我还遇见了那个传说中的纪云禾，她没死……"

姬成羽浑身猛地一震："什么？"

"那个传说中的纪云禾，化成了男儿身救了我，后来……后来……"他抽噎着，语不成句，姬成羽拉了他道："进来说。"

姬成羽带着姬宁入了房间，却不知院门外黑甲将军正靠墙站着，面具后的眼睛满是阴鸷——

"纪云禾……"

外间的风雨，撼动不了深海里一丝一毫。

纪云禾在海床上吃着长意从外面带回来的烤鱼与甜甜的果实，唇角的笑满足又惬意："这地方不错，又安静，又隐秘，还有人给送吃送喝。"

长意看着纪云禾："那就在这里一直待着。"

"那就和坐牢一样了。"

纪云禾脱口而出的一句话，却让两人都不由自主地想起了一些过往。

长意沉默下来，纪云禾立即摆手："大尾巴鱼，我不是在怪你。"

"我知道。"长意说着，抬起了手，纪云禾吃的野果子多汁，沾在了

第十一章 自由

她唇角边，长意自然而然地以袖口将她唇角边的汁液抹掉，"你伤好之后，北境，或者驭妖谷，抑或这世界任何地方，你想去，便去。"

海灵芝的微光之中，纪云禾看到他认真道："以后，你想去哪儿，都可以。我不会再关着你。"

纪云禾注视着他："那你呢？"

"我会回北境，我会守在北境。"

那里不再是他的一个工具了。

纪云禾看着他的侧脸，忽然笑了笑："长意，你变了。"

"或许吧。"他垂头，甚至开始交代，"你可以把瞿晓星带上，他对你很是忠诚，而洛锦桑……"

纪云禾笑着，摇起了头："你变了，我也变了。"

这个回答出乎长意的意料。

"我自幼被困驭妖谷，后又多陷牢笼，难以为自己做选择。因为被束缚太多，所以我厌恶这世间所有的羁绊。我一直伸手去够那虚无缥缈的自由，将其作为毕生所求，甚至不惜以命相抵。"

长意静静地听着，纪云禾漆黑的眼瞳中是他清晰的身影。

"但在生死之间走一遭，后来又稀里糊涂地过了一段自由自在的日子，我方知浪迹天涯逍遥快活其实并不是自由，可以随心选择，方为自由。"

纪云禾将手放到了长意的手背上。

长意在袖中的手握成了拳，纪云禾便用手盖住他紧握成拳的手。轻轻摸了摸他手背上的细小伤口。

"我选择变成一个被羁绊的人。"她看着长意，一笑，"为了你。"

霎时间，海灵芝的光芒仿佛都亮了起来，将他的眼瞳也照亮了。

"你……想随我回北境？"

"北境、南方、驭妖谷。"她学着长意的话道，"都可以。你想去哪儿，都行。天涯海角……"纪云禾的声音在他耳边，打破了这深海的冰冷与寂静，"我都随你去。"

万里山川，山河湖海，仿佛都已出现在两人面前。

待北境事罢，长意也不想做什么人间的王，他想带着纪云禾真正地走遍她想走的所有地方。

至于过去种种，她不再提，他也就不再想了，全当已经遗忘，随风,随浪,都散去了。

因为失而复得,已是难得的幸运。

"好。"

第十二章 当年

> "好啊好……这个纪云禾,却是连真相也舍不得让你知道!"

满布红纱的内殿之中,顺德坐于镜前,她身后响起一阵不徐不疾的脚步声。

不用想,也知道是谁。

顺德未转过头,仍旧在镜前坐着,轻轻抚摩着菱花镜的边缘。

"汝菱,喝药了。"大国师将一碗黑色的药放在她右边的桌子上。

从制药、熬药到端给她,大国师都是自己一人来做,从不假手他人。

顺德看了一眼那黑乎乎的药汁:"我待会儿喝,现在喝不下。"

"现在喝药效最好。"

"喝不下。"

没有再多言,大国师端起了药碗,手指抓住她的下颌,将她的头硬拽了过来,直接便要将药灌进她喉咙里。

顺德死死咬住牙关,狠狠挣扎,终于,她站起身来猛地将大国师一把推开,大国师纹丝不动,她自己却撞翻了圆凳,后退了两步。

她红着眼睛喊:"喝不下!我不喝!不喝!"

大国师的眸光冷了下来。他未端药碗的手一动，顺德只觉一股大力锁在她喉间，无形的力量径直将她压倒在书桌上。

她的下颌被捏开，"咔"的一声，下颌骨被大国师拉扯脱臼，她的牙齿再也咬不紧，大国师面无表情地将药灌入了她的喉间。松手前，他轻轻一抬，那脱臼的下颌骨又合上了。

他观察着顺德。不是观察她的情绪，而是在观察她的脸。

顺德只觉心头有一股要将她撕裂的疼痛蹿出，她痛得哀号出声，摔倒在地，不停地在地上打滚。

她脸上的疤像虫子一样蠕动，将皮下的烂肉吃掉，让她的脸变得平整许多。直到顺德的尖叫声低了下去，她脸上的疤也消失了一半。她犹如一条被痛打的狗一样，趴在地上，粗重地喘息。

大国师蹲下身来，将她散乱的发丝撩拨开来，轻轻抚摸了一下她的脸颊："这药有用，下次不要不乖了。"

顺德趴在地上，冷汗几乎浸湿了她内里的衣裳，她惊惧又怨恨地瞪着大国师。

大国师如来时一般静静离开。

她一手捂着自己的心口，一手紧紧攥着拳头，未等呼吸平顺，她从自己的怀里摸出了那颗还不是成品的药丸，眼中尽是疯狂又狠毒的光。

她张开嘴，将药丸吞了进去，再一仰头，药丸顺着她的喉咙滑下，肠胃里登时一阵翻江倒海，她在一片天旋地转中站起了身。

"等不了……姬成羽，青姬……要祭祀，便来我身体中祭祀！"

她说着，摇摇晃晃地往殿外走去。

…………

"你有什么话，非要邀我来此处说？"宫墙之前，一片萧索，禁卫军今夜不知都被朱凌遣去了何处，偌大的宫门前竟无一人。

姬成羽看了看四周："禁卫军呢？"

"姬成羽，"朱凌望着他，面具后的眼睛里没有一丝情绪，"自姬成歌叛离国师府以来，他先是遁入空门化名空明，而后一手相助鲛人建立北境。"

姬成羽的神色沉凝下来。

"他是你的亲哥哥，但他所言所行，无一字顾虑过你的处境，无一步想过你的未来……"朱凌顿了顿,话锋却是一转,"而不管他人如何看你,我始终将你当我的兄弟看待。"

思及过往,冲动又真挚的少年在姬成羽脑海中浮现。

以前的朱凌性格乖张,但秉性其实并不坏,若非此前鲛人前来京师,令朱凌被那狱中火焰灼烧,被救出后,命悬一线,其母忧思过度,身亡于他病榻之旁,他清醒之后,也不会变成这般模样……

姬成羽戒备的神色稍缓:"朱凌,我……"

"我想赌上过往情义,"朱凌打断他的话,"让你帮我一个忙。"

"什么忙?"

未等朱凌再次开口,忽然之间,姬成羽只觉后背一凉,紧接着,一阵剧痛自心口传来,他低头一看,五根锋利的指甲从他后背穿透他的身体,指尖出现在他胸前。

"唰"的一声,鲜血狂涌,喷溅了一地,姬成羽脚步一歪,只觉浑身无力,他整个人径直摔倒在一旁,面色煞白地看着面前的两人。

黑甲将军,还有黑甲将军身侧的红衣公主。

公主手中握着的便正是他那鲜红的还在跳动的心脏……

"我想借你一颗心。"

混着朱凌的声音,顺德将姬成羽的心脏吞咽入腹,一嘴的血擦也未擦,转头便继续向宫城走去。

姬成羽躺在地上,失神地看着顺德的背影走进了那宫墙里,宫墙像一块幕布,将他们这处衬托得宛如一个戏台。

…………

顺德脚步踉跄,一边舔着指尖的血,一边一步一步走在宫里。

宫中的路,她比谁都熟悉,宫里的侍从婢女看见她,谁都不敢声张,全部匍匐跪地,看着她向宫中地牢走去。

地牢由国师府的弟子看管,见顺德到来,有人想要上前询问,顺德二话没说,反手便是一记法术,径直将来人杀掉,一路走一路杀,一直走到巨大的玄铁牢笼之前。

笼中贴满了符咒,全是大国师的手笔。

在牢笼正中的架子上,死死钉着一个浑身是血的女子。

她看起来不像传说中那么厉害的青姬,反而更像一具尸体。

想来也是，与大国师一战，致使大国师重伤，那这个妖怪又能好到哪里去？

顺德笑了笑，几乎是愉悦地哼着不成调的曲子，赤脚迈步，踏进了牢笼里。

"青羽鸾鸟。"顺德呼唤这个名字，却没有得到任何回答。她走向鸾鸟，向鸾鸟伸出了还带着姬成羽鲜血的五指，"来吧……以后我们就是一家人了……"

血水从青羽鸾鸟身上滴落，她已经昏迷了很久，并未听见顺德的话。

青光乍现，牢中什么都看不见了……

…………

纪云禾在海床上待了两天了，开始觉得有些无聊。

"再待一日，明日便可上岸了。此后，热毒应当不会再复发。"长意宽慰她，"最后一日急不得。"

"为何一开始你不带我到这海底来，却是只摘了一朵海灵芝给我？"

"那时你身中热毒，只需要一朵海灵芝即可。再有，海床之上本有海妖，我带着受伤的你，不便动手。"

纪云禾闻言愣了愣，在黑暗的海里左右看了看："海妖呢？"

"被我斩了一只触手，跑了。"

"那这本该是人家住的地方？"

"对。"

纪云禾咋舌："海中一霸，鸠占鹊巢，恬不知耻。"

长意却坦然道："他先动手的。"

纪云禾失笑："我记得以前在驭妖谷的牢里，我好像和你说过，有机会让你带我到海里去玩。"

长意点头。

"现在也算是玩了一个角落，见过了你在海里的一面。算来，也见过你好多面了。"纪云禾像是忽然想起了什么一样，她将自己脖子上挂着的银色珍珠拉了出来。

珠光映着海灵芝的光，好不耀目。

"这是鲛人泪对不对？"纪云禾凑到长意身边，长意扭过了头，只当没看见，纪云禾锲而不舍地往另一边凑了上去，"你为我哭的？"

长意清咳一声。

纪云禾瞥了眼他微微红起来的耳根,嘴角一勾:"就这么一颗吗?"

"就一颗。"

"那你再挤两颗呗,我再凑两个耳饰。"

长意一听这话,转头盯着纪云禾,却见她漆黑的眼瞳里满是笑意,他霎时间便明白了,这个人一肚子坏水,竟得寸进尺地开始逗他了。

长意索性坦言道:"岩浆之祸那日,我识出了你,你却被雷火之气灼伤,陷入昏迷,空明将你我从变成岩石的熔岩之中挖出来时,遍地都是。"

遍……地都是……

这原来还是个能生钱的聚宝盆呢!

纪云禾看着长意,见他不避不躲盯着她的眼神,却忽然领会到了"遍地都是"这话背后的含意,于是,一时间她又觉得心疼起来。她抬手摸了摸长意的头。

在人间过了这么多年,长意早就知道人类没有什么摸摸就不痛了的神奇法术,那六年间,长意偶有心绪烦闷想起过往事情之时,还因为此事认为纪云禾就是个满口谎言的骗子,在她的罪状上又添了浓墨重彩的一笔。

但时至今日,在这深渊海底,纪云禾摸着他的头,却像是将这些年来的伤疤与苦痛都抚平了一样。

"摸摸就不痛了。"这个谎言一样的法术,却竟然像真的一样抚慰了他。

"失而复得,那是喜极而泣。"长意道,"你不用心疼。"

纪云禾嘴硬:"大尾巴鱼,我是心疼一地的银子,你们都没人捡。一点都不知道给北境开源。"纪云禾顿了顿,将长意前半句话捡回来品味了一下,随后一转眼珠,"……长意,你这是在说情话吗?"

长意转头看她,询问:"这算情话吗?"

"那要看你算我的什么人。"

长意直接道:"鲛人印记已经落在你身上,用你们人类的话来说,便是一生一世一双人。"

纪云禾愣了愣:"原来,你们鲛人只是在肢体接触上才会害羞啊……这言语上倒是会说得很。"她话头一转,"我先前若是说不与你回北境,那你这一双人可就没了。"

"在心里。"

三个字，又轻而易举地触动了纪云禾的心弦。

她垂头微笑："那印记呢？"

"印记落在你被我冰封入湖的身体上，而雷火岩浆灌入湖底，雷火岩浆可灼万物，那身体便也就此被灼烧消失……"说到此处，长意眸光微微垂下，似还能感受到那日那身体消失时，他的感同身受，"因此，印记便也消失了。"

"又回到你这里了？"

"嗯。"长意看着纪云禾，"你不喜欢，这种东西就不落了。"

"得落。"

长意没想到，纪云禾竟然果断地说出了这两个字。

他怔着，便听纪云禾分析道："长意，我们从这深海出去之后，回到北境即将面对的，将是百年以来的最强者，抗衡的是一整个朝廷。而今，虽朝廷尽失民心，但国师府之力仍旧不可小觑。我们不会一直在一起，这个印记可以让我在乱世之中，知道你在何处，也知道你是否平安，所以得落，但是得公平。"

公平，就是他可以感知到她的所在，那么她也要感知他的所在。

长意静静注视了纪云禾片刻，再没有多的言语，他抬手拂过纪云禾耳边的发丝，将她的发丝撩到耳后，随即轻轻一个吻，落在了她的耳畔。

耳朵微微一痛，熟悉的感觉，却是全然不同的心境。

他微凉的唇离开了她的耳朵，却没有离远，而是在她耳朵上轻轻吹了两口，宛如在给小孩吹伤口，这样的细微疼痛对纪云禾来说根本不算什么，她却这样被人如珍如宝一样地对待。

纪云禾心头软得不成样子，微凉的风吹进耳朵里，撩动她的头发，在感动之后还绕出了几丝暧昧来……

纪云禾抬眸，但见长意还是神色如常地轻轻帮她吹着伤口，全然不知他的举动在纪云禾看来，竟有了几分撩拨之意。

"长意。"

"嗯？"

"你有时候真的很会撩拨人心。"

"嗯？"

再不说废话，纪云禾一把拉住长意的衣领，在长意全然没反应过来的时候，她一口咬在了他的唇上。冰蓝色的眼瞳霎时间睁得极大。

海床之上，微光闪动，长意用法术撑出来的空间有些动荡，海水摇晃之声在密闭的空间响起，大海就像一个偷看了这一幕的小孩，在捂嘴偷笑。

纪云禾这一触，便没有再放开手，她贴着他的唇，轻轻摩挲。

长意僵硬的身体终于慢慢反应过来，蓝色的眼瞳微微眯了起来，长意的手抱住纪云禾的头，身子微微倾斜，他将纪云禾放到了海床之上……

"纪云禾，你也很会撩拨人心。"

纪云禾微微一笑，这吻却更深了。

深海里，寂静中，无人知晓的地界，只有他们彼此，不知是日是夜，只知这吻绵长、温柔，而情深。

"长意，这么多天，你为什么从不问我是怎么回来的？"

海床上，纪云禾靠在长意的臂弯里轻声询问。

长意沉默了片刻，道："我怕一问，梦就醒了。"

"几个月前，我才是做梦也没想到，大尾巴鱼还有对我这么好的一天。"

长意反手握住了纪云禾的手。"以前的事，不提了。"他们之间的恩恩怨怨，根本就算不清，"你新生归来，便是新生。"

"是新生，但这件事，我得与你说清楚。我是被林昊青救活的。"

"林昊青？"

"我被炼人为妖，除了驭妖师的双脉之力，身体里还有妖力，所以在丹田之内便生了内丹。他取了我尸身里的内丹，让我作为一个妖怪之身再次复苏。"

长意沉思片刻："他为何如此做？"

"兴许是顾念着几分旧情吧。不过，他为何救我不重要，他之后想做什么，却恐怕与你我息息相关。"

长意坐起身来。

"林昊青救了我之后，便放了我，他让我学会变幻之术，不得以真面目示人，不得去北境，不得去京师，许是不想让我再掺和到这些事情中来。但造化弄人，我到底还是参与了进来。而林昊青估计也没想过有朝一日，我竟然还找回了过去的记忆。我记得在他救我之后，他说他要去京师完成他该完成的事。"

"他想做什么？"

纪云禾摇摇头："我与他在驭妖谷斗了多年，他想做什么，我以为我比谁都看得通透，但驭妖师北伐以来，我却有些看不懂他的棋了。

"顺德公主并非诡计多端之主，多年以来被大国师惯得骄纵不堪，而实则她除了那阴狠毒辣的脾性，并没有什么可怕的。她想对付北境，在国师府与朝廷人手不足的时候，许林昊青以高官厚爵，让他率四方驭妖地北伐，是一个愚蠢却直接的法子。从顺德公主的角度来说，她这般做无可厚非。但林昊青答应了……这便十分耐人寻味。"

纪云禾看向长意，长意点头："当年林昊青被青姬所擒，实在是容易了些。"

"而后主帅不在，四方驭妖师却大举进攻，这才能被我阵前劝降。"纪云禾眯起了眼睛，"他这举动，可是有点像……特意为北境送人来的？"

"明日回北境后，再忧心此事。"长意站起身来，"我上去给你拿些吃的，想吃什么？"

"甜的。以前吃苦太多，现在就想吃甜的。"

"好，上次摘的果子哪个最甜？"

纪云禾眯眼一笑："你最甜。"

长意一愣，耳根突然微微一红："我去去就回。"

…………

悬崖峭壁之上的岸边，洛锦桑和瞿晓星已经无聊得开始自己刻了骰子在丢大小玩。

但见长意又带着鱼从海里出来，瞿晓星下意识地往后躲："两天都是我烤的鱼，今天我不想烤鱼了。"

"你不烤谁烤？"洛锦桑推了他一把，瞿晓星只得认命地上前。洛锦桑询问长意："云禾在下面怎么样了？"

"还不错。"长意答完，自顾自地往前方林间而去。

他离开了，瞿晓星才转过头对洛锦桑道："他今天好像心情很不错的样子。"

第十二章 当年

洛锦桑奇道:"平时不也那样吗?"

瞿晓星直言:"平时他搭理过你吗?"

洛锦桑撇撇嘴,忽然间,洛锦桑只觉头顶青色光华一闪,她心觉熟悉,仰头一看,微微一惊,随即笑了。"青姬怎么过来了!……咦……"她眯着眼,仔细在空中一瞧,"那是……"

天空之上,带着青色羽毛的巨大翅膀飞舞而过,那翅膀却生得十分奇怪,不似洛锦桑以前见过的美丽,反而有些参差不齐,甚至在空中飞得有些歪歪扭扭。

待飞得更近了,洛锦桑看清后一愣。

那竟是一个红衣女子。

洛锦桑与瞿晓星都未曾见过顺德,他们并不认识,却直觉感受到随着那阵风的呼啸,杀气漫天而来。

来者不善!

两人刚起了防备之势,那巨大翅膀转瞬间便落在了陡峭的悬崖之上。那翅膀却并非真的翅膀,而是青色的气息化作的翅膀形状,这样的翅膀看起来与纪云禾那九条黑气凝成的尾巴有些相似。

顺德公主赤足迈步上前,青色的气息收敛,她脸上的疤痕未去,神情说不出地诡异。

"本宫听闻,鲛人带着纪云禾在此处疗伤?"她声音沙哑,"他们人呢?"

洛锦桑与瞿晓星相视一眼,在这个世上,喜着红衣,面容俱毁且还敢自称本宫的人,没有第二个。两人心头惊异骇然。

都知道顺德公主是驭妖师,还是大国师的弟子,她如今怎会是这般模样?她又如何得知纪云禾还活着?竟这般快地赶了过来。

"我们不知道你在说什么。"

顺德唇角微微一动:"那留你们也没用了。"

她身形一动,青色的光华裹挟着她的身影,转瞬便来到了瞿晓星身前,在她尖利的指甲触碰到瞿晓星颈项之前,一记冰锥忽然斜刺里杀来,钉向她的手掌,顺德只得往后方一撤,躲过冰锥,目光向冰锥射来的方向看去。

来人银发蓝瞳一身黑袍,却是她想要了许久也一直未曾得到的那个鲛人。

这天下的大乱,也是因这鲛人而起。

顺德眸光不善地盯着他。

长意手中却还拿着几个多汁的浆果，他将浆果用一片叶子垫着，轻轻放到了旁边，这才直起身来看向面前的顺德公主，察觉她周身的青色气息，长意眉头一皱。

"鲛人，本宫与你也有许多账要算，只是本宫今日前来，却不是为了杀你。"顺德眸色森冷，语气中皆是怨毒，"纪云禾在哪儿？"

听到这个名字，长意手中冰剑凝聚成形，他对洛锦桑与瞿晓星淡淡道："让开。"随即冰剑破空而去，杀向顺德公主。

洛锦桑见状还在犹豫，瞿晓星却拉了她："走啊！别拖后腿！"

长意的冰剑正砍在顺德青色气息延伸出来的翅膀上，撞击的力量令周围草木如削，霎时间矮了一片。

洛锦桑与瞿晓星被这撞击的余力推得退了三步，洛锦桑不得不承认，现在的长意与这顺德公主之战，别说是她，恐怕空明在场也帮不了什么忙。

她没再犹豫，随着瞿晓星转身跑向林间深处。

洛锦桑回头一看，只见鲛人与顺德越战越激烈，冰封之海上，甚至风云也为之变色。但她却发现，鲛人握着冰剑的手冒着寒气渐生冰霜，却似要与那冰剑粘在一起……

"先……先前听闻岩浆之祸时，鲛人施术过度，身体内息损耗严重，他……他没问题吗？"

洛锦桑跑得气喘吁吁地询问。瞿晓星也担忧地回头望了一眼："你去北境搬救兵，我……我想办法去海里找云禾。"

言语间，又是一阵狂风呼啸而来，将洛锦桑与瞿晓星吹得一个趔趄。这一战之力，若说是长意在与大国师相斗也不为过。没时间计较顺德为何忽然变得如此强大，瞿晓星连忙将洛锦桑推开："快去！"

林间，两人立即分头行事。

海面之上，冰封之海风起云涌，坚冰尽碎，天与海之间，两股力量的撞击掀起滔天巨浪。

而在深海之中，却一如往常地寂静。

纪云禾心里想着长意走之前说的话，心里琢磨，这过去的事，是过去了，可若不提，心头却永远有一根刺。

第十二章 当年

她打算等长意回来，将那些过往都与他言明。

打定了主意，纪云禾摸摸肚子："这大尾巴鱼今日回来得倒是慢。"

她想到自己耳朵上的印记。纪云禾一勾唇角，闭上眼睛，心念着长意的模样，忽觉耳朵上的印记泛着些许凉意，这丝丝凉意如风一般从幽深的海底往上飘去。

纪云禾只觉自己的视线从深海之中蹿了出去，不想脑海中的画面一片云翻雾涌，偶尔还夹杂着铿锵之声，忽然之间，鲜血从云雾之中喷溅而出。

纪云禾猛地睁开眼睛。

长意出事了！

她立即从海床上站了起来，试着在手中凝聚功法，可刚一调动身体里的气息，她便觉有一股灼热之气自胸口溢出。她身体里的雷火之气已被这海床吸食大半，但残余的些许依旧妨碍她调动内息。

时间紧迫，纪云禾不敢再耽搁下去，她蹲下身拔了两棵海灵芝，直接扔进嘴里嚼烂了咽下。

海灵芝一时间将那雷火之气抑制住，纪云禾当即手中一掐诀，径直从长意的法术当中冲了出去。

越是往上，黑暗退得越快。

还未行至海面，纪云禾已感觉到海水被搅动得翻波涌浪。

她心头更急，法术催动之下，九条尾巴猛地在海中出现，海面越发近了，外面的光线刺痛了她久未见日光的眼睛。

她闭上眼，破浪而出，一跃站到了数十丈高的岸上。

岸上空无一人，唯有不远处的地上有一堆浆果，还压着一片叶子，在狂风与暴雨之中，浆果也几乎被雨点打烂。

纪云禾再次试图探明长意的方向，却只觉这联系又弱又远，像是在她出来的这段时间，长意已经离开了千里万里一样。

"护法！护法！"

呼喊声从下方的海面传来，纪云禾从悬崖上探头往下一看，只见瞿晓星浑身狼狈地趴在一块在大浪中漂浮的海冰上。纪云禾立即飞身而下，将瞿晓星带了上来。"怎么回事？"她问，"长意呢？这冰封之海怎么会变成这样？"

远方触目可及的地方皆是碎冰。天上乌云尚在翻滚，暴雨哗啦啦地下着，瞿晓星抹了一把脸，喘着粗气道："顺……顺德公主来了……"

纪云禾一怔，眉头紧皱，十分疑惑："她？大国师也来了？"

"大国师没来，但顺德公主不知道为什么拥有了一双巨大的青色翅膀，一开始我还以为是青羽鸾鸟来了，她变得极为强悍，与鲛人一战，弄得这风云变色，鲛人身上似乎还带着伤。他……我就让洛锦桑回北境搬救兵，自己想去海里找你，但是下不去……"瞿晓星心烦意乱，说的话也有一些混乱，"他……鲛人为了救我，被顺德从背后偷袭了……"

纪云禾面色微微一白，想起方才自己看到的画面，仿佛被狠狠捅了一刀，心头一阵绞痛。

瞿晓星懊悔："他……他被带走了……"

"被带走了？"

"对。"

得到这个肯定的回答，纪云禾稍松了一口气，顺德带走长意必定有她的意图。知道长意还活着，纪云禾心头的慌乱顿时减了一半，她思考着——

一开始，顺德只是想让鲛人服从她，而后，是纪云禾参与其中放了鲛人，令顺德的愿望未能达成，再后来地牢之中，长意前来救纪云禾，烧了那地牢，毁了顺德的半张脸。所以，顺德恨长意，但只怕更恨纪云禾。

或许她想利用长意引她过去，抑或是想利用长意而今的身份，做一些利于朝廷的谋划，总之断不会如此轻而易举地将长意杀掉。

瞿晓星很是自责。"与鲛人一斗，顺德最后也已力竭，若不是为了我……"瞿晓星狠狠咬牙，"我……我这便启程去京师，便是拼上这条命，我也要将鲛人救回来。"

"瞿晓星。"纪云禾拉住他，"别说这些气话，长意救下你，不是为了让你再去送死的。"

"可是……"瞿晓星抬头看纪云禾，好像这才反应过来她与之前的阿纪有什么不一样似的，他眨了眨眼睛，"护法？你……你都想起来了？"

"对。"纪云禾望着远方长空，尽力维持着冷静道，"该去京师的人是我，不是你。"

"护法……"

"你有你的任务，你回北境将此事告知空明，但记得，让北境的人万不可轻举妄动。顺德不知从何处得了这般力量,不可小觑。京师的情况不明朗,还有大国师在,所以要静观其变,随时做好准备。"

瞿晓星听得心惊:"什……什么准备?"

"我和长意,都回不来的准备。"

…………

顺德将伤重昏迷的长意丢进玄铁牢笼之中。朱凌将牢笼落锁,身形一转,像影子一样,跟随顺德公主离开了地牢。

行至路上,顺德忽觉心口一阵剧痛,旁边的朱凌立即将她扶住,却见她死命咬牙隐忍。

朱凌忧心道:"公主,你昨日方才忍受剧痛令姬成羽与青姬在你身体之中被炼化,今日却为何这般急迫,将这鲛人抓回?你的身体……"

"你不是说他们在冰封之海疗伤吗?若不趁此时,难道叫他们伤好了回了北境,我再去吗?"顺德冷笑,"这鲛人与那纪云禾,是我必除之人。"

她话音刚落,身边忽然一阵风起,只见一身缟素的大国师出现在顺德身前。

大国师盯着顺德,神色之间,是从未有过的肃然:"你服了炼人为妖的药丸,杀了姬成羽,吸纳了青姬的力量?"

顺德默了片刻,随即微微一笑,大国师最爱她的微笑。"没错,师父。"

大国师眼睛微微一眯:"汝菱,我说过,你想要的太多了。"

顺德嘴角微微扭曲地一动:"师父想要的不多吗?"

"你想要的,超过了你该要的。"

"师父,"顺德一笑,"您这是觉得汝菱威胁到您了?"

大国师眸光一冷,挥手间,一记长风似箭,径直将顺德身边的朱凌穿心而过,他身上的玄铁铠甲未护住他分毫,鲜血登时喷溅而出。

但朱凌与顺德此时都还未反应过来。

朱凌垂头看了一眼自己已经被长风贯穿的心口,又转头看了顺德一眼:"公主……"

话音未尽,他便如一摊烂肉倒在地上,双目暴突,未能瞑目,便已丧命。

顺德转头，但见朱凌已经倒在地上，鲜血流了很远，她也未能回过神来。

"汝菱，他是为你的欲望而死。"大国师抬手轻轻抚摩她的脸颊，"而你还活着，却正是因为我的执着还在。"

顺德浑身战栗，朱凌的血流到她未穿鞋的脚下，一时间她竟分不清是温热还是冰冷。

"不过你将鲛人擒来却是做得很好。"大国师抽回了手，"北境没了他，这天下大乱的局面还能再持续个几十年。"

他面无表情地离去，如来时一般丝毫未将他人看在眼里。

顺德转过头看着地上的朱凌，身体颤抖得越发厉害了起来……

朱凌也死了，她身边最忠心的人也死了，她……只有孤身一人了……

…………

是夜，京郊小院中，林昊青房间里灯火微微一晃。

林昊青搁下笔，一转头，但见一名素衣男子站在房间角落。那人抬起头来，灯光之下，却是纪云禾那第三张男子的脸。

林昊青与她对视片刻，"我让你不要去北境与京城，你倒像是故意要与我作对一般，全都去了。"

"林昊青，"纪云禾走到他桌前坐下，变回了自己本来的模样，她给自己倒了杯茶，"师徒的游戏玩够了没有？"

林昊青闻言，微微一挑眉："你都想起来了？"

"对。"纪云禾毫不磨叽，开门见山，"我的来意，你应该知道。"

林昊青勾唇："顺德抓了鲛人回京，我也是片刻前方才知晓。"

"我要救他。"

"你拿什么救？"

"所以我要你帮我。"

林昊青转头，看着纪云禾："我为何要帮你？"

"你不是一直在帮我吗？或者说……在帮北境。"纪云禾饮了一口茶，"你与北境想要的是一样的吧，推翻这个朝廷。"

林昊青沉默了片刻："可我若说在这件事情上，我不打算帮你呢？"

纪云禾注视着他，眸光似剑："给我理由。"

…………

第十二章 当年

同样的夜里，宫中地牢，长意悠悠转醒，他的睫羽之上尽是白霜，他唇色泛乌，手背已被自己的法术反噬，结上了冰。

长意坐起身来，看到了牢笼外正冷冷盯着自己的顺德。

"你夺了青羽鸾鸟之力。"长意静静道，不是询问，而是叙述。

"对，关你的这笼子，前日关的还是那只鸟呢，她现在已经在本宫的身体里面了。"

她好似心口一痛，佝偻着身子，咬牙强忍身体里撕裂一样的痛苦，她跪在地上，周身的青色气息时而暴涨又时而消失，往复几次，花了好长时间，她才平静下来。

"这几日，她好像还有点不乖，不过没关系，她和姬成羽都已经成了我的祭品，之后我还会有更多的祭品。到时候，你，甚至我师父，都不会再是我的对手……这天下，再没有人可以威胁到我了！"

她近乎疯癫地一笑。

"不过，你可能活不到那个时候，等纪云禾来找你了，本宫就用你们一起祭祀。"

长意眸光冰冷地盯着疯狂的顺德。

"你动不了她。"

顺德眸光一转："哦？是吗？"

"你的局，她不会来。"

顺德哈哈一笑，脸上未好的疤在地牢的火光之中变成了她脸上的阴影，犹如蛇一样，盘踞在她脸上，更衬得这张脸阴森可怖。

"她不会来？啊……这话的语气听起来可真有几分耳熟啊……"顺德盯着长意，"当年纪云禾被我关在国师府的地牢里折磨时，好似也这般信誓旦旦地与我说过，本宫抓不了你……"

长意闻言，心头微微一怔，当年……当年纪云禾是这般说的？

"……但你看，"顺德继续道，"时隔这么多年，兜兜转转，本宫不还是将你抓了吗？而且，本宫还笃定，那纪云禾明知这是龙潭虎穴，也一定会来救你。"

顺德的脸微微贴近玄铁的牢笼，盯着长意："当年，她便愿冒死将你推落悬崖，放你离开，而后又独自舍命相搏，帮你挡了身后追兵……"

顺德的话听在长意耳朵里，好似一个字比一个字说得更慢，那唇齿之间每吐出一个字，便让他眼瞳中的惊异更多一分。

待她说完，这句话落在长意脑海里的时候，瞬间便又滚烫地落在了他的心头，一字一句，一笔一画都在炙烤着他，又似一只大手，将他的心脏攥紧。

"……你说什么？"

"哦？"顺德笑了起来，"那个纪云禾竟然还未曾与你说过这些事？"

顺德看着长意的神情，恍然大悟，随即哈哈大笑，仿佛肚子都笑痛了一样："莫不是你将她囚在北境时，她竟一言一语也未曾与你透露过，她是为何杀你，为何被擒，又是为何被我极尽折磨，过的那六年？"

长意面色越发白了起来，素来镇定的人，此时竟因这几句话，唇瓣微微颤抖了起来。脊梁骨里，一阵恶寒直抵五脏六腑，犹如尖针，连带着将他的心肝脾肺尽数扎穿，鲜血淋漓。

他的呼吸不由自主地快了起来，五指想要攥紧，却因为心尖的疼痛而无力握紧。

"好啊好……这个纪云禾，却是连真相也舍不得让你知道！"

那时的纪云禾，身体孱弱，被他带回北境时已是命不久矣，如今一想，长意便立即想到纪云禾为何不说。

将死之身，言之无益。

而现在……她历经生死，仿佛是在老天爷的刻意安排下又重回他身边。长意以为是自己失而复得，所以他说，过去的事已无意义，不必再谈。

他以为，是自己原谅了纪云禾，他以为，是他终于学会了放下，他还以为是他终于学会了度己与度人……却原来并非如此。

长意终于明白，当他与纪云禾说过去的事不用再提时，纪云禾的欲言又止是为什么，他也终于明白，在纪云禾身死闭眼的那一刻，她为什么会流下眼泪。

因为这些话她都没有与他说。她独自背负了，隐忍了……为了他。

"纪云禾一定会来的。"顺德冷冷地抛下一句话，"你们可以作为我的祭品，一同赴死。"她转身离开。

长意闭上眼睛，印记让他感知到纪云禾的所在，她已经在京城了，便在不远的地方，她没有第一时间找来，她一定是在谋划什么，但不管她谋划得如何周全，又怎么能在顺德打算瓮中捉鳖时全身而退？

长意睁眼，眸光森冷地看着顺德的背影。

第十二章 当年

他不能让纪云禾前来冒这个险。

长意知道,能阻止纪云禾前来的,可以是他逃,亦可以是他死。

长意撑着墙,摇摇晃晃地站了起来。"站住。"他轻唤一声。

顺德在地牢的甬道中停下了脚步。

长意抬起手,黑袍袖间微微结霜的苍白手腕露出,长意在自己手腕上咬了一口。鲜血流出,淌在地上,而那鲜血却没有就此静止,它们在地上跳动着,随着长意腕间的鲜血越流越多,那鲜血渐渐在地上凝聚成一把血色冰剑,被长意握在了手中。

"你想要我的命,可以;想动纪云禾,不行!"

顺德闻言,嘲讽一笑:"鲛人,你如今凭什么还能对本官大放厥词?"

长意未再搭理她,手中血色长剑一动,地牢之下,阴暗潮湿的气息亦跟着一动,整个地牢为之一颤,甚至整个京城的地底都随之而动。

第十三章

依旧

> 好似他们此生见的第一面，他是被囚在牢中的遍体鳞伤的鲛人，她是在牢外的驭妖师。

灯火摇曳，林昊青走到纪云禾身边坐下，望向纪云禾。

"六年前，你带着鲛人从驭妖谷离开的时候，我以为此生绝无可能再有一日，与你像今日一样坐在一起。这些年，你先是被囚在国师府的牢中，而后又被带往北境，我却一直待在驭妖谷，只做一件事。"

"研制寒霜的解药？"

"对。但我手里并无寒霜，很长时间未有头绪，直到顺德公主令我北伐，我向她讨到了寒霜之毒。纪云禾，你可知拿到寒霜之后，我发现了什么？"

纪云禾盯着他："我并不关心，林昊青，我来只是想找你与我一同去救长意，你若没有主意，我便自己去。"

"不急在这一会儿。你且听我言罢再做定夺。"他继续道，"我在分析寒霜之毒时，找到了一味主要的毒物，此物在我年少时，林沧澜曾与我多次提及。"

多年未闻林沧澜三个字，纪云禾愣了一瞬，眉头微微一皱："林沧澜也研究过寒霜？"

第十三章 依旧

"他曾与我提及,有一药物专克此种毒物,于是我再一次踏入了林沧澜的房间——在他死后,我从未再涉足那处。但就因为此举,我才能在之后去北境之时阴错阳差地救了你一命。"

纪云禾又是一怔,林昊青讽刺一笑。

"林沧澜床榻之下有一密道,密道之下的密室皆是炼药所用的器物、书籍。想来当年他喂给你吃的那些药丸,便是在那里制作完成的。我在他密室的书案之下发现了这个。"他从怀中贴身之处拿出一本书来,放在桌上,推到了纪云禾面前。

"这是什么?"

纪云禾将书籍翻开,却见里面密密麻麻记满了字。有药方,有药材的图,有随手记下的词句,有几页好像是因为心绪急乱,狂涂乱画的一些发泄情绪的墨痕。

"里面写着的,是关于破解寒霜之毒的方法,还有他的一生。"林昊青又饮下一杯茶,"当时时间紧迫,顺德催促四方驭妖地的驭妖师立即出发前往北境,我没有过多的时间停留在驭妖谷,便将此书带走北上。

"我本意图将驭妖师送给北境,你接得很好。"他难得夸了纪云禾一句,"我在路上,从此本秘籍里也发现了炼人为妖的方法,还得知了被炼化为妖的驭妖师将拥有两条性命的秘密。"

所以才能在长意冰封了她之后,去救她……

"我还得知……林沧澜当年也是国师府的一个弟子。"

纪云禾一惊:"这倒是从未听人提及。"

"他当然不会说。五十年前,大国师尚未研制出寒霜,因为一直未找到至关重要的药引,而尚且年少未及弱冠的林沧澜发现了这药引。林沧澜却并未打算将此事告诉大国师,他欲带着他当时的新婚妻子离开国师府,但没想到大国师以他妻子的性命相胁,让林沧澜交出药引。林沧澜一时不忍,终将药引交出。随后他被遣到驭妖谷,成为驭妖谷谷主,不久之后,他妻子病弱离世,而大国师研制出了寒霜,真正控制了驭妖一族。"

林昊青淡漠地说着,宛如故事里的人不是他的父亲,而只是一个陌生人。

"林沧澜从此后一直深陷痛苦之中,认为是自己的过错导致了族群被禁锢,二十五年后,林沧澜老来得子,生了我。"林昊青一声轻嘲,

"他道我生性一如他当年……优柔寡断,难当大任,为了不让我因为心软或者情爱做错选择,所以狠下心训练我……他做了什么,你应当比我更清楚。"

林沧澜逼迫纪云禾背叛林昊青,将他推入那蛇窟之中,让林昊青成为一个像蛇一般恶毒的人——那时候的纪云禾是这样想的。

"他希望有朝一日,当他死后,有一人可以带领驭妖一族打破大国师对驭妖一族的控制,让驭妖一族真正地自由。所以他拼命地训练我,近乎揠苗助长,只因他时间已经不多。同时,林沧澜也一直费心研究寒霜的解药,最后终于想到一个办法。"

林昊青拉了纪云禾放在桌上的一只手,将她的手腕翻过来,指了指她的腕间。

手腕之间,脉搏跳动,但现在纪云禾已是妖怪之体,虽有双脉之力,却并无双脉跳动。

"寒霜只针对驭妖师,若让驭妖师之力与妖怪之力互相融合,则妖力便会化解寒霜之毒。这样的药物一旦研制出来,寒霜便再也不能控制驭妖师了。一开始的研究并不顺利,许多人死了。但他找到了唯一一个成功的人。"

林昊青点了点纪云禾的手腕:"你在他的尝试当中活了下来,但其实这药并不算完整,还需要一个驭妖师与一个妖怪的力量作为祭品,方能彻底改变你的体质。为免难得成功的作品被破坏,林沧澜经过十几年的时间,将自己的灵力和卿舒的妖力通过药丸一点一点渡到了你的身体里去。"

纪云禾五指微微一动,黑色的气息在她掌中浮现。

黑色狐妖……林沧澜的妖仆卿舒便是黑色狐妖,难怪……

纪云禾也忽然想通了当年她与林昊青联手杀掉林沧澜与卿舒的时候,一个驭妖谷谷主与一个九尾妖狐为什么会弱成那样……

原来,那时候他们已经将他们的力量渡到了纪云禾身体里面。

"我与你杀掉林沧澜与妖仆卿舒那一晚,正是卿舒要给你送去最后一颗药丸的日子。"

是的,正是那个日子。

也难怪,在那之后,她与林昊青暂时达成和解,林昊青再未在房间里找到任何一颗药丸,那本就是最后一颗了。

第十三章 依旧

"那之后,只要打断你身体里的筋骨,药丸便会在你身体里重塑你周身的筋骨。"

纪云禾转而又想起,她与长意离开驭妖谷之后,她为了放长意离开,将长意刺下悬崖,而后独自面对姬成羽与朱凌等一众将士,她浑身被箭插满,几乎筋骨尽断,而后……

她第一次用上了九尾妖狐之力。

当年那一点点的事情,在此刻仿佛瞬间都连成了线,纪云禾愣怔地看着林昊青。这才明白当年的自己,在这个天下所处的位置。

"呵……"纪云禾一笑,神色微凉,"瞧瞧这人间,六年走过了,人都不知道自己当年在大局里算个什么。"她看着林昊青,"你我不过都是盘中旗子罢了,这世间,还是大人物的游戏。"

林昊青抬头瞥了她一眼:"但你我却将下棋的一人杀了。"

纪云禾沉默,想来却觉得更加讽刺。

林沧澜谋划多年,在最后一个晚上被自己一手养大的纪云禾与林昊青所杀。

林昊青之所以杀他,是因为他培养了林昊青这般阴鸷寡情的性格。而纪云禾杀他,用的却是他给她的力量。

多么好笑……

也不知林沧澜死在林昊青手上的那一刻,到底是遗憾,还是得偿所愿……

"命运弄人……"良久,纪云禾道,"可我也无法同情林沧澜。"

"我亦不同情他,他也不需要你我的同情。"林昊青目光定定地看着纪云禾,"但我认可他。他一生,想弥补自己的过错,想让驭妖一族重获自由,想除掉大国师,还世间一个太平。他这条路,我要继续走下去。"

纪云禾微微眯起了眼睛:"所以,你来到了京师。"

"为了从顺德手中拿到寒霜的制药顺序,我在林沧澜的药方上改了些许东西。"

纪云禾皱眉:"你将炼人为妖的药给了顺德?所以顺德忽然变得这般厉害……"想到此处,纪云禾想起了先前瞿晓星与她说的话,她忽然一拍案,眸中添了十分怒火,"你为了给顺德炼药对青姬做了什么?"

"我没打算用青羽鸾鸟给顺德炼药。青羽鸾鸟是怎样的大妖怪,你该知晓,我不会给自己找这般麻烦。只是事情的发展,有些出乎我的意料。"

林昊青皱眉道:"先前青羽鸾鸟独闯京城,却被大国师所擒,我借此机会回到京城,献计于顺德公主,这才要到了寒霜的制药顺序,我为顺德制药,是想将她炼人为妖。而今这世上,青羽鸾鸟尚不能杀大国师,我等要靠武力将其斩杀,太难。而大国师对顺德极其纵容,哪怕顺德当真刺杀他,他也未曾对顺德有什么惩罚,我本欲以另外的妖怪让顺德炼化,并在其服用的药上动了手脚……"

"你动了什么手脚?"

"我笃定大国师在与顺德的相持之中,终有一日,会死在他的孤傲与纵容上,最后的胜者必定是顺德。待大国师死后,我稍施法术,便可要顺德的命。"他顿了顿,"但我没想到,她未等我为她挑好妖怪,便让手下将领朱凌带走了一个国师府弟子,与青羽鸾鸟二者为祭,成就了她此番变化。"

青姬……

纪云禾心头一重,她闭上眼,过去种种闪过眼前,她握紧的拳头微微颤抖。半晌之后,她方将情绪按捺。

"你的法术呢?"

"青羽鸾鸟力量太强,破了药中之术。"

纪云禾咬牙,随即站起身来。"我不该与你耽误这些时间。"她转身要走,忽然之间,林昊青的妖仆思语拦在纪云禾身前。

思语手中握着剑,温婉的女子此时眼中却是无比地坚定:"阿纪,我劝你最好不要去。"

林昊青也站起身来,他对纪云禾道:"而今顺德得了青羽鸾鸟之力,大国师再是纵容她,心中也必定对她有了防备。这么多年来,大国师看似对天下事皆不关心,但他有一个原则,决不允许任何一人在力量上与他势均力敌。所以当年青羽鸾鸟自十方阵出来之后,他一直派人寻找青羽鸾鸟的踪迹,而后青羽鸾鸟在北境出现,他又只身前去与其相斗,这才让鲛人有了可乘之机,从京城带走了你。可见大国师对青羽鸾鸟之力甚是忌惮。而今,青羽鸾鸟已死,力量落在顺德身上,他也不会再纵容顺德多久,我留在京城,稍加挑拨,两人相斗之日近在眼前。"

纪云禾微微侧头,眸光冰冷:"所以呢?"

第十三章 依旧

"我不知顺德从何处得知你与鲛人的消息,也不知她得了青羽鸾鸟之力,竟会率先去将鲛人抓来。但我相信,她当时未杀鲛人,短时间内便不会杀。"林昊青冷静道,"她这是设了局,就等你去。"

思语也道:"你且等些许时日,待得顺德与大国师相斗,再去救鲛人也不迟。"

"等?"纪云禾一笑,"顺德公主是个疯子,她的疯狂,我比谁都清楚。过去我在她手上吃的苦,我丝毫不想让长意忍受。今日我一定会去救他,谁也拦不住我。"

正在此时,忽然之间,大地传来一阵颤动。一股力量自宫城那方传来。纪云禾耳朵上的印记让她感知到那是长意所在的方向,她心头一急,径直推门而去,思语看了林昊青一眼,林昊青没有示意拦住她。

"纪云禾,"黑夜之中,林昊青站在尚余暖光的屋中,对在黑暗中渐行渐远的纪云禾道,"你记着,今日没有人会去救你。"

纪云禾脚步未停,背脊挺直,慢慢消失在了黑暗之中,她的声音,仿佛是从深渊之中传来——"做好你自己的事,今日你从未见过我。"

纪云禾潜入地牢之际,本以为会有一番恶斗,但她所到之处,四周皆有无数寒冰,而这些寒冰却与一般法术凝聚的寒冰不同,寒冰的尖锐之处皆带有一抹鲜红,好似是鲜血的印记,但明明这些尖冰根本没有伤及任何人。

纪云禾心头忽有不祥的预感,她脚下加快,愈发着急地往地牢最深处而去。

一直向里走,越走气息便越是寒冷,四周带着血红色的寒冰也越发多了起来。及至转角处,纪云禾忽然看见了牢笼之外的顺德公主!

顺德也猛地一转头,一双疯狂的眼睛瞪着纪云禾。"纪云禾!"她一字一顿地喊着纪云禾的名字,带着蛇蝎一般的怨毒。但听在纪云禾耳朵里,却与当年也没什么两样,只是顺德如今一身红衣破败不堪,头发散乱,哪里还有半分高傲公主的气势,只有那股疯狂比当年强了数百倍不止。

顺德身后的青色气息凝成的大翅膀撑满了牢中甬道的空间。她以手中的青色气息挡在身前,而在她面前的牢笼里,血色冰剑正在与她角力对峙。

纪云禾没看见牢中的人，但想也知道能弄出这动静的是谁。她没有犹豫，腰间长剑一出，径直往前一掷，长剑附带黑色的妖气，从侧面向顺德杀去。

顺德一咬牙，抬手想挡，可显然对付长意已经用完了她所有的力量，纪云禾的长剑轻而易举地穿过她的防御，刺过她的肩头，径直将她的身体钉在地牢的墙上。

顺德一声闷哼，身体脱力，静静地被钉在墙上，一动未动，好似接连的战斗已经让她丧失了继续下去的力气。

纪云禾为免万一，又将袖中匕首掷出，匕首正中顺德喉间，鲜血流淌，顺德气息登时消失。

纪云禾这才上前，而面前的一幕却让纪云禾径直呆怔在当场。

玄铁牢笼之中，血色冰剑之后，长意浑身皆已被寒冰覆盖，宛如被冰封其中，他的脸颊也在薄冰之后，唯有那一双蓝色的眼瞳，让纪云禾觉得他有两分活着的生气。

"长意……"

好似他们此生见的第一面，他是被囚在牢中的遍体鳞伤的鲛人，她是在牢外的驭妖师。

但这到底不是他们此生所见的第一面了。纪云禾狠狠一咬牙，忍住心头剧痛，她手中凝聚法术，变化为剑，拼尽全力一挥，砍在那玄铁牢笼的大锁之上。

牢笼震颤，玄铁之锁应声而破。纪云禾拉开牢门，立即冲了进去，她奔到长意身边，身后九尾显现，她周身燃着狐火，一把将面前被封在冰中的人抱住。

"长意……长意……"

她轻轻唤着他的名字，狐火将坚冰融化，里面的人终于慢慢从薄冰之中显露出来。纪云禾立即伸手，捂住他的脸颊。

绝美的容颜冷得让狐火围绕的纪云禾也有些颤抖，但她没有放手，怎么可以放手，她双手轻轻搓着长意的脸颊："快点暖和起来，摸摸就好了，摸摸就好了。"

长意却一直未曾动一下。直到他浑身的冰都已经融化，他的身体也已经柔软下来，冰蓝色的眼瞳闭了起来，再无其他的力量支持，他整个人便向地上倒去。纪云禾立即将他抱住，她不停地用狐火揉搓他的脸颊，又在他的掌心摩挲。

"长意，我好不容易回来了，想起来了……说好了回北境，我不许你食言。你以前与我说，你们鲛人不说谎的……"

纪云禾温暖着他的掌心，却看到他手腕上的伤口。

纪云禾知道这是什么，长意认为自己的力量不足，于是以血为媒，几乎是赌上自己的生命在与顺德相斗。

这段时间，接二连三的消耗足以要了他的性命。

纪云禾紧紧咬住牙关："你不许骗我……"再难忍住心头情绪，将头埋下，贴着他的脸颊，哽咽着，再难开口吐出一字。

忽然间，一股微凉的气息在纪云禾耳边微动。

纪云禾立即抬起头来，却见那苍白至极的嘴唇微微张开，他呼出的气息在空气中缭绕成白雾，虽然微弱细小，但也足以让纪云禾欣喜若狂。

"长意，"她重新找回了希望，"你等着，我带你回北境。"

"你不该……"虚弱的声音宛如蚊吟，但纪云禾将每一个字都听清楚了，"……来涉险……"

纪云禾又帮他搓了搓手，待得感觉他的身体恢复了些许温度，纪云禾这才将他架在肩头，"走，回去再说。"

未等纪云禾迈出一步，那边被钉死在墙上的顺德公主喉间忽然发出了几声怪异至极的笑，宛如什么诡异的鸟在日暮之时的啼叫，听得人心头发寒。

纪云禾望向顺德，她还是被钉在墙上，一把匕首一柄剑，皆是致命之处，但她还活着，阴魂不散。

"就等你来了……"顺德喉间声音嘶哑，"你终于来了，今天你们都将成为我的祭品。"

纪云禾看了一眼长意，心知而今在京城，大国师不知何时会插手此事，她不宜与顺德缠斗，纪云禾手中掐了诀，想要就此御风，但未等她手中法术开启，地牢之上的天花板忽然裂开，纪云禾一怔，但见上方一个青色阵法轮转，接着宛如变成了一个巨大的钟，将她与长意往其间一罩！

整个世界霎时间变得漆黑。

阵法之中的纪云禾只觉她与长意忽然下坠，像是地板突然裂开了一

第十三章 依旧

样，他们不停地往下坠，往下坠，好似被那怪笑拉拽着，要坠入这地狱的深渊……

纪云禾什么想法都没有，她只是死死地抱住长意，心里打定主意，无论如何，不管天崩地裂抑或命丧于此，她都不会再放开这个鲛人。

不知在黑暗之中下坠了多久，失重感忽然消失，她抱着长意坐在一片漆黑当中，不见日月，不分东西。

"长意？"

"嗯……我在。"长意声音沙哑虚弱，但还是回答了她。

知道长意暂时没事，纪云禾稍稍放下心来，开始分析自己所处局势。

她知道顺德抓了长意，便是为了诱自己前来。顺德布下阵法，想要抓她，这里，便是顺德的阵中。

但很奇怪，照理说当她找到长意的那一刻，顺德的阵法就该捕捉他们了，捕捉到之后，就该动手了。顺德方才说，想让他们两人成为她的祭品，想来她是想要吞食他们两人的力量，但她没有第一时间这么做。

以此可以推断出，之前长意与纪云禾给她造成的伤影响不小，也打破了她本来的计划。

顺德暂时用阵法将他们困住，是想等自己身体恢复之后，再来处置他们。

而顺德恢复的时间，便是他们的生机。

"这是局……"长意对纪云禾道，"你本不该来。"

"该不该来我心里清楚，你还记得我之前与你说的吗？我要有选择的权利，这就是我要的自由。"纪云禾问他，"伤重吗？"

"重。"他倒是给了个诚实的答案，"但还死不了。"

"好。"纪云禾站起身来，"我背着你，我们一起去找阵眼。"她一边说着，一边将长意背了起来，待得长意在她背上趴好了，纪云禾却在这样的境况下突然笑出了声来："大尾巴鱼，这一幕是不是似曾相识？"

长意趴在纪云禾的背上，闻言，沉默了一瞬，苍白的唇便也微微勾了起来："是。"

十方阵中，他的鱼尾尚在，行走不便，纪云禾便也是这样背着他在十方阵中行走，寻找阵眼。

而现在，他开了尾，也还得让她来背。

"十方阵都走出去了，区区一个顺德公主布的阵还能困住你我？"

第十三章 依旧

纪云禾道,"待破了这阵,回到北境,等你的伤好了,我也得让你背我一次。"

"多少次都行。"长意言罢,微微一顿,"纪云禾……"他忍住了喉间情绪,"为什么不告诉我?"

纪云禾转头看了长意一眼,本想问告诉他什么,但转念一想,长意与顺德相斗过,现在问她这句话,他们之间的隐瞒还剩下什么,一目了然。

纪云禾心想,当年的事情也差不多是时候告诉长意了,却没想到,竟然是通过顺德这个始作俑者的嘴让长意知道的。

"本来想等你给我拿吃的回来之后告诉你的。"纪云禾轻浅一笑,这段过往,轻得只是一段茶余饭后的闲谈,"结果不是被截和了吗……"

黑暗中,长意沉默了半晌,声音压抑,带着懊悔:"我早该想到……"

"长意,你说得对,那都是过去的事了。"

"这话不该由我来说。"

"不,正是该由你来说。那是过去的事了,我不告诉你,是认为我这个将死之人告诉你这些没有意义。而且我也害怕,怕你知道所有之后,依旧恨我,恨我剥夺了你选择的权利。"

长意银色的长发落在纪云禾肩头:"我不会。"

"但是我还是害怕,现在告诉你,也依旧怕你怪我。但我并不是将死之人了,我也不再是孤身一人了。"纪云禾道,"以后的岁月,我想牵着你的手走过……或者背着你,亦可。"她笑了笑,看着空无一物的前方,却好似看见了漫山的春花,见到了阳光的模样。

"我想与你之间,再无隐瞒。"

她说得平淡且平静,却在长意湖水一般透蓝的眼瞳里掀起涟漪。

他闭上眼睑,却忽然道:"顺德是个疯狂的人……"

"嗯。"

"她唯一做对的一件事,是把我送去了驭妖谷。"

纪云禾脚步一顿,思及这些年来长意所经历的事情,再细想他这一句话,一时间却觉心头钝痛不已。

顺德把他送去驭妖谷,他被折磨、鞭打、开尾,经历过这么多的苦与难,他却说,那是顺德公主唯一做对的一件事——因为他在那里遇见了她。

在幽深的黑暗中沉默良久，纪云禾开口的声音，是强装笑意，隐忍着哭腔的颤抖："你这条大尾巴鱼，就喜欢说一些出人意料的话。"

经过这么多事，他看起来好像变了，但还是拥有那一颗赤子之心，简单、美好、善良得让人……自惭形秽。

第十四章

风声

> "风知道的事情,她都知道,你这些年的作为,你的师父可都看在眼里。"

黑暗好似毫无边界,纪云禾背着长意在黑暗中静静走着,有一瞬间,她几乎觉得他们就要这样走到天荒地老,但这四周的黑暗终究是虚妄的,四周的气息在黑暗中飘动,无论什么阵法,内里仍旧免不了气息流动,除了十方阵那样的大阵,顺德的阵法依旧逃不脱常理。

纪云禾从气息来去的方向判断五行方位,辨别生门所在。

很快,纪云禾找到了方位,她背着长意往那方走去。"你看,"她对长意道,"我说这阵法困不了我们多久吧。"她说着,身后却没传来回应的声音,纪云禾微微侧过头,却见长意竟然在她肩头昏迷了过去。

纪云禾心头一痛,长意身体的损耗太大……他身上的伤不能再耽搁了……

纪云禾心头有些急,脚步更快,却正在此时,四周黑暗猛然一颤。纪云禾眉头一皱,不知道外面出现了什么状况,她立即加快步伐往生门走去。

她每踏一步,四周黑暗的颤抖便越发激烈,她尚未到生门,也未做出任何破阵之举,这阵法的震颤必定不是来自她的举动。是外面……是顺德公主吗？

她想毁了阵法将他们直接埋葬在阵法之中？

纪云禾心头大急。

忽然间，他们的正前方打开了一丝缝隙，在黑暗之中，那缝隙中透出来的光华显得如此耀目。

光芒之中的人影纪云禾再眼熟不过，但她没想明白，这个人……为什么来了？

"快。"林昊青在光华之中低声催促。

纪云禾背着长意，擦过林昊青的身侧，迈步跨出黑暗。而在他们离开黑暗的那一瞬间，身后的黑暗霎时间消失。

还是在地牢之中，他们脚下踩着一个残破的阵法，阵法尚且散发着金色的光，只是光华颓败，阵中的阵眼被一人一脚踏在上面，纪云禾看着踩在阵眼上的人，道："你怎么来了？"

林昊青也上下打量了纪云禾一眼，见纪云禾没有大碍，他神色稍缓了片刻，但见纪云禾背后伤重的鲛人，他眉头又是一皱："先离开京师。"没再犹豫，他引着纪云禾便从破开的玄铁牢笼之中走了出去。

而此时，在玄铁牢笼外的墙上，顺德公主身上被钉上了又一把剑，是林昊青的长剑，剑所钉的位置，正在顺德的内丹之处。

"她死了吗？"纪云禾问。

"要杀她还得费点功夫。"林昊青在前面引路，头也未转道，"没时间与她耗。"

跟着林昊青走了两步，纪云禾望着他的背影道："你不是说今日没人会来救我？"

林昊青沉默了一瞬，依旧未曾转过头来看她，只道："你的命是我救回来的，死得这么快，太可惜。"

纪云禾勾了一下唇角，仰头望着林昊青走在前面的背影，而今这境地，更比他们小时候去的花海蛇窟要危险万倍，如今的林昊青也好似比当年的林昊青要阴狠毒辣万倍。兜兜转转这么多年，林沧澜以为改变了他，林昊青也以为自己被改变了。但他做的选择，还是那个在花海之中的少年会做的选择。

"多谢……师兄。"

她与林昊青，这一生的命运都是棋子，他们都无数次想摆脱自己的

第十四章 风声

身份与枷锁,但到现在,走到了如今这般年纪,纪云禾早已明白,真正解开枷锁的办法,并不是否认,而是负重前行。

林昊青依旧没有给纪云禾任何回应。

两人带着长意离开了地牢,而踏出地牢的那一瞬,前方却传来一道令纪云禾心头一凛的声音:"兄妹情谊,甚是感人。"

地牢出口,一袭白衣的大国师静静地站在那里。他的神色一如纪云禾那六年所见一般平静冷淡,但在现在这样的境况下遇见他,却是纪云禾万分不愿的。

以前在牢里,纪云禾不惧死,所以也不惧他。而今纪云禾却有了牵挂的人,也有了害怕的事。且这个大国师针对的……恐怕就是她最牵挂的。

果不其然,大国师静静地道出下一句话:"鲛人留下,你们可以走。"

他一身素白,在四周脏乱的环境当中显得那么突兀,又那么令人胆战心惊。

"我拖住他。"林昊青悄声与纪云禾道,"你带鲛人走。"

可未等他话音落下,大国师轻轻一抬手,手指一动,一股长风便似龙一般,呼啸一声,径直撞上林昊青的胸膛,将他狠狠击倒在地,而那风却未曾散去,不停地吹在他身上,将他压在地上,使她连一根手指头都抬不起来。

大国师站在这片国土的力量巅峰数十年,林昊青在他面前与其他人或者说与其他蝼蚁,并无二致。

他甚至未再将目光放在林昊青身上片刻,转而盯向了纪云禾。

纪云禾放在身后护住长意身体的手微微一紧,几乎是下意识地,身后九条黑色的狐尾转瞬出现,她盯着大国师,他那一双看似什么情绪都没有的眼睛里,其实满满都是对这个世界的憎恶与厌倦。

"鲛人留下。"大国师对纪云禾道,"你可以走。"

"我不会把他留下。"纪云禾说着,忽然心生一计,她忍住心头对此人力量最本能的恐惧,将九条尾巴收了起来,盯着大国师道,"若是同样的境况,你保护着宁悉语,会抛下她自己离开吗?"

这三个字像一根针,扎进了他淡漠的眼珠里。

大国师看着纪云禾,四周的一切都已经退远,他只盯着她,问:"你从何处知道这个名字的?"

"梦里。"

"梦里？"大国师双眼轻轻一眯，身形如风，下一瞬，纪云禾便觉自己喉头一紧，她下意识地将长意松开，长意落在一旁的地上。而不过在她眨眼的刹那，等再反应过来之时，她已经被大国师掐着脖子摁在了身后的青石墙壁上，大国师的力道之大，径直让纪云禾撞击的青石墙裂出了数条缝隙。

纪云禾胸口一痛，一股血腥味自胸腔涌上来，却被大国师掐在了喉头上。

未带任何法术的攻击，简简单单便让她反抗不得。她的命就如此轻易地悬在了大国师的五指之间。

及至此时，纪云禾方知，什么寒霜，什么炼人为妖，什么算计谋划，在这人的绝对力量面前，都不值一提，他抬手间，便足以掌控所有人的生死……

哪怕是已经获得了妖狐之力的纪云禾也无可奈何。

"纪云禾，"大国师眸中杀气凛冽，"你有很多小聪明，不要玩错了地方。"

纪云禾周身的法术——不管是妖力，还是驭妖师的灵力，像是皆被刚才那一撞给撞碎了似的，根本无法凝聚，她只得压住本能的恐惧，嘴角微微颤抖着，勾了起来："宁悉语……她总是穿着白色的衣服站在云间……"

大国师瞳孔紧缩。

纪云禾继续道："她说，她在世上的每一阵风中……"

正在此时，微风忽起，如丝如缕，轻轻拂过大国师的耳鬓发间，或许清风本无意，但在此时大国师的感触当中，却让他不得不愣神。他指尖的力道微微松开，纪云禾脚尖方能触及地面。她接着道："风知道的事情，她都知道，你这些年的作为，你的师父可都看在眼里。"

五指松开，大国师愣怔地看着纪云禾，目光落在她脸上，却又好似透过她在看遥不可及的某个人。

"师父……"低吟而出的两个字，好似能穿透数十年死寂又孤独的岁月。

胸口的血终于从口中呛咳出来，纪云禾捂住胸膛，缓了片刻，止住咳嗽，方继续盯着大国师，道："青姬只身前来杀你，是因为宁悉语带我在梦里看见了你当年做的事。"纪云禾清晰地将这些事一字一句地告诉他。

大国师若像顺德一样,是个完全疯狂的人,那这些话对他来说不过是一阵风,毫无伤害。但纪云禾笃定,大国师的疯狂是因为对一人的求而不得,他生命中所有的死结都系于一人身上。

宁悉语是他的死穴。

他的力量有多强大,执念有多深沉,过去的这个死穴,就会将他扎得有多痛。

"你设计陷害了宁若初,你告诉宁若初,他可以去十方阵中陪伴青姬,你却利用他封印了青姬,而后十方阵又将他杀了。青姬得知此事,前去驭妖谷查探真相,果不其然,你看,她之前就来找你了。你没弄明白吧,为何青姬如此长的时间也未有动作,却在此时突然发难……是宁悉语……"纪云禾微笑着看他,轻声道,"想杀你。"

宛如天塌山崩,大国师在纪云禾身前微微退了一步。

"你想让天下给她陪葬,你想为她办丧,但她唯一想带走的人,只有你。"

大国师神情恍惚,仿佛这一瞬间,人世间的所有都离他远去了。

在大国师的身后,被纪云禾放下的长意此时捂着胸口坐起了身。

长意转头,蓝色的眼瞳将四周扫过,但见纪云禾与大国师站在同一处,长意一愣,指尖冰霜之气微微一动,寒气在他手中化为长剑,又猛然消失,往复三次,长剑方在他手中凝聚成形。

他以寒剑指地,撑起身子,再次挺直背脊向大国师走去。

纪云禾但见长意毫无畏惧地向自己走来,他一身的伤,气息紊乱,施术过度的反噬几乎要了他半条命,但他还是向她走来。

这样愿以命为她相搏的人,当然也值得她以命守候。

于是在长意动手之前,纪云禾身后九条黑色的尾巴霎时间展开,妖异的黑色气息登时铺天盖地,她将长意隔绝在妖气之外。长意一怔,却见纪云禾手中妖气径直向大国师胸膛杀去!

大国师却只是直愣愣地看着她,并没有任何躲避与反抗。

纪云禾手中的妖气重重击中大国师的胸膛,但纪云禾的眼瞳忽然睁大!

她……她的法术竟如同打在一团棉花上一样,力道霎时间被分散而去,下一瞬,大国师身上光华一转……

被纪云禾拦在黑色妖气之外的长意瞳孔一缩。

只见大国师身上的光芒猛地凝聚在了心口,像是将纪云禾方才打出去的那些黑色妖力全部都转化成了白色的光华,眨眼间又重新凝聚在了他的胸口。

"云禾……"

长意嘶哑至极的呼声尚未来得及传到纪云禾耳朵里,纪云禾便觉得掌心猛地一痛。"护体仙印……"纪云禾不敢置信,在大国师心口竟然有护体仙印?

大国师心口处一道反击的力量撞上她的掌心,纪云禾的手臂在这一瞬好似寸寸筋骨都被这道力量击碎。

纪云禾猛地被推开,再一次重重撞在了身后的青石墙上。

黑色妖气霎时间消失,她身后的九条尾巴也消散不见,纪云禾的身体犹如没有骨头一般,从墙上无力地滑下,摔倒在地,宛如已经昏死过去。

长意心绪涌动,他手中长剑径直刺向大国师的后背。

大国师依旧丝毫没有躲避,眼看着那长剑便要刺穿他的后背,此时,一个仿佛被血糊透全身的人斜刺里冲出,径直挡在大国师身前——是顺德公主!

她挣脱了将她禁锢在墙上的剑,带着一身的血,挡在了大国师身前,长意的剑没入她的肩头,她狠狠一咬牙,抬起手将长意的冰剑握碎。长意手中法术再起,四周的水汽凝聚为针,杀向顺德与大国师。

顺德立即将宛如失神的大国师往旁边一拉,几个纵身,避开了冰针,那冰针入地三分,却在入地之后立即化为冰水消融。

顺德带着大国师落在一旁,她一身的血,污了大国师素洁的白袍。

"师父……师父……"顺德眼神颤抖,近乎疯狂地看着大国师,"我不会让你死在别人手里,我不会……"

大国师侧过眼睛,看见顺德疤痕仍在的脸,此时她脸上有伤也有血,看起来好不狼狈,又好似触动了大国师记忆深处某个不为人知的画面,他瞳孔微微一颤,抬起手,轻轻落在了顺德的脸上。

大国师的手掌微凉,触碰了顺德的脸颊,让顺德微微一抖,眼中的疯狂稍稍退去几分,却有了近日来从未有过的些许平静:"师父……"

第十四章 风声

顺德的这两个字仿佛惊醒了大国师。他眸中的颓败与失神消失了片刻。"你不是她……"

四字一出，顺德公主眸中的平静也霎时间被撕得稀碎。

大国师复而一转头，又看向被自己的护体仙印击打在墙角的纪云禾。"你也不可能见过她……"大国师微微眯起了眼睛，"这么多年都未曾有人见过她，纪云禾亦不可能。"

长意逼开了两人便拖着自己近乎僵硬的身体走到纪云禾身边，施术过度让他浑身极度难受，但这些苦痛并不能阻碍他。

长意行到纪云禾身边，他触碰纪云禾的手臂，却察觉纪云禾受伤的那只手绵软无力，长意心头疼痛不已。"纪云禾……"他唤她的名字，声音微抖。

纪云禾没有回应他。她唇角的鲜血让长意心底一阵惊惶，仿佛又回到了那寂静的湖上，他静静地将她沉于冰湖之中，想着此生再难相见……

未等长意心头撕裂的疼痛持续多久，一道白色的身影向他们这方踏来，脚步前行带来的巨大压力让长意犹如身在万千重压之下，但这压力并不能让他低头，他转头看向大国师。

大国师神色肃杀，一步一步向纪云禾走来，神情之间有了凛冽的杀意。"你不可能见过她。"大国师声音冰冷，比北国冰霜还要刺人。

长意在万千重压之下，仍旧以剑拄地，站起身来，不躲不避，护在纪云禾正前方。

四目相对，大国师轻蔑地一声冷哼："鲛人，你自身难保，更别想护住她。"

"护得住。"没有废话，只有这掷地有声的三个字。

大国师抬起手来，手中结印，广袖一挥，便是万千风化作刃，杀向长意。

长意手中冰剑一横，冰柱平地而起，横在长意身前，挡住风刃。大国师眉目冷凝："强弩之末。"四字一出，他手中结印再起，光华流转之间，风刃斩破长意身前的冰柱，迎面砍向他，却在临近长意面前的时候一转方向，径直向他身后的纪云禾杀去。

冰蓝色的眼瞳一缩，长意身形往后一撤，抱住昏迷的纪云禾，以身为盾，硬生生地接下了大国师的风刃。

黑袍之上登时鲜血横流，但血色没入黑色的衣袍间，若不是衣衫破损，有血滴落，他人从长意的脸上连半分受伤的表情也看不出来。他只关注了一眼怀里的纪云禾，风刃落在他身上，好似落在旁边的石头上一样，无法令他有丝毫触动，除非……落在纪云禾身上。

而这些情绪与心思，不过只在转瞬之间，他确认纪云禾没有受伤，耳朵听到大国师又上前一步时，他手中冰剑往面前一掷，冰柱再次展开。

"徒劳。"大国师冷冷一声呵斥，冰柱再次被尽数斩断，而在电光石火间，一滴血穿破冰柱，向未来得及防备的大国师射来，大国师终于微微一侧身，第一次主动采取了防御的动作，但当他回过头来时，他的眉角处却被血滴凝成的寒冰划了一道浅浅的伤口。

大国师脚步微顿，任由血珠从眉角滑过他的半边脸，滚落在地。

强弩之末的鲛人竟然能伤了他？

"这人世百年以来，也就你这只妖怪尚且能看看。"大国师说着，抹掉眉角的血，他看向长意。

施术过度让鲛人从指间开始结霜，唇齿间呼出的气息白得令人无法忽视。他的眼瞳转动似乎都受到了阻碍，缓慢且僵硬地看向大国师。

"不过，也仅仅如此了。"

大国师周身风声一起，天上风云涌动，地牢外这方寸之地的空气霎时间凝重得让人连呼吸都十分困难。

那身素白的衣裳在风中狂舞，他盯着长意，眼看着竟是对长意动了杀心，却在忽然间，一丝清风不受他操控地穿过他的耳边。风那么轻，几乎让人察觉不到。那风却带动了一片不知是从何处而来的飞花，穿过狂风，越过他身侧。

在这气息汹涌的场景之中，那飞花飘飘，却向纪云禾而去。

花瓣落在纪云禾垂在地上的指间。

而后任由四周气息汹涌，那花瓣便再也没有动了。

大国师的眼睛微微眯起，看着纪云禾，忽然间，缠绕飞花的那股清风好似绕上了纪云禾的袖间。清风撩动她的衣袖，而后缠着她的手臂向上而去，吹动她垂下的发丝，拂动她的衣襟。

她睫羽微颤，便是在这震颤间，纪云禾猛然睁开了双眼。

一双素来漆黑的眼瞳里却蓦地闪过一丝奇异的光华，她眨了一下

第十四章 风声

眼,长意凝视着她的眼睛,却从那双眼瞳里看到了与往日全然不同的神色与情绪。

微风绕着纪云禾的身体,给她支撑的力量,让她从地上站了起来。

她注视着大国师,未看长意一眼。"抱歉,借用一下她的身体。"开口说话间,声音的起伏语调也与平时全然不同。

纪云禾好像在这转瞬之间变成了另外一个人。

长意愣怔着。

如此情景……

眼见"纪云禾"站起身来,大国师微微眯起了眼睛,在他全然没有准备的时候,纪云禾周身气息一动,却绝不是妖力,而是用的驭妖师的灵力,但神奇的是,她用的却是……与他一模一样的法术?

空气中的风好似被"纪云禾"吸引了一样,从大国师的身边开始不断地往"纪云禾"身边而去。

风太过猛烈,卷着尘土,画出了一道道痕迹,而这些痕迹让无形的风变得有迹可寻。

大国师与"纪云禾"之间,似乎……是开始了一场关于风的争夺之战。

"纪云禾"凌空站着,目光冰冷又凝肃,她盯着大国师,手中一掐诀,那空中的风便再难自持地向她而去。

而大国师在初闻"纪云禾"周身的风声时,便已然卸了三分杀气,他震惊又不敢置信地看着"纪云禾"。此时又见"纪云禾"手中掐诀,那指尖的弧度,每一个动作的转变,都让大国师心中的震撼更加难以控制。

过去的画面一幕幕已经在脑中浮现,那"已逝者"的容貌与声音都在脑海中浮现。

"这里得这么做……"

"不可以偷懒。"

"我收的徒弟可真是聪明……"

一幕幕,一句句,犹在脑海之中徘徊,哪怕过了百年,再过百年,他也不会忘怀……

不用"纪云禾"再与他在这风中对峙,他自己便已没了争斗之心。

所有的风都落在了"纪云禾"身边,她踏在卷着尘土的风上,居高临下地看着大国师,那神情与大国师记忆中的人霎时间融合在了一起。

于是之前所有的否认、杀意,此时都尽数变作心尖与唇角的震颤……

"师父……"

两个字从他口中吐出,而这两个字对大国师而言意味着什么,他身后的顺德公主一清二楚。

顺德望着"纪云禾",身侧的手紧紧地攥成了拳头。

而此时的"纪云禾"手中印已结,没有人看清她的身影,她转瞬便落在大国师身前。

或许,大国师是看清了的,但他没有躲,他凝视着"纪云禾",目光似乎已经穿透了她,触及了她的灵魂。

大国师不躲不避,像是已经等了这一刻许久一般,他看着"纪云禾"被震断的手臂在风的帮助下再次抬了起来,看着她手中结印的光华,直至那光华照亮他漆黑的眼瞳,同时也照进他百年以来从未曾打开的心底深渊。

狠狠一掌,没有半分犹豫地击打在大国师的胸膛之上。

同样是在他心口的位置,但结果全然不同。

大国师心口处的护体仙印刚刚开启,光华流转不过一瞬,便像是被阻碍了一样,只是徘徊在那受击之处,散发着颤抖的微光。忽然间,"咔"的一声,光华破裂,护体仙印碎了。

而大国师却似什么都没有感受到一般,不挣扎,不反抗,只静静地看着"纪云禾"。

"你一直都在。"他想着纪云禾先前说过的话,嘴角竟然勾了起来,"你一直都在。"

护体仙印开裂的缝隙越来越大,大国师唇角渗出血来,他未动,未擦,只注视着面前的"纪云禾"。

听着护体仙印清脆的破裂之声,"纪云禾"冰冷的面容终于流露出了片刻的动容:"我身死之前,护你性命,予你护体仙印,不是想留你在人世,将这人世变为炼狱。"

"你想杀我,求之不得。"大国师的神色无丝毫苦痛,随着他心口的光华在"纪云禾"的掌下慢慢消散,他竟似释然一般微微笑了起来。

他说着这话,好似已经等了这天许久一般。

"纪云禾"唇角微微颤动,绕在她身上的风却变得更加汹涌,她咬紧牙关，那所有的风都绕着她，向她掌心传去。

风声呼啸间，大国师心口的护体仙印光芒越来越弱，在最后一声破裂之响后，光华彻底消失！

护体仙印破碎，力道散于四周，摧草折木，那边一直被大国师的法术压制的林昊青此时终于获得自由。他翻过身来，在地上痛苦地咳嗽。

而"纪云禾"的眼睛在此时开始慢慢闭上，泪水悬在她的眼角，将坠未坠。大国师却笑着看她，终于，在"纪云禾"的眼睛将要彻底闭上时，一声厉喝自大国师身后传来！

"我不许！"

顺德疯狂地扑上前来，她怒吼着，在所有人都未反应过来的时候，她五指化爪，径直从大国师的身后杀上来，似刀如刃的指甲一瞬间从背后穿透了大国师的身体。

鲜血登时从大国师背后涌出，大国师微微转头，身体里残留的无数灵力尽数通过顺德的指甲被她吸入了体内。

巨大的力量瞬间涌入顺德的身体里面，让顺德的面容变得扭曲又狰狞。

她狂笑着："哈哈哈！要杀你！只有我可以杀你！哈哈哈哈！"

她发疯了似的笑着，拼命地吸取大国师身体里的力量！

而此时护体仙印已碎，大国师已受重创，再难推开顺德，而面前的"纪云禾"周身的风却在慢慢地退去，"纪云禾"的眼睛终于彻底闭上。

大国师一抬手，却是用最后的力量将纪云禾送到了长意的怀里。

"走……"

他的话已无先前的力量，顺德身上的伤口在大国师的力量涌入身体之后，都以肉眼可见的可怕速度在愈合，她转头，身上的青色气息暴涨。"今日谁都别想走！"她尖厉地笑着，"你们都得死在这儿！你们都得死在这儿！从此以后这天下就是我的了！哈哈哈！"

长意抱着纪云禾，施术过度令他行走也十分艰难，在铺天盖地的青色气息之下，他极难再凝聚法术，哪怕御风也是不行。

长意看了一眼远处还趴在地上痛苦咳嗽的林昊青，在大国师的那一击之下，他的身体似乎也受到了重创……

死局……

正是危难之际，忽然间天边一道白色的光华划过，从天而落，砸破顺德公主以那青色光芒布下的天罗地网，落在地上。

长意未看清来人的模样，只觉手臂被人一拽，下一瞬，他便看见林昊青也出现在自己身侧。

来人一手一个，不过转瞬之间，便带着他们再次撞破顺德的青光，冲上天际，彻底离开了顺德那尖锐笑声可以到达的地方。

几人被救走，顺德却并不着急，她将大国师身体中最后一丝力量尽数抽取，随后便将大国师推开。大国师踉跄两步，趴在地上，他已有许多年的时间未曾以这样的角度看过大地，也未曾以这样的角度仰望他人。

他转头看着顺德公主，这个他因为自己的执念一手养大的女子……

因为力量的涌入，让她的一张脸变得可怕至极，那些未曾治愈的伤疤此时被青色的气息填满，横亘在她脸上，宛如树根交错，尤为骇人。她眼中已全然没有了人性，只余想要杀戮的疯狂。

她看向天际，随手挥了一道力量出去，似想将逃走的几人打下来，却被人挡了回来，力道落在大国师身侧，在地上划下了极深的印记。

顺德似乎想追，但她突然咳了两声。

她身体里力量太多，开始相互冲撞挤压，她痛苦地跪在地上，身体一会儿抽搐，一会儿颤抖，过了许久也未曾平静。

大国师看着她，但他现在却连站起来的力量都没有了。

不知过了多久，天色已经变黑，顺德好像终于将身体里的力量都融合了一样，她望了一眼天际，逃走的人是追不回来了，她转头看向身边的大国师。

大国师依旧趴在地上，无法站立，他面色灰败，那一头青丝也在这一日之间尽数变白。

"师父。"顺德公主歪着脑袋，看着地上的大国师，像是看到了什么笑话一样，"哈哈哈哈，师父，你也有在地上匍匐的一天，哈哈哈！"她笑罢，伸出手将大国师拉了起来，她扶着他，带着他一步一步往地牢里走去。

走入地牢，顺德随手推开一个牢笼，随即将大国师丢了进去，她将牢门锁上，在牢门外蹲下。

阴暗的地牢里，只余一根火把还在燃烧，顺德在火光跳动下盯着牢笼里形容枯槁的大国师，时而笑，时而怒，时而又静默，最后甚至流下

第十四章 风声

泪来。

"你看看，你看看，这人世起起伏伏，谁知道明天会发生什么，您是多么高高在上的人啊，像是天边的明月，从小我就只能仰望您，但现在，您怎么沦落到这个地步了呢？

"你想要死，你以为你心中的人回来了，她通过纪云禾重新回来这人世了是不是？她想杀你，你就想死？凭什么！"她站起身来，"我不许！我这一生，你让我如何，我便要如何。如今，也该你顺着我了。"

她转过身，影子被火光拉长，落在他身上。

"师父，你的力量给我了，你别担心，我会完成你的愿望，我会替你为天下办丧。"

她微微侧过头，咧嘴一笑，那唇角像动物一样，径直咧到了耳根，诡异得宛如地狱之鬼。

第十五章 时间尽头

> 时间有了可见的尽头,所以一切也都有了另外的意义。

纪云禾感觉自己站在一片白云间,四周与她多次见过的那云间没什么不同,但是这一次她却没能再看到那个白衣女子的身影。

"宁悉语。"纪云禾在云间呼唤她的名字,却没有得到回应。

纪云禾在云间等了很久,也未等到人来,她转过身,想要离开这白云间,却就在她转身的一瞬,一阵风轻轻吹过她的耳畔:"我的力量已经用完了。"

纪云禾回头,却发现身后的白云尽数消失,四周霎时间变为荒土,一片苍凉。

"他的功法被顺德拿走,接下来……只有靠你们了……"

最后一句话,似一阵风,撩动纪云禾的发丝,卷起一片尘土,最后消散于无形……

"抱歉……"

随着她话音一落,四周的颜色登时退去,连纪云禾脚下的尘土也不曾留下,黑暗袭来,她坠落到黑暗中去。

睁开眼,纪云禾愣怔了片刻,这才反应过来自己是从梦中醒来了,

第十五章 时间尽头

她揉了揉眉心坐起身来，还未说话，一杯水却被递到了纪云禾面前，纪云禾一转头，看见面前的人，登时呆住了……

"雪……雪三月？"

竟然……是许久未见的雪三月？

纪云禾愣住，雪三月却是一笑："这才离开多久，就忘了我了？心寒。"

"你……"

"是三月姐把你们从京城带回来的。"旁边传来洛锦桑的声音，她坐到纪云禾床边，"吓死我了，顺德公主去冰封之海后，我这还没从北境叫到人呢，就听说顺德把鲛人抓了。正忙着和空明商量对策呢，你们就被雪三月带回来了……我这什么力都还没使上，这事情怎么好像就结束了？"

纪云禾看了洛锦桑一眼："这事情怕是没那么容易结束。"她又问雪三月："先前不是说你去海外仙岛了吗？怎么回来了？"

"在海外仙岛上听说青姬被抓了，便想回来救她……"她沉默了片刻，"但还是晚了一步。"

此言一出，房间里的人都静了下来。

洛锦桑垂头耷脑地走到一边，双手放在桌上，脑门抵在自己手背上，闷不吭声起来。

纪云禾收敛了情绪，看着雪三月："你还想救青姬？"

纪云禾尚且记得，离殊血祭十方阵的时候，青姬出世，雪三月看见青姬的模样时脸上的苍凉与绝望。但如今，她却是特意从海外仙岛赶回来救青姬……

"青姬没有做错什么，离殊血祭十方阵放出她来，她又从驭妖谷带走我，算来，也是救了我一命，我只是报恩而已……却未能实现。这一生，我欠了她一个恩情。"

"你这般说……"洛锦桑闷闷的声音从桌上传来，"那我欠她的岂不是更多了……我还花了人家好些银子没还呢……"

纪云禾不知如何安慰她，只得叹了声气。

她想要下床，却在起身的时候忽然看见房间的角落里竟然还沉默地站着一名男子，而那人的模样竟然是……

"离殊？"纪云禾震惊不已，那男子身形容貌，竟然都与血祭十方阵的猫妖离殊别无二致！纪云禾闭上眼，揉了揉眉心，"我这应当不是在梦境……"

雪三月在纪云禾耳边一笑："不是梦，是他。"

纪云禾这才睁眼好好将角落里的"离殊"打量了一番，却见这"离殊"的神情十分奇怪，他的目光只直愣愣地看着前方，丝毫没有生气，身体看起来也十分僵硬，竟像一个没有血肉的木头人一般。

"他……"纪云禾犹豫着未将自己的疑惑说出口，雪三月倒也坦然，将话头接了过去。

"他现在其实也还算不得真正的离殊。"雪三月道，"我在海外仙岛游历时，偶然间寻到了一种草木，名为佘尾草，只要将故人之物放在这草木之上，再祭以鲜血，假以时日，这草木长成，便会变作故人的模样。"

纪云禾闻言一愣："早闻海外仙岛奇花异草、异物异人甚多，未承想还有这样的草木。"

"嗯，这人甚至能行走活动，就是说不了话，难有自己的思想……虽然他并非真正的离殊，但有他在，我便也算是有了个念想，这时日长了，让他一直陪在我的身边，倒像是离殊一直陪在我身边一样。这世间事真真假假，有时候分得清清楚楚，而有时候却又想着自己要是分不清楚就好了。"

纪云禾看着雪三月，却忽然想到了大国师与那疯狂的顺德公主。

大国师一开始或许也是想找一个精神上的寄托吧，最后竟变成如今这般模样……只是这个假的离殊断不会变成顺德，而纪云禾也能确定，雪三月绝对不会变成大国师那般模样。

"真的假的，到底是不一样的，你若看得开心，留着也行，若能分得清楚，当然最好。"

心里念过了顺德的事，纪云禾左右看看，却有些奇怪："长意呢？"

她问出这三个字，房间里又一阵沉寂。

纪云禾看着洛锦桑与雪三月的神情，浑身登时一紧，她立马坐了起来，肃容道："长意怎么了？你们知道我的脾气，有话直说，不要瞒我。"

洛锦桑嘴唇动了动，到底是吐出了一句："鲛人不太好……大秃驴还在给他治疗……"

纪云禾当即将身上的被子一掀，急忙穿上鞋便往外间走。

第十五章 时间尽头

纪云禾初醒,被宁悉语借用过的身体尚未完全恢复,她一路跌跌撞撞地跑到长意的房间,刚闯进去,却见空明和尚收了针。长意坐在床榻之上,脸色虽然苍白难看,神志却是清醒的。

但见纪云禾闯进来,长意与空明同时看向她。

空明瞥了一眼纪云禾,道:"这个倒是好得快。"

纪云禾懒得搭理他的揶揄,径直奔到长意身边,她看着长意苍白的脸色,心疼地摸了摸他的头:"哪儿还疼吗?"

长意倒还是以往的长意,点头应道:"腿脚还有些难受,但过几天应当就好了。"

纪云禾这边刚松了口气,那边的空明却道:"过几天好不好还两说呢,你这段时间法术施用过度,鲛人,我敢与你保证,之前你若再多施一个法术,哪怕是一个御风术,你现在已经变成碎冰被捡回来了。现在还能坐着说话,你且当是走运吧。"

纪云禾听得十分心疼,还未来得及与长意多说两句,外面便有人来报,林昊青来了。

纪云禾怔了怔,与长意相视一眼。

长意点头:"见。"

林昊青人尚未走进来,咳嗽的声音便先传了进来,进了门,他神情委顿,像是被大国师先前那一击伤到了心脉,难以痊愈。

"顺德杀了她的亲弟弟,自己登上了皇位。"林昊青见了纪云禾,咳嗽尚未止住,便直言道,"她已经疯了,以禁术功法吞噬了国师府众多弟子的灵力,朝堂俨然已成了她的一言堂……咳……不日南方怕是有无数难民向北境蜂拥而来,你们且做好准备。"

空明一惊:"不可能,此事北境如何未收到半分消息?"

"思语乃我的妖仆,她的真身在我这里。"林昊青握了握腰间的剑,继续道,"她与我能直接联系。这是方才在京师发生的事……"林昊青缓了缓情绪,忍住几声咳嗽,道:"你们的消息恐怕已经在路上了。"

林昊青说罢,房间霎时间陷入了一阵死寂当中。

纪云禾皱眉:"顺德公主有了青姬之力,而后又吞噬了大国师的功法,如今这天下怕是无人能与之匹敌。"

林昊青重重咳嗽两声:"是我的过错,确实未曾料到事情竟然还能发展到如今这般模样。"

"谁也未曾料到，大国师竟然会以这样的方式落败。"纪云禾对林昊青道，"自责无用，且想想有无战胜顺德的办法吧。炼人为妖的药丸，是你制给她的，可还有什么补救之法？"

"我先前在药中施加了一道法术，若她只以国师府弟子姬成羽与另一妖怪进行炼化，绝不可能冲破法术，但青姬……"

"你说谁？"空明和尚蓦地打断了林昊青的言语。

纪云禾也有些不敢置信地看着林昊青："她……用青姬和……姬成羽……？"

林昊青看了看纪云禾与空明，见两人神色有异，虽对姬成羽并不了解，但也猜出了姬成羽于他们而言并非一般的国师府弟子，他终究还是点头："对。顺德的属下朱凌素来与姬成羽交好，将姬成羽骗了去。"

朱凌……纪云禾尚且记得，几年前她与长意离开驭妖谷时，便是朱凌与姬成羽去接的他们。那时两个少年的性格截然不同，却能看出朱凌对姬成羽的敬佩，少年的情谊到最后却竟然演变成这夺命的一出……

纪云禾心下感慨，而她旁边的空明垂下的手紧握成拳。

空明微微咬紧牙关，脸上的神色从未有过地难看，他一言不发地转身离去，出门时，似乎撞到了外面进来的人。洛锦桑一声惊呼："大秃驴你去哪儿？……大秃驴？等等我呀……"听着声音像是洛锦桑也跟随而去了。

纪云禾眉头紧皱，忽觉自己的手被长意握紧，她转头看长意，见他蓝色眼瞳如大海一般，容纳了她所有的不安与混乱，她回握长意的手掌，在心里提醒自己，现在的事无论多荒唐，多痛苦，终于不再是她一个人在抵抗了。

于是，自打醒来之后一直混乱的情绪此时才被安抚下去，她静下心来，整理好情绪，再看向林昊青："我记得你与我说过，顺德以青姬为祭，冲破了药中法术。但这法术可还在顺德体内？哪怕不能杀她，能伤她也行。"

"或者，拖延她北上的脚步。"长意道，"北境收纳难民，需要时间。"

此言一出，林昊青的眉头皱了起来："北境的事，本不该我指手画脚，但恕我直言，我前来告知你们此事，并非让你们接纳难民。"

林昊青道："顺德力量蛮横，如今耽搁在京师，怕只是为了好好融合身体里的力量，待她将力量融合，杀上北境不过眨眼之间的事。而青姬与大国师的力量太过强大，要彻底融合并非易事，北境可以趁此机会，在边界布好结界，以此作为抵挡。过多地接纳难民，会使本就匮乏的北境资源更加紧张，北境内部的矛盾只会愈发激化。"

"那林谷主的意思，是看着那成千上万的人死在北境结界之外？"雪三月的声音从门外传入，她缓步踏了进来，神色间对林昊青还是十分不满。看样子，她对林昊青的印象还停在驭妖谷的时候，并未有什么改变。雪三月冷笑一声："果真是虎父无犬子呀。"

林昊青沉默了。

纪云禾唤了雪三月一声："三月。"

得知了林昊青与林沧澜之间的事情，纵使她此生不会原谅林沧澜，但对于林昊青，纪云禾始终觉得，他的命运和自己一样，也不过是在大人物手中沉浮的棋子……悲凉得让人唏嘘。

纪云禾开口道："林昊青说得不无道理。"

雪三月皱眉："云禾，你也想舍了那些人？"

"我只能说，尽量救。"纪云禾转头，看向长意，"我认为，不能无节制地接受，得定个时间，清点人数，到了时间，接纳多少人之后，结界该布下便要布下，这世上总是难有尽善尽美的事。否则……救人一事，恐怕本末倒置。"

长意沉吟了片刻。

这是一个救人的决定，也是一个杀人的决定。

但正因为有了"舍"，所以才能保住"得"。

"来人。"长意扬声道，随着他的声音，两名侍从俯首进殿，他道，"四月十五之前，前来北境的难民，每个关口，每日允五百人通过，但凡发现有恶性者，逐。"

"是。"

侍从领命而去。

"青姬与大国师的功法同属木系法术，可布下火系结界。"林昊青建议道，"顺德身体中的法术虽然已被力量冲破，但或多或少也留下了引子，她与大国师同源，修的也是木系法术，到时候以强火攻之，引出她体内的法术，或可重创于她。"

"嗯。"长意点头，却又沉吟道，"北境中，修火系法术的妖怪与驭妖师加起来有五千八百三十人,这段时间我未在北境,降来北境的驭妖师与后来从南方投奔而来的诸多妖怪尚未验查完全,但想来修火系法术的人统计起来也不过万人,要在北境南方边境布下可抵挡顺德的结界,恐怕不够。"

纪云禾看了长意一眼,这个鲛人,先前在北境虽说是对人要打要杀,但其实也并未将北境抛却不管,对于加入北境的人,他都是心中有数的。

"我修的也是火系法术。"纪云禾主动道,"九尾狐妖的黑色火焰更胜过普通妖怪与驭妖师的法术。边界布结界,我可先去打下桩子,而后让其他人注入灵力,布下更结实的结界。至于人手……或许可像此前共御岩浆一般,令未修火系法术的人将灵力渡给修炼法术的人,增强其力量。"

"嗯。"长意应了,抬头看向林昊青,自六年前驭妖谷一别,他们二人还从未正儿八经地面对面,而六年前他们这般面对面地对视时,身份还截然不同,气氛也是剑拔弩张。

但现在长意看着林昊青的目光里没有恨意,林昊青也再没有那强烈的胜负欲。那些过去,好似都在岁月里化成了云烟。

"林谷主,北境尚未清点完所有投靠而来的驭妖师,但你对他们比较熟悉。用人之际,没有时间一一盘查,你可直接推举合适的人选,前去边界助力结界一事。"

"我心中已有人选,明日便将人手带来此处。"

"多谢。"

林昊青沉默了片刻,道:"若无你,无北境,无人庇护这仅有的栖身之地,这天下与苍生,又该是何等模样……别再谢我,我担不起你这一句。"

他咳嗽着出了门。

长意沉默片刻后,看向纪云禾:"我来北境,初始只是为了报复。若按他的话来说,天下所有人都该来谢你。"

他将过去的事如此直白地说出来,令纪云禾哭笑不得。

她摸了摸长意的银发:"边界布下结界的事耽误不得,明日我便出发去边界,你这段时间施术过度,万不可再胡乱动用法力,你便好好在这里做你的北境尊主,统管全局,发号施令。"

第十五章 时间尽头

长意望着纪云禾，沉默着，半晌没有答应，隔了好一会儿才道："我族之人，许下印记之后，纵使大海无垠，也不会轻易分离。但地上的人，却总是聚少离多。"

长意的话让纪云禾心口一痛，她蹲下身来，单膝跪在长意身前，仰头望他："总会好的。"她握住长意的手，"等这些事都结束了，我们再也不分开。"

四目相对，情意缱绻。

"好。"

…………

北境的边界与驭妖台其实并没有多远，此前驭妖师大举进攻北境，兵临北境城外，直接给北境城带来了巨大的压力。

所幸长意与纪云禾阵前劝降，才使北境安然无恙。而后，待局势稍定，北境便将自己的边界往南推了一百里，此时朝廷已无力阻止北境向南扩张，且沿途百姓竟也都全力支持北境的此次行动。

北境在那之后，在往南一百里的地方，开始建起了自己的边境城墙，每隔一段距离，便设立一个关口，从东向西，一共设了十二个关口。北境一方面扩大了自己的势力范围，另一方面也立了前哨，方便布防，一旦再有敌军来袭，便也能立即应对起来，不至于直接被攻入北境城中。

而现在，所有人都没想到，北境刚建立完善的边防，第一个要防的却是从南方一拥而上的难民。

顺德杀了自己的亲弟弟，登基为皇，朝廷文武百官皆成了摆设，人人自危。京城乱成一片，下面地方豪强更是趁乱而起，四处搜刮，各方混战，打得不可开交，偌大的国土上，竟只有荒凉的北境能容百姓求生。

纪云禾带着人马来到边界，率先到的便是最东边的关口，此处难民最多，他们要优先将此处的结界布下。有了结界，北境便可更便捷地放难民入境，或者抵御暴乱。

而边界关口的情况比纪云禾想象中的还要乱。

纪云禾与林昊青挑选的人在边界外打好了结界的桩子之后，她便独自一人在关口之外的难民堆里走了一圈。

无数的难民挤在关口前，已经搭起了各种各样的帐篷，相同的是，没有哪一个帐篷是不破的。

孩子们不知愁，在杂乱无章的帐篷中穿来穿去，犹似还在田野边上，玩得嘻嘻哈哈。而大人们都愁眉苦脸，不少人患了病，走在诸多帐篷间，听到最多的便是咳嗽的声音。

在关口外走了半天，纪云禾神色便极为凝重。

纪云禾知道，长意对北境能支撑多少人的生活比谁都更加清楚，每天每个关口允许五百人入内，已经是极限，甚至是超过了极限。而光是纪云禾所在的这个地方，每天赶来的人最少也有千人，一天放五百人入关根本解决不了难民聚焦的问题，这关口外的人，一日比一日多，情况也一日比一日更加复杂。

北境本来是采用抽签的方式，得到红签的人便可入北境，却不想有人为了争夺红签，大打出手，甚至闹出了人命。还有人伪造红签，骗取难民手中仅剩的粮食。更有甚者，竟组成了一个团体，日日前来抽取红签，中者却不入关，反而高价售卖，要金银，要粮食，甚至还要人的五脏六腑，这群人即使在末日也要将人血吸食干净。

百人千面，万种人心，看得纪云禾忍不住心惊。

"非常局势，非常手段。"纪云禾回关内之后，第一天夜里只下了一个命令，"谁给局势添乱，抓一个，杀一个，是人是妖是驭妖师，都不放过。"

在边关的第一夜，纪云禾没有睡着，她躺在关内简易的木屋房顶上，看着朗月稀星，一时间却有些恍惚，不明白为什么这天下的局势忽然就荒唐成了这般模样。

也不知今夜长意在北境城内，是否能安然入眠……

她闭上眼，催动印记的力量，想要得知长意的方位，却忽然间感觉到印记的另一端近在咫尺。

纪云禾猛地睁眼，立即坐起身来，往下一看，便看见在下方地面正站着一个银发黑袍的人，不是长意，又当是谁？

忽然间见到了自己心中所念之人，她心头猛地一阵悸动，竟有了几分怦然心动的感觉。

"大尾巴鱼……"她呢喃出声。

下方的长意仰头看着她，他面色虽然苍白，鼻尖呼出的气息也依旧卷出寒冷的白气，但那双蓝色眼瞳当中的温暖情意，却一如三月的暖阳，能令万物复苏。

"想你了。"长意开口，声音低沉，带着鲛人特有的诱人磁性，"忍不住。"

六个字，眨眼间，纪云禾这才知道，原来她的心弦竟然能如此轻而易举地被撩动。

她一翻身，立即从屋顶跃了下去，二话没说，先将长意抱了个满怀。

肢体的触碰，心靠着心的距离，怀里真实的触感让两人都沉醉一般地静静闭上了双眼。

长意的身体寒凉，而纪云禾的体温灼热，一寒一暖之间，互相弥补，互相填满。

"我当真是变得不像我了。"她在长意怀里深深吸了一口气，"以前拼了命地要逃离身边所有的羁绊，恨不得一人孤独终老，而今与你分隔不过一日，竟然变得黏人了起来……"

纪云禾微微推开长意，与他拉开距离，方便自己探看他脸上神色："长意，你可真是厉害了，竟然让我开始想要被羁绊了。"

长意点点头："那我确实是很厉害。"

纪云禾笑了起来："你从来不谦虚。"

"嗯……那个……"旁边传来一声弱弱的呼唤，纪云禾这才注意到旁边还站着一个人。瞿晓星一脸尴尬地看着两人："我要不要先回避一下？"

"你要。"长意直言道，"不过稍后我还得回去，你别走远，稍等我片刻。"

瞿晓星当即如获大赦，立即拔腿跑了。

"你让瞿晓星送你来的？"

"嗯，不能用法术，我和你保证过。"

纪云禾闻言，心头又是一暖，她踮起脚，伸出手摸了摸长意的脑袋："我的大尾巴鱼真乖。"

长意唇边挂着微笑，静静地看着她，直到她将手收了回去。"我只能待一会儿，北境城中还有很多事情要处理。"

纪云禾很想劝他注意身体，不要那么忙，但思及关外的难民，还有北境的境况，最终所有的话都在嘴边转了一圈，又咽了回去，她握着长意的手，道："我会尽快处理完边界的事情。明日你便别这般跑了，留着这时间，多休息会儿也是好的。"

"能看着你才是好的。"

纪云禾笑了起来："大尾巴鱼，你可真能说情话。"

长意却一本正经道："这只是实话而已。"

纪云禾唇边挂上了笑，拉住他的手，在朗月之下缓步走着。此时，偶闻关外孩子的哭声，本来见到长意的喜悦又稍稍被冲淡了几分。

长意见她愁眉不展，问道："这边的事不顺利？"

纪云禾摇摇头："布结界不是问题，林昊青挑选的人确实非常厉害，能帮我不少，但这些难民……人太多了，都聚在边关也不是个办法，每日入关五百人，这数字一出，在关外已然有了一套钱与命的交易，还有春日渐暖，这人群之中互相传染的疾病……也令人担忧。"

长意沉吟片刻："事出突然，放人入关的细则尚未完善，明日我会优先处理此事。"

纪云禾握住长意的手，看着他苍白的手背，之前的冻伤让他的皮肤还有些发干，肤色也呈现出不正常的青色。纪云禾心疼地抚摸他的手背："可真是辛苦你这大尾巴鱼了。"

长意反而微微勾起了唇角："我很厉害，不辛苦。"

他话音一落，纪云禾还没来得及笑，却忽听长意一声闷哼。

纪云禾一惊，仰头望他，只见长意唇边寒气更甚，他的身体不由自主地微微蜷起，刹那间，好似有冰覆上他的眉目，令他脸上每一根汗毛都结上了霜。

"长意？"纪云禾心惊，却不敢贸然用狐火给他取暖，只得转头喊道，"瞿晓星！"

瞿晓星立即从不远处跑过来，见长意这般模样，又哆哆嗦嗦地从怀里掏出了一瓶药，拿了两三粒黑色药丸出来："给，空明说他这样之后，吃这个……"

纪云禾连忙拿过药丸，要喂进长意口中，但寒冷令他牙关紧咬，整个人都开始发起抖来。纪云禾不再耽误，自己先将药丸含进嘴里，然后踮脚往长意唇边一凑，以自己的舌尖撬开他的唇齿，以口渡药，这才让长意服下药丸。

第十五章　时间尽头

药丸入腹，过了半炷香的时间，长意浑身的颤抖方才稍稍缓了下来。

纪云禾扶着他，让他靠着自己，她在身前甩了一团黑色的狐火，火焰的温度将她烤得鼻尖都出了汗，这样的温度才让长意脸上的霜雪慢慢化作水珠退去。

"他怎么会这样？空明怎么说的？"长意闭着眼睛在休息，纪云禾问旁边的瞿晓星，但见瞿晓星急得挠头，她声色俱厉，"老实说，什么都不准瞒我。"

"就……施术过度……"

"他今日不是没有施术吗？"

"是……那是之前……"

"之前不是治好了吗？"纪云禾肃容问，"我先前被雪三月从京师带回来的时候昏迷过一日，这一日他都怎么了？之前洛锦桑与我说他不太好，到底是怎么不好？"

看着纪云禾的神色，瞿晓星更加慌乱了，而此时鲛人还昏迷着，瞿晓星终是一咬牙，道："根源就是施术过度了……鲛人本就修的水系法术，身体里的寒气退不去，就……就慢慢都结成冰了……"

纪云禾皱眉："什么叫都结成冰了？"

"身体里的血和骨头……都会慢慢地结成冰……"

她愣住，看向自己怀里的长意。

瞿晓星叹气："是鲛人……无论如何都不让我们告诉你的……"

"为什么？"纪云禾有些失神地道，"他……会……会死吗？"

"会被冻住……"

被冻住？被自己身体中的寒气凝固了血液，冻僵了骨骼，冰封了皮肤，最终变成一块冰吗？就像他当初冰封她的尸身那般，被寒冰彻底封住？

"能怎么救他？"

"空……空明说还不知道……"

纪云禾沉默了，她闭上眼，垂在一侧的手也紧紧地攥成了拳。

她怎么会不懂长意在想什么，她太懂了，因为时间有了可见的尽头，所以一切也都有了另外的意义。

第十六章

成全

> 在没有他的时间里,她将以自己的名,冠以他的姓,就算哪一天她的记忆再次恍惚到记不起过去的事,她的名字与身份也会帮她记住。

长意昏睡了许久,清醒之后,他看着面前黑色的狐火愣了一会儿,随即反应过来自己身上发生了什么。

长意一转头,径直望向了身侧纪云禾的眼睛里。

纪云禾一宿没睡,眼睛有些干涩发红。

两人四目相对,相视无言了小半晌。他没有开口解释自己突如其来的昏睡到底是怎么回事,即便是到了现在,这条大尾巴鱼也不擅长说谎,而纪云禾也没有逼他。

在良久的沉默后,纪云禾先故作轻松地道:"天都快亮了,大尾巴鱼,和你在一起的时间总是过得太快。"

长意眼眸垂下,纤长的睫羽如蝴蝶的翅膀,轻轻扇了扇。他伸出手,将纪云禾轻轻地搂进怀里。

朗月之下,黑色的狐火无声燃烧,两人互相依偎,无人打破这静谧。

直到月已沉下,朝霞出现在了天边。日光的出现撕破了如梦似幻的夜,让他们再无暗夜角落可以去逃避,只能回到现实中来。

长意松开纪云禾,纪云禾帮他理了理鬓边的银发,银发绕在她的指

第十六章 成全

尖,好似在与她做最后的纠缠。

"你该回北境了。"

纪云禾的指尖离开了发丝,她的话也终于离开了唇边。

长意点点头,站了起来。"边界的情况,我回去与空明几人商量一下,不日便能出个细则。"

他站起身便唤了瞿晓星,而身后的纪云禾却先唤了他一声:"长意。"

长意回头,银发转动间,映着初升的太阳,让他看起来美得好似天外来的谪仙。

纪云禾欣赏着他自成的一幅画,笑道:"等此间事罢,你娶我吧。"

蓝色的眼瞳微微睁大。

一旁跑来要接人的瞿晓星听到这句话,脚步立即停了下来,目光在纪云禾与长意之间转来转去。

春日的风还带着几分冷峭,但微凉的风从纪云禾的身后掠过,吹向长意时,却已经带了几分暖意,似能化去他血脉里的寒冰。

"我……"长意开了口,声音有些沙哑,"还不能娶你。"他垂下了眼睑,睫羽如扇,在他眼底落下一片阴影。

这个回答有点出人意料。瞿晓星有些紧张地咬住了自己的大拇指,关注着纪云禾的表情。却见纪云禾神色如常,没有波澜,似乎并没有什么被拒绝的痛苦,她甚至道:"你给了我印记,在你们鲛人的规矩里便已经算娶我了。"

瞿晓星又看向长意。

长意反而像被拒绝的那一个,他皱起了眉头,眼睛盯着地面,沉吟着,深思熟虑了很久:"在人类的规矩里不算。"

"我不是人类了。"

"你也不是鲛人。"

"但你是鲛人,你该守鲛人的规矩。"

纪云禾答得很快,长意眉头皱得更紧了,他沉吟了更久,继续深思熟虑着,显然对纪云禾的话没有很好的应对方法。

太阳都快升起来了,瞿晓星看得甚至有些心疼起鲛人来。

瞿晓星太懂了,在与纪云禾的言语争锋当中,能赢的人数遍天下也没几个。她脑子转得太快了,嘴皮子太能扯了,坑起这还算淳朴的鲛人来根本就不在话下。

"我……还是不能娶你。"

最后，鲛人没说出个所以然，就愣生生地落下这么一句话来。

直截了当地拒绝，粗暴却有力道。

果然，善辩如纪云禾，在这种"老实人"的秤砣话下，三寸不烂之舌也没有了用武之地。

他说不能娶，也不说理由，但长意拒绝纪云禾的理由，在场三个人都心知肚明——他不知道自己还能活多久，他害怕耽误纪云禾。

纪云禾看着长意。感受到纪云禾的目光，他垂着眼睑，像一个做错事的孩子。

长意不知道，他沉默的模样却让纪云禾心疼得宛如胸腔压了块重石。

"那我下次再问你一遍。"纪云禾只如此说道，"下次不答应，我下下一次再问，长意，总有你答应的一天。"

长意怔住，看着纪云禾，而纪云禾此时却已经转身，摆了摆手，自己走了："今日还要忙着赶去下一个关口打下结界的桩子，走了。"

朝阳遍洒大地，日光中，纪云禾渐行渐远的背影仿佛被镀了层薄金。

"尊主？"瞿晓星等纪云禾的背影看不到了，这才走到长意身边，问他，"回去吧？"

他垂下头，看了看自己的指尖，他的指尖冰霜遍布，几乎将他的手指封住，长意握了握拳，冰霜碎掉，变为残渣落在地上，晶莹剔透，仿佛是天上落下的雪花。

他道："我差点就答应了……"

就差一点……

…………

"十天。"空明一边收拾银针，一边说了这两个字。

长意当然知道他在说什么。

离他身体被冰霜彻底冻住的时间，只有十天。

得知这个时间之后，本来在回程的路上刚起一点的心思，立即又被掐灭了苗头。

嫁娶，不管是对鲛人还是对人类来说，都是一件大事情。其实，若无这些外界风波，他现在确实应该是要筹备这件事情的。他给了纪云禾印记，还亲吻过她……

想到过去为数不多的几次触碰，那些画面与触感历历在目，长意忽觉日渐冰冷的身体热了一瞬。

空明看了长意一眼，近来，空明的情绪也十分低落，他没有如往常一般冷嘲热讽，只对长意道："在想什么？"

"纪云禾。"长意不假思索地说了出来。

"多想想她，对你身体有好处。"空明道，"方才你脸色红润了一些。"

长意清咳一声，压下心头躁动："今日……我回来之前，云禾和我说，让我娶她。"

空明手下一顿："现在？"

"她说，等此间事罢。"

"你等不了，你们现在办吧。"空明说着，就要拿东西出门，"边界的结界不能停，但可以让她抽半天时间回来。抓紧办了，了结一桩心事也好。时间不等人，错过了可能就没有以后了。"他说着最后一句话的模样，却像是想起了自己的事情。

长意不擅长宽慰人，更觉得空明也不需要他的宽慰，便只沉默地给空明递了杯茶。

空明抬手拒了，打量了一下长意的神色，又道："你这模样，是不想娶？"

"我不想耽误她。"

"你们俩蹉跎了这么多年，我看现在也别折腾了。若是换作纪云禾要死了，你娶不娶她？你会不会觉得这是耽误？"

长意一愣，好似醍醐灌顶。

他站起身来，正想说什么，空明却恰好将门拉开，外面的纪云禾一步便踏了进来。

长意一怔，却见纪云禾对空明道："我知道找你管用。"纪云禾拍了拍空明的肩，"以后只要不是你对不住洛锦桑，她有什么想不通的，我来劝。"

空明瞥了纪云禾一眼："我说这些话，不是为了你。"他出了门，还随手将门给关上了。

纪云禾笑着看了看身后合上的门，又转头看着面前的长意。

四目相对，烛火跳跃间，纪云禾勾唇一笑，神色间已是历经沧桑之后的坦然。

　　"大尾巴鱼，我生命走到尽头过，所以我知道最后一刻会遗憾和后悔些什么，你别怪我使手段。我只是真的不想再浪费时间，继续蹉跎了。"纪云禾道，"我现在要你娶我，要的不是名分，而是身份。这个身份对现在的我来说不重要，因为现在对我来说重要的是你，但长意……"她顿了顿，唇边依旧带着微笑继续说道："在没有你的时间里，这个身份对我来说，就非常重要。"

　　在没有他的时间里，她将以自己的名，冠以他的姓，就算哪一天她的记忆再次恍惚到记不起过去的事，她的名字与身份也会帮她记住。

　　这是长意存在于她生命里的一个痕迹。纪云禾想在自己的灵魂里刻下这个痕迹。

　　"这不是耽误。"她道，"这是成全。"

　　长意再也没有理由拒绝纪云禾了。他点了点头，一声"好"还未出口，纪云禾便两步上前，走到他身前，一把将他抱住了，她贴着他微凉的胸膛，闭上了眼睛。

　　"大尾巴鱼，"纪云禾笑着，声音宛如春风春水，能复苏死寂的万水千山，"谢谢你成全我。"

　　长意愣怔地看着怀里的纪云禾，她身体的温度好似一把火，是这世间仅有的能温暖他的火。

　　冰蓝色的眼瞳轻轻合上，他伸手环住纪云禾的身体，将她揉进自己的怀抱里。

　　以前长意被顺德公主抓去的时候，顺德公主想尽办法要让他口吐人言，辱过他，打过他，也威逼利诱过他，但不管顺德如何折腾，他就算未失声，懂人言，也依旧选择闭着嘴，一声不发，一字不吐。

　　而此时此刻，他的沉默却与那时完全不同。

　　他有太多的话想要对纪云禾说了。

　　他胸中的千言万语，似乎都想要在此时汹涌而出，他渴望告诉纪云禾他的心情，也想要表达他的喜悦，还想对纪云禾说自己无数婉转的甚至有些卑微的心思，他的无奈、悲哀与怯懦。

　　太多的话与情绪涌上喉咙，反而让他语塞，他唇角轻轻开合，最后却一个字也吐不出来。

第十六章 成全

他是来自深海的一个鲛人,本是孤独之身,无欲无求,却在人世历经了太多的转折变化,起起落落,难以预测。他看过山水,也看过人间,经历过人心的迂回婉转,也面对过内心的苍凉荒芜,他得到过,也失去过,甚至还失而复得过……

长意本以为,他到现在该是个历尽千帆、内心泰然的鲛人了,却没想到,纪云禾这么轻易地就能打破他的平静与泰然。

他抱着纪云禾,耳边似乎还有她方才出口的言语。尽管长意早已知晓纪云禾对自己来说有多重要,但在此刻,他才如此清晰地感受到她对自己的影响有多么直接与绝对。这一句成全,便让他内心难以自持地激荡。而想到日后的岁月,如果他故去,她将一个人背负着他们的过去继续生活的模样,长意更是心绪复杂。

他不能说自己不心疼,也不能说自己不开心。

这些矛盾又汹涌的情绪成就了他唇边的颤抖。

他用比普通人类锋利许多的犬牙咬住自己颤抖的嘴唇,手臂更加用力地抱住纪云禾,就像抱住他唯一的火种。

"明明……是你成全了我。"

他的呢喃低语,只落在了纪云禾的耳边。

烛火将两人的身影投作剪影,落在了窗户纸上。

寂静的夜里,只余屋中相拥的人,好似这世间烦扰都不能再惊动他们。

可时间总是煞风景。

纪云禾从长意怀里退了出来,她抬起手,摸了摸他的头:"我得回边界去了,明日再来,我已经与洛锦桑、瞿晓星说过了,三天后,咱们成亲。"

长意眨了眨眼,当这件事终于落实到数字上的时候,他仿佛才从梦中惊醒过来。"三天?"他皱眉,"三天怎么够筹备?……"他自己说完这话,便停顿了片刻。

北境的情况,长意比谁都清楚。

现在从北境城到边界,上上下下到处都忙成一团,接纳难民,调配物资。驭妖台里做侍从的人都被调派出去帮忙了,长意的衣食住行基本都是自己动手,哪儿还有什么人伺候他,更别说现在要找人筹备他们的婚礼了。

没人,也没钱设宴,更没时间搞大场面……

"一切从简。"纪云禾道,"我今日下午其实就已经回来了,笃定你今晚一定会答应娶我的,所以我就擅自先安排了一些事。"

长意看着纪云禾脸上得逞的笑,嘴角也跟着勾了起来。他喜欢看她开心的模样。

纪云禾掰着手指数着:"我让洛锦桑、瞿晓星他们帮忙筹备婚礼,其实就是备点酒与菜,搬个案台,弄点红烛,然后你的喜袍和我的喜袍我就自己做了,不劳烦他人。婚宴当日的话,就请一些身边的朋友,我还想请上之前与我一起受过牢狱之灾的两人。他们也算是咱们过去一段经历的见证人……"

说到此处,纪云禾乐了起来:"也不知道他们看见我与你成亲会惊讶成什么模样。"

长意回忆起大殿之中,自己差点把纪云禾杀掉的事情,忍不住一声苦笑,而后又陷入了沉默。

纪云禾本还在数着宴请的人,但见长意的情绪低落了一些,她询问道:"怎么了?"

"只是觉得委屈你。这事本该我来提,也该由我来办……不该如此仓促。"

"有什么仓促不仓促的。成亲这件事,本来就该是彼此明了心意,敬告父母,再告天地,而后接受朋友们的祝福就行。你我没有父母,所以告诉了天地和彼此就可以了。都是同样的真诚,那些礼节与场面,你不喜欢,我不讲究,多了也是累赘,依我看,这样办正正好。"

纪云禾挑了一下长意的下巴,故作轻佻道:"大尾巴鱼,三天后等你娶我。走啦。"

纪云禾摆摆手,如来时一样潇洒离场,而她指尖的余温,却一直在长意的下巴上来回徘徊,经久未消。

长意摸着自己被纪云禾挑过的下巴,垂下眼眸,任由自己心悸得微微脸红。

他垂下手,忽然间,却听见几声清脆的冰凌落地之声,长意垂头一看,却是方才抬手的那一瞬,冰霜便将他的手臂覆盖,在他放下手臂的时候,冰凌破裂,便落在了地上。

破碎的冰凌晶莹剔透,像是无数面镜子,将长意的面容照得支离破碎，也让他脸上才有的一丝丝红润褪去……

等待婚宴的第一天，纪云禾白日里与其他人一同赶到了边界的第二个关口，她与众人合力打下结界的桩子之后，就已经是傍晚了。

忙了一天，身体十分疲惫，纪云禾根本没想着休息，反而一心往回赶，又奔波回了北境。

到了北境城里，纪云禾先找瞿晓星拿了料子，这是她昨天让瞿晓星给她准备好的做喜袍的材料，而后又马不停蹄地赶到驭妖台找长意去了。

纪云禾知道自己的女红并不怎么样，她以前也没把时间花在这上面，于是就想着和长意商量个简单的她能做的款式。

结果到了长意的殿里，她却没看见长意，找了半天，走了好几个殿，才寻到一个忙昏了头的侍从，向他打听长意的去向，但侍从只知道长意白天在大殿里处理公务，这会儿也不知道他去了哪儿。

纪云禾只好回到长意的房间里，坐在书桌边，打算一边缝自己的喜服一边等他，结果却看到了几张写废了的纸，打开纸团一看，竟是请帖。

纪云禾拿着纸眨巴了两下眼睛，这个大尾巴鱼难道是自己写了请帖……亲自发帖子去了吗？

与纪云禾想的一样。

长意当真是自己出门发请帖去了。

空明与洛锦桑等人倒是方便，他托空明给几人便可，只是纪云禾点名要请的蛇妖与卢瑾炎有些麻烦，长意要来了两人的住址，写好了帖子便亲自拿去了。

他先叩了蛇妖的门。这宅院算是北境修葺得比较好的院落了，院里还有看门的小厮，小厮给长意开了门，但见此人银发黑袍，一双标志性的蓝眼睛，小厮当场愣住，隔了半响，揉了揉眼，又张了张嘴，半天没说出话来。

"谁呀？"蛇妖提着一壶酒，醉醺醺地扭着腰来到门口。

长意一转头，看向蛇妖。

"啪"的一声，酒壶落地，酒香四溢，蛇妖呆呆地看着长意，长意却面无表情地向他递出了自己手中的一封红色请柬："两日后驭妖台大殿上,我与纪云禾要办一场婚宴,来与你送请柬了。"

"请柬?"小厮不敢置信,回头看了看蛇妖,又看了看长意,再看向蛇妖时,眼神都变了。"主子你居然……"他小声嗫嚅,"这么有头有脸……"

蛇妖在意的则是不同的点:"婚……婚宴?"

长意点头。"婚宴。"他道,"帖子上有时间,告辞。"

言罢,他转身欲走,却又脚步一顿,回过头来,这一次他看向蛇妖的眼神却有几分不善:"我记得前几日颁过禁酒令,你这酒在哪儿买的,还有多少,回头记得去驭妖台交代清楚,自行领罚。"

蛇妖咽了口唾沫,目送长意离开。

这前脚发请帖,后脚就让人去自首的风格……真的很"鲛人"。

长意离开了蛇妖的府邸,又去了兵器库。

因为卢瑾炎被安排到了兵器库工作,每天负责清点入库的兵器,检验兵器的质量。这段时间卢瑾炎也是忙得不可开交。他这边正在一排排刀剑架子间走着,清点着兵器数量,忽然听到外面一片兵器掉地的稀里哗啦的声音。

卢瑾炎听到这种声音心里就一阵烦躁,探了脑袋出去就开始骂:"他娘的都能不能小心点?让你们干一件事能干出几件事……"

最后一个"来"字没有吐出口,卢瑾炎便呆住了,紧接着,他手里的本子也掉在了地上。

"尊……尊主……"卢瑾炎的声音霎时间低了几个度,"我……"卢瑾炎左思右想,最后摸着脑袋皱眉道,"我最近没打架啊!我忙得不行,那蛇妖也好久没见过了……"

忽然,一张红色的请柬被递到卢瑾炎面前,止住了他接下来的话语。卢瑾炎呆住。

"婚宴请柬,两日后,我与云禾在驭妖台办婚宴,云禾希望你到场。"

这下卢瑾炎下巴也要掉下来了。"我……我?我?"卢瑾炎转头看了看身后,又四处张望一眼,还是不敢置信,"我吗?"

"对,是你。"

长意将帖子往他面前递了一点,卢瑾炎抖着手接过了请帖。

"辛苦了。"长意落下三个字,转身离去。

他一走,周围的其他人便立即围了过来,将卢瑾炎手上的请帖拿了过来，一时间，整个兵器库变得沸反盈天。

长意却全然未理会身后的嘈杂，他拿着最后一张请帖，找到了林昊青。

此前大国师虽然只是给了林昊青一击，但在他身体上留下的伤一直未曾痊愈。他这段时日也鲜少走动，只在长意给他安排的住处调理身体，偶尔也与远方的思语联系。

长意到的时候，林昊青正打坐于院中，他身前放了一把剑，剑上微微流转着光华，林昊青闭着眼，对着剑轻声道："……多注意安全。"想来，是在与那被他留在远方的妖仆思语联系。

长意没有打扰他，直到林昊青自己收了光华，睁开眼睛看见长意，他站起身来，直言问道："什么事？"

长意递上请束。

与他人不同，林昊青只看了一眼，便立即明白了是什么意思。

他沉默了一瞬，倏尔略带讽刺地一勾唇角："六年前，我恐怕做梦也没想到，有朝一日竟然有人敢娶纪云禾。更想不到，纪云禾竟然还会请我。"

"你对她而言，是很长一段时光的见证者。"长意道。

林昊青收敛了嘴角的讽笑，眸光却变得有几分恍惚，似回忆起了过去的太多事，几乎让他目光迷离："是啊，很长一段时光……"

这段时光，几乎是纪云禾的大半个人生，也是他的大半个人生……

他接过长意手中的请束："我一定会去。"

"多谢。"

长意正欲转身，林昊青却唤住他："你此前施术过度，身体状况恐怕不容乐观，在北境如此情况下，你与纪云禾都急着要举行婚宴……"他顿了顿，"休怪我煞风景，若他日你身归西天，接管北境之人，你可有考虑好？毕竟，如今的情况，北境不可一日无主。"

"空明是最适合的人选。"长意对林昊青直白的话并无任何不满，也直言道，"你若愿意，我也希望你可以留在北境。前些日子看了一些人类的书，待得婚宴之后，我会挑选七个人，组成内阁。以后北境的事，你们商量着来。"

长意心中有数，林昊青也没再多言，只是等长意快要离开的时候，林昊青微微叹了一声气，说："鲛人，这人世间，对不住你。"

长意踏步离开，背影没有任何停顿，也不知道这句话他是听见了，还是没有听见。

长意回到殿内的时候，纪云禾还在灯下缝衣服。

听见开门的声音，纪云禾仰头一看，手里却是一个不慎，将自己的食指指尖扎了个洞。她微微抽了口气，下一瞬，她的手便被人握住了，长意半跪在她身前，拉着她的手指，见了指尖的血珠，他几乎是下意识地将她的指尖含入了嘴里。

纪云禾望着长意，过了好一会儿，长意才将她的手指拿出来，左看看右看看，确认没再流血，他才在一旁坐下，看着纪云禾面前的一堆布料，眉头一皱。"我来帮你。"长意说着，竟然就将布料与针线往他身上揽。

纪云禾觉得好笑地将布料针线又拿了回来。"我以前在驭妖谷好歹还拿过针，你在海里拿过吗？"

长意答道："海里不穿衣服，不拿针。"

"那就是了。"纪云禾拉了线，继续忙着，"你去发了请帖，这缝衣服的事就别管了。我今晚回来本来是想与你商量商量款式的，后来发现，我除了最简单的，别的什么都不会，你回头也别挑了，咱们到时候就穿最简单的喜服成亲就行。"

"好。"

长意当然是不挑的，毕竟他们鲛人成亲，礼节再重，那也是不穿衣服的……

长意坐在一旁，看着灯下缝衣服的纪云禾，听着纪云禾闲聊一般地问他："请帖都发完了吗？"

"嗯，他们都来。"

"听说前几日北境颁布了禁酒令？"

"嗯，酿酒要用大量的粮食，现在是特殊情况，便颁了禁令，不得生产与售卖酒。"

"那咱们就泡点茶吧？"纪云禾问，"茶还有吗？"

"还有存货。"

三言两语，说的都是琐碎细致的事情，他们之间也鲜少说这样的话，吃穿用度，各种细节，仿佛是在过日子一般，平和安静。

长意微微眯起了眼睛，忽然感觉，此时此刻与纪云禾待在一起的舒

第十六章 成全

适感，就像是很久之前，他在无波无浪的深海里，躺在大贝壳里那般，眯着眼就能小憩一会儿。

自打被抓上岸来，长意已经有许久没有体会过这样的感受了。

纪云禾在烛火下的面容比平时柔和许多，她说着一些琐碎的事情，但唇角也一直挂着微笑。

长意便看明白了，此时的纪云禾，内心的感受一定也与他一样。他看着她一张一合的嘴唇，听着她的言语，忽然之间，只觉心头一动，他低下头，从下方往上吻住了纪云禾的双唇。

纪云禾一怔，手里的针往上一戳，竟然扎到了长意的下巴，纪云禾想要往后躲，想要看看自己有没有把长意给扎伤了，但长意根本没有在意这针扎的小小刺痛。

他一手按住了纪云禾的手，一手摁住了纪云禾的头，渐渐加深了自己的吻。

一开始纪云禾还想挣扎一下，看看他被扎到的地方，到后来也干脆放弃了挣扎，配合着长意，将这个深吻继续下去。

烛火跳跃，不知蜡油落了几滴，长意在纪云禾呼吸已经彻底乱掉的时候，才终于将她放开。

两人的唇瓣微红，是这个深吻给他们留下的印记。

亲吻之后，两人的眸光看起来都比往日要温柔更多。

他们凝视着彼此……

"长意。"纪云禾率先打破了沉默，她想要开口，长意却把手指放在了她的唇瓣上，止住了她的话头。

"云禾，平时都是你先开口，先行动，这次我先。"

纪云禾静静地看着他，等待着他的话。长意却是先将她打横抱起，直到入了里屋，将她放到了床榻之上。

"纪云禾，我想坏个规矩。"

长意是很守规矩的人，一直以来，纪云禾都如此认为，所以听到长意这句话，纪云禾反而起了几分刁难的心思："你是北境的尊主，你怎么可以坏规矩？"

长意一怔，眨了两下眼睛，显然纪云禾这话是在他意料之外的。

他想了想，竟然觉得纪云禾说得对。

于是他竟当真直起了身来："那你在这儿休息一会儿……"

没等他说完，纪云禾径直将他衣襟一拽，再次把长意拉到自己身前，呼吸与呼吸如此近距离地相对，本来被纪云禾的刁难削弱下去的那些暧昧气氛，此时再次在这私人的空间里弥漫开来。

长意用最后的理智克制着自己，想要再次坐起来。

但纪云禾拉着他的衣襟不放手。

"那我真休息了？"

"嗯。"长意点头，"休息吧，累了一天了。"

纪云禾看着他，看着他红透的耳根，笑了起来："真的休息了？"

"真的休息。"

"不一起？"

"不了。"长意想扭过头去看别的地方，"再等等……"

纪云禾笑着，凑到他耳边道："不等了。"她声音沙哑，只在他耳边打转，像是一个鱼钩，将他内心所有的不理智，都尽数钩了出来，"我纪云禾，从来就是一个喜欢坏规矩的人。"

呼吸交替间，纪云禾另一只手一伸，床畔的床帷落下，挡住了两人的身影，也将那内里的缱绻情意尽数包裹。

红烛依旧燃烧着，点点蜡泪落在铺散在桌上的喜袍上，喜庆的大红色，未等到两日后的礼成，便率先在这个房间铺展开来……

这注定是一个美丽且美妙的夜晚。

昨晚是很美丽的一个夜晚，但同样也是一个耽误了时间的夜晚。

第二日，纪云禾悠悠醒来，眯眼看见外面天色，天将亮未亮，但算着时间，她要从驭妖台赶到边界去，必定要迟到，她当即吓得一个激灵，立即翻身下床，穿鞋的动作将长意也惊醒过来。

其实他们真正睡着的时间没有多久，但长意眨了眨眼睛也立即清醒了过来。

"我今晚不回来了。"纪云禾一边火急火燎地下床，一边抓了抓自己的头发道，"路上太耽搁时间了，今晚要是再回来，喜袍定是赶不完，我这两天抓紧缝一下袍子，后日咱们成亲现场再见。"

她匆匆忙忙往外走，走到门边才想起来往回望一眼长意。

此时长意半身裸着，斜斜撑着身子坐在床榻之上，银发披在肩上，发尾垂坠而下，他一双蓝眼睛映着晨曦的光，温柔地望着她说："好，

第十六章 成全

我等你。"

纪云禾忽而心头一暖，这是她从未有过的感觉……

就好像……她有了家一样。

纪云禾推门离开，一路赶回边界。

很难得，这一次的分别并没有让纪云禾觉得难舍，反而让她内心揣着满满的期待。

她赶回边界的时间果然迟了，但其他人并没有因为她不在而休息，大家已经将边缘的阵法摆好，只待纪云禾一到，就可以用她的法术打下最主要的桩子。

一众人齐心协力地做好同一件事，也让纪云禾觉得心中宽慰。

纪云禾一生历经的世间事，总是难得圆满，而今，虽然大敌尚在，北境也有许多的残缺，可当大家都在为了"更好"而努力的时候，纪云禾觉得没有任何时候能比现在更圆满了。

真希望这日子能一直一直就这样继续下去。

一天一夜的时间，纪云禾熬了个通宵，终于将她与长意的喜袍缝上，时间紧，只大概做出了个形状，更别提什么绣花纹了。但她还是留下了一点时间，在两人喜袍的衣角上绣上了一条蓝白色的大尾巴。

她的绣工着实拙劣得出奇，那大尾巴绣得像刀砍一样，纪云禾摸着这个绣纹，先是觉得好笑，笑出了声，而后多摸了一会儿，却又将笑容收敛了起来。

这条大尾巴，到底还是只存在于她的记忆中，而彻底在这世间消失了……

纪云禾深吸一口气，将这些情绪抛诸脑后，她现在唯一要思考的，就是明日，在她与长意的婚礼上，她该以什么样的笑容，面对揭开她盖头的鲛人。

及至此刻，纪云禾才有些懊悔，她在之前竟然没有来得及去问一下，在他们鲛人的婚礼上，他们都会做些什么……

一夜的期待，让纪云禾有些没睡好，但当她第二天起来的时候，依旧精神奕奕，眼瞳深处都是在发光的。连日来的劳累好像没在她身上留下任何痕迹。

白日里她依旧得在边界将桩子打完，完成了自己的任务，她才能往回赶。

而这一日，跟随她一起来边界布结界的驭妖师们不知道从哪里得来的消息，知道她要和长意成亲了，每个人看见她都会与她道声祝福，难得地让纪云禾在这紧张的北境，感到了一丝喜庆。

结界布得很顺利，纪云禾在即将日落的时候想要往回赶，却被几个姑娘拉住，一开始几个姑娘还有些不好意思，但见纪云禾着急要走，有人终于忍不住上前拉住了她道："你好歹是要回去成亲呢。"

"对呀，这头发总得梳一下。"一人说着，手里拿出了一把梳子。

还有一个姑娘怯怯地拿了盒旧胭脂："我……我这儿还有一些以前的胭脂，要是不嫌弃……"她见纪云禾看向她，声音更小了，但还是坚持着将话说完了，"我可以给你擦擦……"

原来……竟是这帮姑娘实在看不下去了，纪云禾心里觉得有些好笑。旁边还有路过的男子搭话："对对，是得打扮打扮，好歹是和咱们尊主成亲呢。"

好嘛……看来这边界看不下去的人还多着呢……

想想也是，好歹是和他们尊主成亲，结果竟然除了喜服自己备了，别的什么都没准备，委实不妥。

纪云禾便留下来了，让姑娘们给她梳了头发，点上胭脂。

纪云禾鲜少装扮自己，她之前的生活也确实没必要做什么容貌上的装扮，所以也根本没想到这一茬。而如今被一群有的连名字都叫不上来的人在自己成亲之前摁着打扮……这感觉让她有几分说不上来的感动。

她自幼孤独，与父母缘浅，也没有兄弟姐妹，以前从没想到自己有朝一日竟会成亲，也从没想过，成亲之前居然还有人愿意为她梳妆打扮。

纪云禾静静地接受了这些陌生人的好意。

在回去的路上，纪云禾想起自己与长意一时兴起随口说了成亲的日子，根本没合过八字，但现在看来，今天一定是个好日子。

纪云禾背着自己的喜服回到北境城中的时候，这里与平日好像也没什么两样，冬日的严寒刚在这北境之地退去几分，已然有了春意，但纪云禾回来的时候已经是夜里了，草绿嫣红都没看见，她直奔驭妖台的主殿。

主殿倒是与平日里有了不同，纪云禾也终于在装饰上看到了几分成亲的喜庆。

主殿前铺了红毯，红毯两侧都用长长的灯架点上了红蜡烛。

这是她和长意商定的婚礼场地，大概也是他们这场婚礼里最花功夫的一个地方了。她之前让洛锦桑帮忙布置的，看来这段时间洛锦桑也没闲着，在如此忙乱的北境找来这么多灯架和蜡烛，想来也是很不容易了。

因为纪云禾回来前被人拦下来梳妆打扮，耽误了些许时间，有些误了时辰，所以她到的时候，婚宴邀请的人都已经到了，洛锦桑、瞿晓星、林昊青、雪三月，还有蛇妖和卢瑾炎，老朋友新朋友都来了，他们各自等在了红毯两旁，而长意站在红毯上，穿着的还是他平日里的黑衣服。

纪云禾一眼就看见了他。他那头银发实在是过于醒目。

在纪云禾御风而来看向他的时候，长意便也抬头看向了纪云禾，蓝色眼瞳里满是温柔，和纪云禾一样，他好似也期待这一刻许久了。

但还不是这一刻……

纪云禾落在长意面前，将他拉到一边，把包裹里面的喜服拿了出来，将长意的那件给了他，自己的留在自己手里。

"先换下衣服。"

这套喜服实在简单，纪云禾也没时间做里面的中衣里衣，只带长意去了侧殿，将外衣换了，纪云禾理完自己的衣服转头看长意，却见他手里握着自己的衣角，呆呆地看着衣角上的鱼尾巴。

"你绣的？"

他问纪云禾，纪云禾有些不好意思地笑了笑，想将衣角从他手里拽出来："不好看，但就是想绣在上面……"

"好看。"长意道，"和我的尾巴很像。"

听他如此说，纪云禾心尖又难耐地酸涩了一阵。

她将长意的手一牵："好看的话，等以后有时间，我再给你绣一个。"

长意点头："好。"

他们牵着手走了出去，站在红毯的起点，在并不多的宾客前往红毯的终点走去，这是他们唯一的仪式了。洛锦桑之前还提议，要学着习俗，摆上火盆让两人跨过。

但纪云禾没有同意，她和长意经历的刀山火海太多了，就是走一个红毯，她只希望平平稳稳，再无风波。

而果然也如她所料。

这个红毯走得十分平静，连风都没有前来捣乱，他们的衣袂与发丝都未曾被撩动。

他们只牵着彼此的手，一步一步走了上去。

直到站在红毯的终点。瞿晓星充当司仪，开始念起了贺词，纪云禾与长意牵着手，在驭妖台的主殿上，回头一望，忽见殿外漆黑的夜空中，闪起了点点光亮。点点光芒如夏夜的萤火虫一样，从整个北境城的每个角落缓缓地升起，铺天盖地，令人感到浪漫又震撼。

纪云禾定睛一看，天上的那些竟然都是一盏一盏的孔明灯。

它们飘飘摇摇，慢慢飞上夜空，与满天星辰交相辉映，好像一幅绝美的画，在他们眼前展开。

纪云禾与长意的眼瞳中都映着外面的光华，似能将他们的眼底都照亮，那火光纵使相隔百丈，也能传来一丝温暖的意味。

瞿晓星不知道在哪里找的那些听不懂的贺词，在此时朗诵出来，配着面前的景色，竟让纪云禾生出了一种来自浩瀚人间中的感动。

好似满天星辰、过往先祖都在此刻祝福他们一样……

"那是什么？"

待瞿晓星贺词念罢，长意望着依旧在不停升起的孔明灯问道。

"是祝福吧。"纪云禾道，"咱们成亲的消息走漏了，北境的人们给我们的祝福。"

长意默了片刻，忽然道："这人世间，没有对不住我。"

纪云禾不懂他为何说出这句话来。但将这句话听到耳朵里后，纪云禾霎时间想起了过去的种种，那些对长意的折磨、伤害，此时在这漫天星辰与人间灯火下，他却说……这人世间，没有对不住他。

纪云禾也沉默片刻，随即勾动了唇角："长意，你太温柔。"

第十七章

癫狂

"我终于捏好了我的木偶们,是时候带他们出去走走了……"

孔明灯在北境的夜空摇曳了一整晚。

纪云禾与长意举行完了仪式,吃过了再简单不过的"宴席",与众人喝过了茶,便放走了大家,因为空明、瞿晓星和洛锦桑他们身上都还有各自的事情要忙,连睡觉的时间都不够,哪里还能多留他们来聊天。

送走了众人,长意与纪云禾回到属于他们的侧殿之内。

纪云禾梳洗了一番,回过身来,又看见长意坐在床边握着他的喜服衣角,指尖轻轻在鱼尾巴上摩挲。他的指尖轻柔,目光也十分温软,将纪云禾看得心头一酸。

她走到长意身边,未曾坐下,站直身子,便轻轻地将长意的身体揽了过来。"抱抱。"她道,一边说着,一边摸了摸长意的头发。

长意一怔,便也松开衣角,抱住了纪云禾的腰,他的脸贴在她的肚子上,正是最柔软的地方,也是最温暖的地方,让他感觉自己周身的酷寒都在因纪云禾而退去。

两人静静相拥,彼此无言,却已胜过了千言万语。

过了半晌,长意才轻声开口道:"我没有失去鱼尾。"

"嗯？"

"在这里，你是我的鱼尾。"

他的脸轻轻在她肚子上蹭了蹭，纪云禾心尖霎时间柔软成一片，纪云禾也更紧地将他抱住："你也是我生命的一部分。"

长意闭上了眼睛，将纪云禾抱得更紧了一些："嗯。"

这一夜或许是北境春天以来最温暖的一夜……

因为纪云禾有些难以入眠，所以长意在她耳畔哼响了鲛人的歌曲。他的低声吟唱，宛如来自万里之外的大海，时而犹如海浪，时而又如清泉，他的声音让纪云禾渐渐闭上了眼睛。

她离现实越来越远，却离梦境越来越近，在梦境之中，混着长意的歌声，纪云禾仿佛看到自己又站在了十方阵的阵眼旁边，她拉着长意带着期冀与向往，跳入漆黑的水潭中。好似这眼前的黑暗退去，明日醒来，看到的便是一个春花遍地、再无阴霾的天地。

纪云禾在长意的歌声中睡着了，她的嘴角微微勾着，似乎正做着一个不错的梦。

长意的歌声渐渐弱了下去，终于，他闭上双唇，歌声静默，显得这侧殿有些空旷寂寞了起来。

他借着外面洒到殿内来的月光，看着纪云禾唇角的弧度。

她的微笑似乎感染了他，让长意也微微勾起了唇角。他抬起手来，想去触碰纪云禾唇角的那一丝温暖的弧度。但当手指放到眼前，长意才看见……他的指尖已经被冰霜覆盖，带上了一层浅薄的白色，冰霜凝固，像是长在他手指上的冰针，看着便觉得有刺骨的寒意，若是触碰到纪云禾的脸，这些针尖怕是能将她的皮肤刺破。

长意收回了手，他这几天都没再感觉到身体有多冷了。

为了不让纪云禾看出他的异常，他找空明要了一种药草，药草能让他周身麻痹，感觉不出疼痛。虽然病没治好，但总是不耽误他成亲的。

长意认为，他以后陪伴不了纪云禾多长时间了，那么在能陪伴她的时间里，就尽量美好一点吧。

就像今晚的夜空。

是这个人世给他和纪云禾，最好的礼物。

长意放开了纪云禾，他蜷缩在纪云禾身边，尽量不让自己的身体挨着她，他怕自己周身的寒冷将她从美梦中唤醒。他想看着纪云禾保持着

第十七章 癫狂

微笑，直到他失去意识的最后一刻……

翌日，未及清晨，纪云禾便又睁开眼来。

虽然是婚后的第一天，但任务也依旧要继续，之前便迟到过一日，纪云禾心道下次绝对不再迟到，但她坐起身来，动作轻柔地下床穿衣，却在一回头要与长意道别之时愣住了。

长意所躺的那块床榻，四周结冰，独独在纪云禾方才所卧之处没有冰块，因为她周身火热，所以寒冰未侵。但长意……已经被覆盖在了冰霜之中。

纪云禾只觉浑身失力，呆呆地看着长意，忽然间，耳畔传来"吱呀"一声，殿门被人推开，将坠入梦中的纪云禾惊醒，纪云禾怔怔地看着从门口走来的人。饶是在如今的情况下，她也不得不惊讶地张了张嘴："你……是如何来的北境？"

来人身影在逆光之中，一片静默……

北境还是一如既往地为了新的一天繁忙起来。

纪云禾从侧殿推门出去，饶是她身体中带着九尾狐的妖力，体温更比常人灼热，此时站在阳光之下，她的周身也散发着阵阵寒气。

纪云禾在阳光中静静站了会儿，等着身上的白雾慢慢散去，随后抬起头来，深吸一口气，她迈步向前走去。

身后殿门紧闭，偌大的驭妖台，好似空无一人一般寂静清冷。

纪云禾独自一人走到了主殿之上，此时主殿上已有不少人在向空明呈上书信。纪云禾这才知道，为什么今天长意耽误了这么久没出现，却一直没有人来找他，原来这个大尾巴鱼早就将自己的事情安排得妥妥当当的。

他早就将自己的权力移交了出去，不管他在哪一天陷入沉睡，北境的事务都不会因此受到任何耽搁。

她等殿中的人处理完事务退了一拨下去，才走进殿内，对空明道："空明，有事要打断你一下。"

空明看了一眼纪云禾严肃的神色，神情当即也沉凝了下来，他将剩下的人屏退到殿外，问："他怎么了？"

"他被冰封了。"

空明双目一呆："为何如此快……"

纪云禾沉静下来继续道:"边界还有结界的桩子要打,我待会儿会先去边界,你且帮我将他的身体守着。"

交代罢了,纪云禾转身要走,空明却忽然唤住她:"你便只有如此反应吗?"

纪云禾脚步微微一顿:"我该如何反应?"

空明沉默片刻:"你是个心性凉薄的人,理当如此。"

纪云禾嘴唇微微张了张,但最终还是闭上了。她迈步离开大殿。

赶到边界,大家像之前一样,将其他工作都准备好了。并没有人来询问纪云禾为什么今天又来得迟了,每人都带着热情洋溢的笑看着纪云禾。

昨日里帮她梳妆的一个姑娘走了过来,带着些许好奇和娇俏对她笑道:"昨天怎么样?我们在边界都看到北境城里升起来的孔明灯了。"

纪云禾看着她脸上的笑意,将心中所有的情绪都吞咽了下去,她对面前的姑娘报以微笑:"是的,很漂亮。"她全然未提今天早上的事。

姑娘听她如此回答,更是喜笑颜开,将这个好消息传递了出去。

纪云禾继续完成自己的任务。

今天因为她来得太晚了,等到将结界的桩子打完,夕阳都已经快沉下地平线了。

忽然,有人猛地拉住了纪云禾的肩膀。

纪云禾的身体跟着那拽住她肩膀的力道往后一转,她眼前出现了雪三月气喘吁吁的脸。"找了你这么久,你还在这里磨蹭什么。"雪三月道,"跟我回去,鲛人有救,需要你的力量。"

纪云禾被雪三月拽着,跟着她走了好几步,她刚想与雪三月说话,便被雪三月打断了。

雪三月道:"有个叫姬宁的国师府弟子来了北境,他与空明认识,被人带来的时候,空明正在准备鲛人的后事,姬宁在国师府的时候,得知海外有一味奇珍异草,可以解鲛人法术反噬之苦。"

"三月……"纪云禾拉住雪三月的手,"我知道,是佘尾草。"

雪三月脚步一顿,她转头看向纪云禾:"你从何处知晓的?"

纪云禾顿了顿,思及今早见到的那个人影,她没有直言相告,只道:"机缘巧合。"她默了片刻,"我本来想今晚回去求你……"

"谈什么求不求。"雪三月神色好似没有什么波动。

而纪云禾知道,对雪三月来说,要用佘尾草救长意这个决定有多么难做。

"姬宁将方法告诉了林昊青,现在林昊青施了阵法,要将佘尾草之力渡入长意身体之中,但是长意身上的坚冰凝聚太快,阻挡了佘尾草进入。待你回去,将长意身上的坚冰融化,药草进入鲛人身体,即可助鲛人苏醒。"

纪云禾沉默地看着雪三月。

"离殊早就死了。"雪三月说着,声音听不出情绪。

"别露出这个表情。"雪三月拉着纪云禾继续向前走,"现在的离殊,是我的念想,但你的鲛人不是,他是一条命。"

纪云禾垂下眼睑,她嘴角颤抖,喉头几次起伏,最终脱口而出的,也就只有两个字:"多谢……"

纪云禾活到这个年纪,经历这些风波,说出口的话越来越少,但心中却因为经历的复杂,而拥有了更多的感触。甜更甜,涩愈涩,感动动容,也越发难以忘怀。

"你我不必言谢。"

这大概就是所谓的……生死之交。

一路急行,赶回北境。

纪云禾与雪三月踏入侧殿。此时的侧殿之内,相较于早上纪云禾离开的时候,空气更加寒冷,冰霜铺了遍地,还在往外延伸,仿佛又将这一方天地拉回了寒冷的冬月。

空明在门边守着,见两人回来,眉头一皱:"快些。"

纪云禾脚步更急。

两人一入门,便看见林昊青坐在长意床榻边,而离殊站在床边。在长意与离殊心口上连接着一道光华,但光华却未触到长意身体,而是被他周身覆盖的坚冰抵挡在外。

林昊青双眼紧闭,额上冒着冷汗,他坐在一个发光的阵法上,一动不动。

"融化他胸膛前的坚冰即可。"雪三月道,"这只有你的黑色狐火能做到。"

纪云禾绕过林昊青，在长意身旁跪坐下来，她的手放在长意的心口之上，看着冰层中长意的面庞，纪云禾闭上眼睛，她身后九条尾巴在房间里展开。

狐火的出现，让房间里的温度霎时间上升了些许。

纪云禾手中黑色的火焰燃烧，慢慢将坚冰融化，她的手掌越来越贴近长意的胸膛，被林昊青控制着的那道光华也跟随着纪云禾的手慢慢向下，一步一步更加靠近长意。

而光华越是往前延伸，离殊的面色却越是苍白，而后慢慢露出面皮之下那些缠绕着的藤蔓。

"他"本就不是人，"他"是佘尾草绕着离殊的遗物，循着那气味长成的人形模样。

佘尾草的灵气被林昊青尽数拔出，留在离殊身上的不过只剩下一些枯藤而已。

雪三月见纪云禾专心融化坚冰，过程顺利，她没有过多担心，一回头，这才看见了她的"念想"，此时已成了一片枯藤。

雪三月眸色微微一黯，她看着佘尾草藤蔓的中心……在那根根藤蔓缠绕的地方，是离殊留下的一个红色的玉佩。

那是离殊以前一直佩戴在身上的玉佩，在离殊血祭十方阵前不久，他才将那玉佩送给了雪三月。仿佛是他对自己的离去有了预感一样……

她让佘尾草围着玉佩长出了离殊的模样，一开始，她以为自己能一直分清楚佘尾草和离殊的差别，但是到后来，与假的离殊在一起久了，偶尔她也会恍惚，真真假假，让她也难以去分辨……

甚至有的时候，对她来说，佘尾草长成的离殊，只是不会说话而已……

雪三月眸中带着些许悲伤，抬手想去触摸枯藤之间的那个血红玉佩。却在忽然之间，当她的手指触碰上那玉佩的时候，闭目施法的林昊青蓦地眉头一皱。

从离殊心口连出来的那道光华霎时间收了回去，纪云禾怔住了，她好不容易才将长意心口的坚冰融化到最后一层，眼看着即将成功，那佘尾草的灵气竟然跑走了！

但纪云禾不敢动，她若是抽出手，这坚冰恐怕又得马上凝固。纪云禾一抬眼，见林昊青也醒了，他坐在阵法之上，未敢移动分毫，只对雪

第十七章 癫狂

三月道："佘尾草有灵性，它想跑，抓回来！"

雪三月一愣，但见被林昊青从离殊身体里抽出来的那股灵气在空中狂乱飘舞，它发出犹如孩童一样声声尖厉刺耳的叫声。

它在空中乱撞着，但因为根部连在那血红的玉佩上，所以根本跑不远。

佘尾草有灵性……

"我不要去给他疗伤！"佘尾草在空中对着雪三月尖锐地嘶吼着，"我是离殊啊！三月！我是离殊！"

雪三月犹遭当头一棒，她立即怔住。

"它在骗你，离殊已经死了。"林昊青道，"烧了这藤蔓之体，让它无处可去。"

"它会说话……"雪三月怔怔道，"它会说话……"

"佘尾草根本不是活物，它和附妖一样，不过是一些情绪杂糅的形状而已。"

"可它会说话。"雪三月看着面前挣扎的那道光华。

光华在嘶吼着，佘尾草的根部开始慢慢地想要从那块血玉上退去。

"它不是离殊，也不是妖怪，只是意念，它有灵力，所以能长成你故人的形状，但它和牲畜本无差别，雪三月，救鲛人必须要它。"林昊青厉声道，"冰封越久越难苏醒，快！"

林昊青最后的话同时打在纪云禾与雪三月的心口。

在佘尾草的嘶吼之中，雪三月倏地回头，看向纪云禾。

纪云禾一身黑气四溢，身后的九条尾巴无风自舞，对现在的纪云禾来说，一边融化长意心口的冰，一边分点妖力出来抓住那活蹦乱跳的佘尾草根本不是难事，但纪云禾没有这样做。

她看着雪三月，与雪三月四目相接。

雪三月如何会看不懂纪云禾眼中的情绪。

能成多年的好友，是因为她们是那么了解彼此的人。

纪云禾尊重她的选择。

对纪云禾来说，她是要救她爱的人。但对雪三月来说，却是要"杀"她爱的人……纪云禾不会催她，也不会逼她。她在静静等着雪三月自己的选择。

是救，是放弃，全在她的一念之间……

佘尾草的嘶吼在空中丝毫没有停歇,那些连接着血玉的根部在一点点地抽离。

雪三月回过头来,看着空中飘舞的光华。"我是离殊啊!"佘尾草大喊着。

"离殊"两个字,足够成就雪三月过去很多年的回忆。那些相遇、相识、陪伴、守候都历历在目,驭妖谷的花海,那些亲密的拥抱与吻都仿佛还在昨日。

雪三月静静地闭上眼睛。

海外仙岛奇珍异草繁多,但她在外这么些年,只遇到了一株佘尾草。人人都说她是因机缘而得,这一株毁掉之后,或许她再也找不到再见离殊的机会。

但离殊……离殊与她,本就不该有再见的机会了。

在离殊血祭十方阵的那一日,他们就该告别了。是她强留着过去,拉着没有离殊魂魄的躯体,强留在这人世间……

这样的日子,也总是该有个头的。

雪三月睁开双眼,一把抓住在空中狂舞的光华,在那声嘶力竭的尖叫之中,她以法术挟持着那光华,让它不得不再与长意的胸膛连接起来。

林昊青继续启动阵法,纪云禾彻底将长意胸口上的冰层融开,终于,那光华触及了长意的胸膛,在一声尖厉的叫声当中,雪三月一抬手,指尖燃出一丝火苗,她没有回头,手往"离殊"身上一甩。

火苗悠悠飘去,点燃了那枯藤纠缠出的人形。

火焰登时从血玉周围烧开。

再无退处,那光华只好钻进了长意的心口之中,终于,彻底消失。

而在长意心口处,一道光华散开,在没有纪云禾法术帮助的情况下,长意身上的坚冰开始慢慢融化,冰块分裂,有的融成了水,有的径直落在了地上。

长意眼睛还没睁开,他的睫羽却轻轻颤抖了两下,指尖也似无意识地一跳。

纪云禾看着他的脸颊,一时间竟然不知道该用什么样的表情去面对。

这一天之内,大悲大喜,让她有些应接不暇。她抬起头,望向面前

第十七章 癫狂

的雪三月。

在雪三月的身后，那佘尾草藤蔓做的离殊身体已完全被燃烧成了灰烬，血红色的玉佩落在一片黑灰当中，显得尤为醒目。

纪云禾与雪三月相视，却未笑，两人神色都十分复杂。"三月……"

"我说了，别露出这副表情。"雪三月道，"你的感谢我在路上就收过了。"言罢，她转过身，将地上的血红玉佩拾起，随后头也没回地离开了房间。

纪云禾垂头，看向床榻上静静躺着的长意。

"这个人世，真是太不容易……"纪云禾轻轻抚过长意额上的银发，长意的眼睑又是微微一动。

林昊青站起身来，道："早些让鲛人的身体康复吧。"林昊青看着纪云禾，"我花功夫救他，是因为这个人世接下来需要他。"

纪云禾转过头，看向林昊青。

林昊青神色凝重道："顺德公主北上的时间，恐怕快了。"

纪云禾心头一沉。林昊青离开之时，殿外急匆匆赶来一个人，却是纪云禾许久未见的姬宁。

经过这一场繁复的风波，稚嫩的少年已经成熟了不少，当初他离开北境回京师时，眼中还有对未来的迷茫和对自己的怀疑，而现在，纪云禾在他眼中看不到这样的情绪了。

短短的时间里，他二入北境，这个国师府的小弟子经历过姬成羽的死亡，好像忽然之间长大了。

"阿纪，"姬宁还是如此唤纪云禾，"顺德公主已经疯了……她用法术捏出了许多傀儡，而后又用傀儡杀人……京城里的人……"言及此处，姬宁的神色还是有几分颤抖，他深吸一口气，"都死了。他们……都变成了顺德的提线木偶……"

纪云禾沉默片刻，她肃容问道："有多少？"

"数不清……"

"她能操控多少？"

"都能操控……那些傀儡……成千上万，都听她的。我好不容易才从京师逃出来……"

眼见提及此事，姬宁浑身都开始不由自主地发起抖来，纪云禾拍了拍他的肩，安抚道："先别想了，你在北境先休整片刻……"

"我还带着一个朋友过来。"

言及此事，纪云禾笑了笑："你的朋友我今早见过了，感谢你带他来。"

空荡荡的京师皇城大殿里，四处都积满了灰，顺德赤脚站在平整又布满尘埃的大殿里。

"啦啦啦……"她哼着歌，心情颇为愉快地在地上快步走过。及至快要登上最上方的龙椅，她忽然一转身，向身后伸出了手："朱凌，快过来。"

顺德的指尖连着一条青色的丝线，丝线在顺德身后连着一人的眉心。

已被大国师杀死的朱凌竟然又"活"了过来！

他依旧身着过去的那件玄甲铁衣，往顺德这方走来。只是他表情呆滞，面上带着毫无生气的乌青之色，眉心的丝线牵在顺德公主指尖，顺德公主动动手指头，他就往前面走上一两步。

他手臂的皮肤泛着淡淡的青光，一直顺着顺德的丝线，坐到了那蒙了尘的龙椅之上。

顺德看着朱凌，嘴角一弯，眉开眼笑。"你看哪，这朝堂都是本宫的了。"她道，"本宫让你坐，你便可坐，本宫想让谁坐，谁就可以坐。"

她说着，又动了动另一个手指，在她指尖连接的丝线上，姬成羽赫然踏了出来。

与朱凌一样，他浑身皮肤也泛着青光，眼神呆滞，眉心也连上了一根青色的丝线。

"本宫记得，你们以前是很好的朋友，他哥哥叛出国师府，去做了个和尚，他在国师府受尽欺凌，还是你帮了他。后来，你救了本宫，也被毁了脸，其他人都怕你，他却日日来看你。你们的情谊犹如兄弟，这皇位，便一同坐罢。"

顺德说着，勾勾指尖，让姬成羽挨着朱凌在龙椅上坐下。

"这多好。"顺德唇角扬起，笑容诡异得令人胆寒，"如果这天下人都这么听话，该多好。"

她一转身，往殿外走去，赤脚踩过地上的尘埃。

宫城之中，一片死寂。

地上的尸体与断木显示着这个地方之前经历过的混乱。

顺德深吸一口气，她一抬手，青色丝线往下一拉，一只黑色的乌鸦被拽入顺德手中："来，乖，快告诉本宫，北境那边都有些什么消息？我终于捏好了我的木偶们，是时候带他们出去走走了……"
…………

随着纪云禾打下最后一个结界的桩子，黑色狐火在阵法的辅助下烧成一根直通天际的巨大狐火火炬。

在黑色火焰边缘，橘黄的火焰依次展开，在北境南方竖起了一道坚不可破的火焰城墙，将晚霞退去，渐渐黑暗的北境照亮。

北境边界的火焰城墙之高，上达天际，城墙之间，唯有玄铁铸就的大门可以打开。

不日，北境所有主事者在大殿的会议之后，终于下达了禁止难民再入北境的指令。北境向南的十数个关口悉数将大门关上，一时间，边界之外，哀鸿遍野，疮痍满目。

与此同时，长意并没有真正地清醒过来，他一直在保持沉睡。

空明等人竭力瞒下长意沉睡的消息，唯恐扰乱军心。

几人见过姬宁，从姬宁口中得知了一个至关重要的消息——此前在北境爆发的雷火岩浆，或许是顺德的克星。

顺德五行为木，她所吸食的青姬与大国师的力量也皆为木之属性。火之法术最为克制她。而雷火岩浆更是天下炎火之最，可灼万物。

纪云禾得知此事之后，带着林昊青与空明去了北境城外。

在此前雷火岩浆喷涌而出的时候，长意以法术凝出冰墙，阻挡了岩浆流入北境城中。岩浆冷却之后，黑色的石块裸露在山体之上，宛如群山之翼，围着蜿蜒的山体成了一条绵长的平台。

先前长意已经命人在上面建造了武器以做防御之用。

林昊青查探了一番山体上的岩石，登时眸光大亮："此石乃雷火岩浆凝成，制成武器，或可克制顺德用法术凝聚起来的傀儡。"

空明点头："我这便回去，让人抓紧采此岩石，制作武器。"

"北境山上可还有雷火岩浆？"林昊青问。

"嗯，此前岩浆喷涌之后，我曾派人去山上探查过，山上尚有一个洞口，内里炎热至极，翻滚着尚且裸露在外的岩浆。"

林昊青将手中雷火岩石握住，看着纪云禾道："你和这熔岩，或许

第十七章 癫狂

就是转圜这天下的生机。"

三人在山上探查了岩浆的位置。那处岩浆翻涌，离那洞口尚有十来丈的距离，他们就觉得非常灼热，皮肤似乎都要被灼伤了。雪山顶上的积雪终年不化，但在这火山口处，全是裸露的岩石，被灼烧得干裂，别说积雪了，连草木也未见半点。

空明与林昊青两人抵御不了灼热的气浪，被迫停在了十余丈外。纪云禾以狐火护身，对两人道："我先去洞口探查一下，看看地形。"

两人不疑有他，在原处静静等着纪云禾。

纪云禾的身影渐渐消失在翻滚的浓烟之中。

她一路踏到雷火岩浆旁边，灼热的气息让她难受至极。

但每当她觉得身体快要被这火焰撕开的时候，她心头总有一股若有若无的凉意将她的心脉护住。这个感觉纪云禾是有些熟悉的，当初，她被雷火岩浆灼伤，长意带着她去冰封之海疗伤，服下海灵芝的时候，便是这个感觉。

她摸了摸心口。

她尚且记得，此前在冰封之海，顺德将长意抓回京城的时候，她是吞下了一些海灵芝，强行离开冰封之海的。此后，海灵芝对她的身体并无什么影响，她几乎也已经忘了这个事，却原来到此时，海灵芝都还护着她吗……

纪云禾笑笑，她这一生受大海庇护可真是不少啊。

纪云禾握了握脖子上的银色珍珠。

她看向下方的雷火熔岩，翻滚的岩浆彰显着自然之力。

在这样巨大的力量之下，她是如此渺小与不堪一击……

她蹲下身来，用指尖静静地在火山口处画下了一个阵法。

…………

"为何去了如此之久？"纪云禾回来的时候，空明对她有些不满，"看看地形而已，竟耽误如此多的时间？"

纪云禾笑笑："我说我去雷火岩浆里洗了个澡，你信吗？"

空明白了她一眼，扭过头去，不欲与她多闲扯，林昊青却是眉梢微微一挑，颇为惊异地看向纪云禾："当真？"

纪云禾瞥他一眼："自然当不得真，雷火岩浆可灼万物，我要是跳进去了,你们怕是连白骨都捞不出来。"

"自然也懒得去捞你。"空明转身离开,"地形看清楚了吗?"

"嗯。"纪云禾道,"正正好一个圆,到时候,顺德从南方而来,若攻破边界,我便可将她引来此处。"

"你?"空明挑眉,"顺德公主可是继承了大国师的愿望,她现在想杀尽天下所有人,你如何知道,你引她,她便会来?"

纪云禾颇为得意地勾了勾唇角:"顺德是狭隘的人,她忘不了对我的恨意。"

…………

三人从山上回了北境城,但令人意想不到的是,在几乎没有人当值的侧殿,长意昏睡不醒的消息竟然在他们去山上的这短短半日里,犹如插了翅膀一样,飞出了驭妖台,传遍了整个北境城。

不管空明如何想要封锁消息,纵使在隔着火焰结界的情况下,这个消息还是传得天下皆知。

鲛人陷入了不明的沉睡之中。

这么多年以来,长意对北境的人而言,已不再仅仅是尊主那么简单了。尤其是在上次北境雷火熔岩之祸后,长意更被人们说成来自大海的守护者。

北境习惯了强大鲛人的守护。而现在,他们失去了这样的庇护。

北境的人们霎时间有些乱了起来。空明为此着急上火,怒而要查出从驭妖台中将消息传出去的人,对他来说,这意味着有内鬼在他也无法探查到的地方,这触及了他的底线。

他变得比以前的长意更加繁忙。洛锦桑忧心他的身体,但空明对其他人多少会控制自己的情绪,唯有对洛锦桑,他很少能控制住自己。

乐观如洛锦桑都被他骂得委屈至极。

是夜,侧殿之中。

长意依旧在沉睡,空明与洛锦桑前来议事,一进殿,看见给躺在床榻上的长意擦脸的纪云禾,空明就气不打一处来:"他不醒,你倒是沉得住气!"随后他又瞪向林昊青:"不是说佘尾草用了,他便可苏醒吗?如今这又是所为何故?"

林昊青看了一眼床榻上的长意:"他脉象平稳,为何沉睡不醒,我

第十七章 癫狂

255

也不知。"

空明揉了揉眉心，两日没合眼，让他神情十分疲惫。

旁边的洛锦桑直皱眉："你是秃驴又不是铁驴，你去睡觉，今晚别议此事了。"她说着就要去拽空明的衣袖，空明却略显烦躁地一把将洛锦桑拂开。

"别添乱。"他看也未曾看洛锦桑。

纪云禾见状，一挑眉，将气鼓了腮帮子的洛锦桑叫过来："锦桑，你来我这儿，我需要你。"

"哼！"洛锦桑对着空明重重哼了一声，随后气呼呼地往纪云禾身边走去。在她走过林昊青身侧的时候，林昊青的佩剑忽而一震。

林昊青将佩剑取出："思语来消息了。"

这剑是林昊青的妖仆思语的真身，他们在北境城中，思语一直在京师潜伏，将顺德的消息通过这样的方式最快地告知他们。

林昊青于地面画下阵法，他席地而坐，奉剑于双膝之上，他闭上眼。"思语……"他刚出口两个字，忽然，眉头狠狠一皱。他身下的阵法转而发出奇异诡谲的光芒。

这是从未有过的情况！

纪云禾与空明登时神情一肃。

洛锦桑也一时忘了方才的生气，紧张地询问："怎么了？"

没有人回答她，时间仿佛在林昊青越皱越紧的眉宇间凝固。

电光石火间，驭妖台外狂风平地而起，径直吹撞开侧殿的窗户，风呼啸着吹了进来，将屋中所有人的衣裳与头发都拉扯得一片混乱。

也是在此时，林昊青身下的阵法光华大作。

"找到你了！"

一道尖厉至极的女声刺入众人耳畔，所有人皆觉一阵头疼，捂住了耳朵。

纪云禾很快就辨别出了这声音："顺德……"她眉目沉凝，拳心握紧。

"找到你了！哈哈哈哈！"笑声伴随着风声，在屋中狂舞而过，将屋内所有器物尽数摧毁捣散。洛锦桑的内息比不上其他人，却是被这风中的声音激得喉头泛腥，呕出一口血来。空明立即抬手，将她揽入自己怀中，替她捂住耳朵。

第十七章 癫狂

纪云禾在狂风之中，手中结印，黑色狐火画出一圈阵法，封住被吹开的窗户，狂风霎时间在屋中停歇。

洛锦桑脱力地靠在空明怀中，望着空明忧心的眼神，洛锦桑咬咬牙，她逞强地坐起来，将嘴角鲜血一抹："我没事……"

另一边，纪云禾追到窗户边，听见那尖厉的声音在空中盘旋，狂笑不止："我很快就会来找你了。"

随着顺德声音的隐去，林昊青身下阵法的光芒也隐去，他身前的长剑忽然发出"咔"一声脆响，那剑身上竟然破了一条长口！

林昊青猛地睁开眼，他如遭重创，脸色苍白，汗如雨下，身体因为忍受着剧痛而微微颤抖着。

他将长剑握住，看着那剑上的破口，牙关紧咬，但终究未忍得住心间的血气翻涌，竟然"哇"的一口呕出鲜血来。

鲜血落在长剑之上，像是刚杀过人一样，触目惊心。

"顺德快来了。"过了良久，林昊青抹了一把嘴角的鲜血，"她发现了思语，通过她找到了我。"

"思语呢？"纪云禾问。

林昊青垂头看了一下手中的长剑。长剑之上，破开的口几乎将长剑折断。林昊青沉默地将剑收入剑鞘。

"做好应对的准备吧。"他起身离开，没有给予正面的回答。

纪云禾拳心微微握紧，却在此时，出乎所有人的意料，边界通天的结界陡然发出巨大的光芒，屋内的所有人不由得看向屋外。

外面天空都被边界的火光照亮，直到许久之后，众人才听到空中传来的一声沉闷的撞击之声，边界的结界宛如一道城门，而今……这道城门被撞响了……

"顺德……"林昊青捂住心口，望着火光染红的血色天际，"来了。"

第十八章 终 局

"我的夙愿,希望我终结这人世的混乱。"

顺德的到来完全出乎众人的意料。

外面的天空被烧得犹如血色。

空明眉头紧皱,立即便出了门,洛锦桑也连忙跟了上去。

没过多久,北境城中不少驭妖师与妖怪皆御风而起,集结着往边界而去。

纪云禾光是通过侧殿的窗户,便看见了外面不少御风而起的人,犹如雨点一般往边界而去。林昊青抹干净了嘴角的血,这才道:"慌什么。"他有几分自嘲地道,"这还只是她百里之外的力量呢。"

林昊青一言,使纪云禾神色更加沉凝,纪云禾望向林昊青:"她还在百里之外?"

"她借思语看到了我,我自然也看到了她。"林昊青道,"她现在虽在百里之外,但你我说话的工夫,或许她便到几十里外了。她五行为木,御风之术本就胜过他人许多,如今身体之中又有大国师与青姬之力,操纵天下之风,于她而言,也是易事。"

顺德公主还在北境边界百里之外,边界离这驭妖台又有百里的距

第十八章 终局

离，而刚才顺德竟然通过思语，看到了林昊青，而后操纵风起……

纪云禾扫了一眼屋中散落的物件，最后目光落在长意脸上："顺德的力量比我们预估的更加深不可测，结界是我打下的桩子，我得去边界。若结界破了，我也会诱顺德前往雷火之处。长意清醒之前，便由你帮我守着他吧。"

她说罢，转身要走，林昊青唤的是她的名字，却只看着床榻之上的长意，没有看她。

"莫要拼命。"

四个字，在这样的时刻脱口而出，这或许是林昊青与她说的最像家人的几个字。

纪云禾嘴角微微动了动："好。"

纪云禾踏步出了侧殿，身后九条黑色的狐尾在空中一转，她身影如烟，霎时间划过天际，融入外面的"雨点"之中。

林昊青走到还在床榻上的长意身侧，看着还闭着眼睛的鲛人。鲛人修长的指尖微微一颤。

林昊青道："她会没事的。"

颤动的指尖复而归于平静。

…………

纪云禾赶到边界的时候，看到了万万没想到的一幕。

她一直以为，顺德只有孤身一人了，却没想过，她竟然可以用法术造出属于她自己的一队傀儡大军……

在边界巨大的结界之外，难民已经不见踪影，触目可及的，皆是身上微微泛着青光的顺德的傀儡！

他们表情空洞，神情呆滞，每个人的眉心都连着一道青色的气息，遥远地引向南方的某一个点。他们像没有知觉的蚂蚁，听从蚁后的命令，前赴后继地往前行。

操纵他们的是木系法术，在触到高耸如云的火焰城墙之后，他们便立即被焚毁。

空气中，一时间弥漫的都是焚烧的焦煳臭味与飞灰。

纪云禾站在城墙之上，远远眺望而去，只见在那青色光芒的最终端，有一人还是一身红衣，她赤脚坐在数十人抬着的轿子上。

这一幕，让纪云禾霎时间想起了许多年前，她在驭妖谷第一次见到顺德的模样。

高傲，冷漠，生杀予夺皆在她手。

只是相比当时，她的形态更添几分疯狂。她在轿上饮酒，饮完了，便看似随意地把酒壶往前一扔，酒壶携着她的法术，远远飞来，重重撞在火焰城墙之上。

"轰"的一声巨响！

明明只是一个看起来小得不能再小的酒壶，却将火焰结界砸出了一个破口，整个结界重重一颤，只是下方的火焰很快又烧了上去，将上方的破口弥补。

结界之内的人无不惊骇。

顺德见状却是哈哈大笑了起来，她的笑声随着风，传遍北境旷野，令所有人心脉震颤。

她的轿子停在离结界百十丈之处，她一抬手，手中青线转动。

下方的傀儡们额间青光一闪，脚步慢慢加快，到最后竟然疯狂地跑了起来，他们一个接一个，不要命地撞上结界，宛如飞蛾扑火，一时间，结界下方一片尘土飞扬，飞灰腾起，遮天蔽日。

结界将所有的尘埃与混乱都挡在外面，但这些傀儡不要命地前仆后继，在还拥有一丝理智的人眼中，十分令人胆寒。

饶是这些驭妖师与妖怪手上都沾染过鲜血，也不由得汗如雨下。

这场战役与其他的战役不一样。任何战役的军士都是为求生，而顺德的大军却是为……求死。

渐渐地，他们人数太多，竟然一层搭一层，用尸骨与飞灰在结界之外累积成了一座山。

其高度几乎要漫过玄铁城墙。

"他们要死，那就让他们来。"纪云禾说着，在城墙上挥手下令。

结界之内，城墙之上，徐徐升起一股狼烟，紧接着，边界十数处城墙之上皆升起了烟，城墙旁便是纪云禾打下的结界桩子，黑色的狐火在里面烧成通天的巨柱。

纪云禾手中捏诀，脚下阵法光华一闪，光华如水滴平湖，层层波浪荡漾开去，没入大地。

黑色狐火转而升腾起两股狐尾一般的火焰，火焰飘在城墙之外，似

第十八章 终局

尾又似两只巨大的手,在结界之外横扫而过,将扑上来的傀儡尸首堆积的尸山尽数抚平。

黑色火焰呼啸着在地上横扫而过。

而纪云禾捏诀之时,却让那一端的顺德看见了她。

遥隔百丈,顺德眉眼一沉。

她在那巨大的轿子之上站了起来。

风声从她身后呼啸而来,拉动她的衣袂,顺德轻描淡写地从身边的人背后取了一根羽箭下来,没有用弓箭,她握着羽箭,宛似在玩一个投壶的游戏。

而她的"壶",却是百丈之外,结界之内的纪云禾。

顺德一勾唇角,手中羽箭随风而去。

箭如闪电,让人根本来不及反应,眨眼间,它便已经破开重重飞灰,刺穿不知多少傀儡的尸体,径直杀向结界之后的纪云禾。

城墙之下的黑色火焰飞舞过来,似要将羽箭挡下,可在它靠近羽箭之前,便被随箭而来的巨大气浪推散。

箭穿过黑色火焰,在火焰中留下一个圆形的空洞,空洞的背后是顺德倨傲的笑容。

羽箭尖端被火焰结界挡住。

"咔"的一声,巨大的光华之后,羽箭灰飞烟灭,同时也将纪云禾身前的火焰结界打碎。

火焰结界震颤不已,外面的飞灰通过这个破口飞了进来。

就在这眨眼的时间里,那些不要命的傀儡便爬上了城墙,从这个破口间钻入。这不用纪云禾动手,身旁的驭妖师已经将他们解决了。顺德公主这一箭虽然厉害,却未动摇结界根基,下方的火焰很快又烧了起来,将破口修补。

而纪云禾的神色却微微沉了下来。

"结界挡不住她。"纪云禾对身边的空明道,"这些傀儡是依她的法术而生,只要杀了顺德,这些傀儡便皆可消失。但这里,不是与顺德一战的地方。"

空明转头看纪云禾:"你待如何?"

"待会儿露个破绽,让她来追我。我将她引去雷火岩浆处,你们只要挡住这些傀儡,不要让他们趁机踏入北境即可。"

261

"没问题。"

话音刚落，远方的顺德又拈了三支羽箭，这一次，她的箭未向纪云禾而来，而是分别落在了火焰结界上三个不同的地方。

结界应声而破，沉重的轰鸣犹如战鼓擂响，宣告着两军短兵相接的开始。

顺德三次抬手，扔了九支羽箭，傀儡从结界破口钻入。

纪云禾不再犹豫，径直从其中一个破口之中主动跃出，黑色的狐尾立在空中，比其他人都要醒目。

顺德自然也看见了她。顺德一眯眼，风自手边起，她以法术混在手中的羽箭之上，向纪云禾所在的方向狠狠掷了过去。

纪云禾不躲不避，九条尾巴在身后转动，待羽箭前来，只听一声厚重的声响，犹如一记天雷。

顺德唇角一扬，还未完全勾起，在纪云禾那方便忽然聚起一团黑色狐火，狐火以迅雷不及掩耳之势裹挟着她的法术与羽箭，竟又从那方扔了回来！

火焰擦过顺德耳边，将她身后为她抬轿的傀儡灼烧干净。

火焰又摩挲着地面，旋转而去，及至最后，一路灼烧，将顺德身后的傀儡全部烧成了飞灰。

顺德看着身后的一片焦土，再回过头来时，盯向纪云禾的目光里已是满满的杀气。

而在纪云禾身后，她此一击无疑是大大地鼓舞了士气，北境的人们高声呼喊着，举起武器，奋勇杀敌。

纪云禾没有回头，她只盯着前方的顺德。

果然不出纪云禾所料，她此举刺激了顺德！长风涌动，顺德身影飞上前来，她的速度比纪云禾想象中的更快！只一击，便将纪云禾击入结界之内！

结界的火焰虽然不足以伤到纪云禾，但这一击的力道却径直让纪云禾嘴角流下血来。

"你算什么东西？"顺德立在空中，她周身被青色的法术包裹，她就站在那火焰结界之中，任由火焰在她身边冲击，却伤不了她丝毫！

城墙之上，其他人无不惊恐。空明面色沉凝，他下意识地将身侧的洛锦桑护住，但一转头，却不知洛锦桑去了何处。空明没时间分心找洛

第十八章 终局

锦桑，只得戒备地盯着上方的顺德。

大国师与青姬之力，到底是过于强大，在绝对力量面前，他们打下的结界桩子，所做过的那些努力，好似都变成了一个笑话。

火焰中，顺德周身艳红的衣服翻飞，头发披散，她声音尖厉，宛如一只来自地狱的恶鬼："本宫早该将你杀了。"

纪云禾一笑，站起身来："只可惜，你一直未能如愿，现在也是。"

纪云禾的话令顺德更加愤怒，长风一过，便杀向纪云禾，纪云禾却御风而起转身要逃。

"想走？"顺德向着纪云禾追去。

顺德离开，追着纪云禾去了北境雪山之处。

而顺德破结界而入，使得其他的傀儡尽数翻越结界，冲入了边界之中。

短兵相接之间，一切都变得十分混乱。

"洛锦桑！"空明高声呼唤着洛锦桑的名字。他早让她不要跟过来，此前在驭妖台侧殿的时候，她便被震伤了心脉，以她的力量，能杀多少人？

"真是会瞎添乱！"空明一咬牙，忽然之间，一道剑自身后劈砍而来。空明一回头，抬手挡开来人，却在看见来人的脸时陡然愣住。

姬成羽……他的弟弟。

他已经有许多年未曾见过姬成羽了。数不清几年，抑或十几年。他离开国师府的时候，曾想过，有朝一日，他们或许会站在对立面。但从没想过，会是以今天这样的形式。他将面对一个已经死掉的，被操控的姬成羽。

空明愣愣地看着他，却在此时，姬成羽忽然动手，他动作变得比空明想的要快很多，长剑穿胸而来，空明在愣怔之际，四肢反应迟钝，避无可避。忽然之间，姬成羽的剑尖停在了他胸口前一寸的地方。

空明愣神，却见姬成羽的剑尖上渗出了几滴鲜血。

鲜血顺着寒剑流淌，随后一滴一滴，在空明身前滴落在地。

一片空地上，一个人影出现。是隐身了的洛锦桑。

"我……我可没有添乱。"

身后城墙边上的黑色狐火一扫而过，将城墙上的傀儡尽数拍散。空明抱着洛锦桑蹲下，他帮洛锦桑按住胸前的伤口。

"闭嘴。"

他握紧了她的肩头。

"我本来是要去帮云禾的，但你比较笨，就先救你吧……"饶是到现在，洛锦桑还是絮絮叨叨道，"我现在是你的救命恩人了，你得讲道理，以后……要报恩，可是要……以身相许的。"

空明牙关紧咬，平日里的冷静尽数都被打破："你闭嘴。"

她胸口开了个洞。

"你许不许？你不许，我就这样疼死算了，你许，你许我就努力忍一忍。我……"洛锦桑还要絮絮叨叨地继续说。

空明恶狠狠地给她摁住胸口的伤，忍无可忍地骂她："你胸膛破了个洞！你能不能闭嘴！我许！你给我闭嘴！"

得偿所愿，洛锦桑咧嘴笑了笑："那你就答应了，等打完了这场仗……你就娶我……"她声音渐小，眼睛慢慢闭上。

空明只觉喉咙霎时间被人擒住，连呼吸都十分艰难，每一口气，都呼得生疼。

他握住洛锦桑的脉搏，微弱……但万幸，还在。

边界天边的红光已经亮成一片，在北境也能将那方看得清清楚楚，那空气中焦煳的味道似乎已经随风蔓延到了此处。

驭妖台中，林昊青看着远方的红光，眉眼之下一片阴影。

"为何还没醒？"姬宁的声音从林昊青身后传来，他在长意床边焦急地来回踱步。

"顺德来得太快了。"林昊青道，"出乎所有人的意料。"

姬宁蹲下身去，侧着脸看向长意的颈项处。

在他颈项边上，细小的白色阵法在银发之间轮转。若不是从姬宁这个角度看去，寻常根本看不见。姬宁轻轻一声叹息："这阵法何时才能发出光华啊……"

林昊青亦是沉默。

"等吧。"

姬宁转头，目光越过林昊青的身影望向外面红成了一整片的天空："我们等得到吗？"

林昊青没有再回答他。

…………

第十八章 终局

纪云禾答应过林昊青,不拼命。

但她食言了。

只因顺德如今的力量已经超过了他们之前所有的预判。大国师与青姬,这两人的力量或许一直以来都被人低估了。纪云禾光是为了吸引顺德来到雷火岩浆处而不被她杀掉,便已经用尽了全力。

等到了雷火岩浆的雪山边上,纪云禾已被这一路以来的风刃切得浑身皆是伤口。她借着熔岩口外的滚滚浓烟暂时掩盖了自己的身影。

她以法术疗伤,却恍惚间听到身后脚步一响。

纪云禾回过头,却见顺德周身附着一层青色光芒,踏破浓烟,向自己走来。

"本宫还以为你有何妙计,原来是想借助这熔岩之地,克制本宫?"她轻蔑一笑,"天真。"她抬手,长风一起,径直将这山头上的浓烟吹去。

风声呼啸间,纪云禾衣袂翻动,发丝乱舞,她与顺德之间终于连浓烟都没有了。

十丈之外的熔岩洞口清晰可见。

两人相对,时间好似又回到那黑暗的国师府地牢中。那时候地牢火把的光芒一如现在的熔岩,将两人的侧脸都映红了,宛似血色。纪云禾曾听说,自她被长意救出国师府后,顺德便开始惧怕火焰,但现在,她没有了这样的惧怕。

顺德看着自己的手掌,五指一动。纪云禾没看见,但她能想到,边界之处定是又起了风波。

她道:"本宫如今,何惧天地之力?"

纪云禾抹了一把唇角的鲜血,她坐在地上,一边调理内息,一边故作漫不经心地看着顺德,道:"话切莫说太满。天地既可成你,亦可亡你。"

顺德勾了勾唇角,随即面容陡然一冷,宛如恶鬼之色:"你先担心自己吧。"

她来之前,早得到了消息,鲛人沉睡,北境上下唯剩这纪云禾方可与她相斗。杀了纪云禾,她的傀儡大军便可入侵北境,端了这些逆民,将他们也收入自己麾下。彼时,这天下便再无可逆她鳞者!

顺德想到此处,眸中的光华彻底凉了下来,带着些许疯狂,在手中凝聚了一把青色光华的长剑:"纪云禾,本宫对你的期待,远比现在要高许多。未承想你竟然如此不堪一击。这九尾狐之力，你若拿着无甚用处，便也给本官吧。"

话音未落，顺德忽然出手，她的攻势比刚才更快，纪云禾侧身一躲，却未曾躲过，她右肩再添一道渗入骨髓的重伤！

身后的狐尾化为利剑，趁着顺德的剑还停留在她身体中的时候，她欲攻顺德心脉，但顺德却反手一挑，径直将纪云禾的整个肩膀削断了！断臂飞出，落在离雷火熔岩洞口更近的地方。

鲜血还未淌出便瞬间被灼干，那断臂不过片刻就立即被高温烧得枯萎成了一团。

纪云禾咬牙忍住剧痛，面上一时汗如雨下。她的狐尾未伤到顺德，但舍了一臂却让她得以在此时逃生。她断臂之上的鲜血与额上的冷汗滴落在土地上，登时化为丝丝白烟。

纪云禾浑身颤抖，但她未曾面露惧色。

而这一击却让顺德心头霎时间一阵畅快舒爽，她咧嘴疯狂一笑："本欲一刀杀了你，但本官改主意了。就这样杀了你有什么意思？本官将你削为人彘，再把你投入那岩浆之中，岂不更好？"

顺德疯了。

她的所言所行，无不证实着这句话。

身体的剧痛让纪云禾无心再与她争口头之快，她转过头，望向雷火岩浆之处，又往后退了几步。

在方才的争斗之中，她离雷火岩浆的洞口越来越近，及至此时，还有三五丈便能到熔岩边缘。

顺德一步步向纪云禾靠近。她看着纪云禾苍白的面色，神情更加愉悦。但她并不全然不知事。她看出了纪云禾移动的方向，手中长剑一划，纪云禾身后忽起一股巨大的风。

失去一臂的纪云禾根本无法与此力相抗，她被风往前一推，下一瞬，她的脖子便被顺德掐在了手里。

顺德看着纪云禾的脸，手中长剑变短，化作一只匕首的模样："你说。"顺德眼中映着熔岩的红光，让她宛如一只从炼狱而来的厉鬼，她说着，手便已经抬了起来，在纪云禾脸上划下了长长的一道伤口，从太阳穴一直到下颌骨，鲜血流淌，染了她满手，这鲜红的颜色，更让她兴奋起来。

第十八章 终局

"本宫是先刺瞎你的眼睛,割了你的耳朵,还是先将你的手指一根一根地切掉?"

出人意料的是,纪云禾在此时唇角却弯起了一个弧度。

她满脸鲜血,身体残缺,濒临死亡,而她眸中的神色,还有嘴角的不屑,都在告诉顺德,即便是此刻,她也未曾惧她,更不曾臣服于她。

"你真可怜。"纪云禾道。

顺德眼眸之中的满足一瞬间被撕碎了。

她神色变得狰狞,五指一紧,狠狠掐住纪云禾的脖子:"本宫还是先割了你的舌头吧。"

她抬起了手。

与此同时,雪山之下,驭妖台中,侧殿里的床榻之上,一道白色的光华蓦地在长意身上一闪。

那颈项之下,银发间的阵法轮转。

气息沉浮之间,冰蓝色的眼瞳忽然睁开。

而雪山之上,雷火岩浆不知疲惫地翻涌滚动,洞口之中,忽然发出一声沉闷之响,岩浆迸裂,从洞口之中跳跃而出,裹挟着新的浓烟,铺洒在周围地面。

一股不受顺德控制的灼热气浪荡出,温度炽热,让在法术保护之下的顺德都不由得眯了一下眼睛。

而就在这眨眼的一瞬间,时间好似被拉长了,白光自熔岩之后破空而来,一把冰锥般的长剑从纪云禾耳边擦过,直取顺德咽喉!

冰锥轻而易举地刺破顺德的法术,在顺德毫无防备之际,一剑穿喉。

顺德霎时间松开手,踉跄后退数步,捂着咽喉,面色发青,但鲜血尽数被喉间冰剑堵住,让她说不出话,甚至也呕不出血来。

而纪云禾则被一人揽入怀中。

银发飞散间,纪云禾看着来人,带血的嘴角扬起满满的笑意:"你醒了。"

冰蓝色的眼瞳将纪云禾脸上的伤,还有肩上的残缺都看在了眼里。

长意眼瞳震颤,唇角几乎不受控制地一抖。浑身寒意几乎更胜此前被冰封之时。

"我没事。"纪云禾紧紧盯住长意,她尚余的手将他的掌心握住,宽慰道,"你知道,我没事。"

看着纪云禾眼中的镇定之色，长意此时闭了闭眼，方忍住心头锥痛。等他再睁开眼睛的时候，面上已是一片肃杀，他看向顺德。

面前，红衣公主委顿在地，她喉咙间的冰剑让她剧痛，冰剑不停地消融，却没有化成冰水落在地面，而是不停地顺着顺德的皮肤往外扩张，不过片刻，便将顺德的脸与半个身体都裹满了寒霜，哪怕是在这灼热之地，她身上的霜雪也半分未消。

长意将纪云禾护在身后，他上前两步，看着捂着喉咙不停地想要呼吸的顺德。

他本是大海之中的鲛人，与这人世毫无干系，却因为这个人的私欲，一路坎坷，走到现在。

及至冰剑完全消融，化作冰霜覆盖了顺德周身。

顺德方仰头，嘶哑着嗓音看着长意："你……不可能……为何……"

长意根本没有与顺德说任何废话，抬手之间，携带着极寒之气的冰锥再次将顺德穿胸而过，与之前的冰锥一样，它也不停地消融在顺德的身体之间。

"你没有……如此……之力……"

顺德的身体欲要再起青光，长意眉目更冷，一挥手，在四周灼热干渴之地竟然冒出一股极细的冰针，将顺德的四肢穿过，使她根本无法用手结印。

纪云禾站在长意身后，看着他颈项之处的阵法光华，微微动容。

"这才是我的本来之力。"长意看着全然动弹不得的顺德道。

"为什么……"顺德极其不甘，看着长意，咬牙切齿，"为什么！"

"鲛人的沉睡，本就是个局。汝菱，你到底还是看不穿。"这声音自浓烟另一头传来时，顺德霎时间便愣住了，她僵硬地转过头，却只见白衣白袍的大国师缓步而来。

大国师的神色是一如既往地清冷。

即便在这血与火之中，他的面色也未改分毫。

看着大国师，顺德神色更是震惊："不可能……我将你关起来了，我……"顺德一顿，她在离开京师的时候，算计了所有，却未曾去牢中看上一眼。她笃定，她是那么笃定，大国师肯定已经废了……

但他……他竟然来到了北境，他竟然助纪云禾与长意他们……杀她？

第十八章 终局

姬宁来北境的时候，便是带大国师一同来的。

而那时，用过佘尾草的长意本也已经醒了。但来到北境的大国师却与纪云禾、长意、林昊青密议，佘尾草乃极珍贵之物，本可助人重塑经脉，若使用恰当，能使断肢者重获新生。长意被法术反噬，用佘尾草可疏通经脉清除反噬之力，大国师却有阵法可用佘尾草之力助长意重新连上身体之内所有被斩断的经脉。

也是那时，纪云禾才知道，鲛人开尾，开的不仅仅是尾，还有他一半的力量。

佘尾草可让长意重新找回自己的尾巴，重新找回自己的另一半力量。

而顺德虽然拥有了青姬与大国师之力，但她自己却没有修行之法，她会不断地消耗身体里的力量。所以她在京城之时，不停地找驭妖师与妖怪，吸取他们身上的功法。

但是到了这里，无人再给她供给功法了。

边界的火焰结界对顺德是消耗，她的傀儡大军也是消耗，在雷火岩浆旁，顺德要不停地用法术抵御此处的灼热，这更是不停的消耗。只要能将顺德在此处拖住足够长的时间，她身体里的力量总有消耗殆尽之时。

而天地之力并不会消失，雷火熔岩还可再灼烧百年，千年……

唯一出乎他们意料的是，顺德来得太快了。

若长意苏醒得再晚片刻，他们的计谋或许真的就要失败了。

"为什么你要杀我？"而此时的顺德，在意的却不是纪云禾与长意的计谋，她在意的是大国师，"你不是要为天下办丧吗？他们都成了我的傀儡，就都死了，这是你的夙愿啊！我是在助你完成你的夙愿啊！"

大国师看着顺德，沉默了片刻，随即道："我的夙愿，希望我终结这人世的混乱。"

他的夙愿，并非为天下人办丧，而是为那一人鸣不平。

大国师来北境的时候，长意与林昊青并不信任他。当时他也如是对纪云禾他们说，纪云禾选择了相信他。

因为她曾在国师府与大国师相处过，她也见过宁悉语，她知道这对师徒之间的纠葛。

百年恩怨，起于他手，也终将灭于他手。

她并不能完全确定大国师是否真的愿意帮助他们，她只是以她见过的人心在赌，而她赌赢了。

"哈哈……"顺德嘶哑地笑出声来，她动弹不得，连胸腔的震颤也显得那么艰难，她声音难听至极，但她还是不停地笑着，"你们想这样杀了我……但我不会就这样死……"

她挣扎着，在长意的冰针之中，以撕破自己的血肉筋骨为代价，她抬起头来，血红的眼睛盯着纪云禾："我不会这样死，我功法仍在，我仍有改天之力，我身亡而神不亡，我会化为风，散于空中，我会杀遍我遇到的每一个人。你们抓不住风，也抓不住我。"

她说着，发丝慢慢化作层层青色光华，在空中消散。

青色光华飘飘绕绕，向天际而去。

"你要是想救人，可以……"顺德盯着纪云禾，"你与我同为半人半妖，你可将我拉入你的身体之中，跳入雷火岩浆之中。"她诡异地笑着，"我这一生的悲剧因你与这鲛人而始，你们若想救天下人，那你就与我同归于尽吧……"

她身形消散，越发地快。

纪云禾却是一笑："好啊。"

她望了长意一眼，往前行了几步，走到顺德面前蹲下。

"那我就与你同归于尽。"

她说着，断了一只手的她神色并不惧怕，她身后的长意竟然也未曾阻拦，顺德尚未消失的眉目忽然一沉。

纪云禾却已经用尚存的左手搭在了顺德的头上。纪云禾身后九条黑色的尾巴将空中飘散的那些青色光华尽数揽住。

"为什么？"顺德惊愕地盯着纪云禾，"为什么？"

"因为，你这般做，我们也早就料到了。"

顺德猛地盯向一旁的大国师："不……"

但一切都晚了！大国师手中掐诀，纪云禾脚下金色光华一闪而过，光华的线连着雷火岩浆旁边的泥土。

在灰烬尘埃之下，纪云禾前几日在那里画下的阵法陡然亮起。

这个阵法顺德记得，她曾在国师府翻阅禁书时看到过，这是驭妖谷……十方阵的阵法！是大国师当年封印了青姬百余年的阵法！

这个阵法虽未有驭妖谷里的那般巨大，也没有十个驭妖师献祭，但

第十八章 终局

若只是要将她困在其中，也是绰绰有余！

"为什么？"顺德混乱地看着面前的纪云禾，又看向她身后平静的长意，"为什么？你也会死！为什么？你笑什么！"

顺德身体之中青色的光华不停地被纪云禾吸入体内，巨大的力量让纪云禾的面色渐渐变得痛苦，但她嘴角还是挂着浅浅的微笑。

十方阵光华大作，大国师的身体也渐渐泛起了光华。

"师父！"顺德看向另一边的大国师，"师父！汝菱做的这一切都是为了你啊……"

十方阵必须要人献祭，大国师看着渐渐消失在纪云禾身体之中的顺德，神色不为所动。金光漫上他的身体，大国师甚至未再看顺德一眼，他仰头，望向高高的天际。

浓烟之后，蓝天白云，他微微眯起了眼睛。

正在此时，清风一过，他闭上眼。献祭十方阵的大国师留在这世上的最后一个神情，是面带浅笑。

万事不过清风过，一切尘埃，都将归于虚无。

大国师的身影消失，十方阵终成，纪云禾也将哀号不已的顺德尽数吸入身体之中。

她站起身来，隔着金光十方阵，看向外面的长意。

长意静静凝视着她。

"待会儿，一起吃顿好的。"纪云禾道。

十方阵外的长意点点头。

纪云禾对长意摆了摆手，纵身一跃，跳入了雷火熔岩之中。

翻滚的岩浆霎时间将纪云禾的身影吞噬。

饶是通晓一切因果，及至此刻，长意心头还是蓦地一痛。

雷火熔岩之中，纪云禾的身影消解，青色的光华再次从里面闪出，但十方阵宛如一个巨大的盖子，将所有的声音与气息都罩在其中。

长意在旁边守着，直至熔岩之中再无任何声息，他在十方阵上又加固了一层冰霜阵法。

随后身形隐没，眨眼之间，回了驭妖台。

身边，姬宁急急追上前来想要询问情况，林昊青在一旁目光紧紧地追随着他。而他只是马不停蹄地往驭妖台侧殿之后的内殿赶去。

推开殿门，他脚步太急，甚至被门槛绊了一下。

旁边的姬宁愣住，还待要追问，林昊青却将他拉住。

长意脚步不停，一直往内里走去，穿过层层纱幔，终于看见纱幔之中，黑色阵法之上，一个人影缓缓坐起。

长意撩开纱幔走入其中。

完好无损的纪云禾倏尔一抬头，看向他。

四目相接，长意跪下身来，将纪云禾揽入怀中。

纪云禾一怔，随后五指也穿过长意的长发，将他轻轻抱住："你不是知道的吗，那只是切了一半的内丹做出的我。"

"我知道。"

他知道，在他们与大国师谋划这一切的时候，林昊青提出顺德身体消亡之后，恐力量难消之事，林昊青当即便有了这个提议。

他曾用纪云禾的内丹做了一个"阿纪"出来，现在要再切她一半内丹，做"半个"纪云禾出来，也并非难事。

长意在知道这一切之后，才陷入了沉睡，让佘尾草去修补自己体内的经脉。

但是在清醒之后，看到那样的纪云禾，他还是忍不住陷入了恐慌之中，看着她跳入雷火岩浆，他依旧忍不住惊慌、害怕……直至现在，将她抱在怀里，实实在在地触碰到她，与她说话，嗅她的味道，他方才能稍安片刻。

"长意，"纪云禾抱着他，轻轻拍了拍他的后背，沉着道，"一切都结束了。"

一切都结束了。

边界顺德的万千傀儡尽数化作飞灰，清风恢复了自己的秩序，将他们带走。

阵前的驭妖师和妖怪们没有了隔阂，抱在一起欢呼雀跃。

洛锦桑的伤被军医稳定了下来。

一切，都结束了。

林昊青与姬宁接到急急赶回的妖怪传来的消息，边界的战事停歇，他们在这样的态势下，活了下来，所有人正准备回到北境。

长意此时方才将纪云禾放开。"走吧。"他看着纪云禾，"你方才说的，我们先去吃顿好的。"

纪云禾笑笑："我这躺久了，腿还有些软，不如，你背我吧。"

第十八章 终局

长意没有二话，蹲下身来将纪云禾背了起来。

姬宁想要阻拦："外面都是人……"

"不怕看。"长意说着，便将纪云禾背了出去。

一迈出殿门，外面皆是欢呼雀跃的声音，沉闷的北境从来未曾如现在这般雀跃过。

长意与纪云禾嘴角都不由得挂上了微笑，正在此时，清风一过，天正蓝，云白如雪。

....

长意将北境尊主的位置撂下，丢给了空明。

当时洛锦桑的伤好了一大半，但还是下不了床，空明整日里一边要照顾洛锦桑，一边要忙北境的事务，本就两头跑得快昏过去了，长意又忽然撂了挑子，说忙够了，要出去玩。随后带着纪云禾就走了，半点没考虑他的心情。这把空明气得差点背过气去。

好在现在北境的事情忙是忙，却忙得不糟心。

长意也是看出了这一点，才敢甩手离开的。

纪云禾曾经总梦想着仗剑走天涯，现在，长意便带着她去实现自己的愿望。

他们从北方走到了南方，终于见到了大海。

当时正好夕阳西下。

"大尾巴鱼，"纪云禾看着一层一层的浪，忽然看向长意，"你找回了自己本来的力量，那是不是意味着，你的尾巴……"

他们一路走来，长意都没有提过这事，他的力量虽然回来了，但他并没有去印证自己的尾巴是不是回来了，他刻意避过这件事，只怕如果没有，自己失落便罢了，万一惹得纪云禾失落，他是万万不愿的。

但纪云禾此时忽然提到此事，他默了片刻。

"试试。"他道，随即将自己的外衣褪下，放在了纪云禾身侧。

纪云禾巴巴地看着他："裤子得脱吧？"

长意沉默了片刻，看看左右。左右无人，除了纪云禾。

他又沉默了一会儿。这两条腿长久了……忽然要脱裤子，那可是……

"我先去海里。"他说着，转身慢慢走入了大海之中。

海浪翻涌，渐渐吞没他的身影。

纪云禾带着些许期待与紧张，跟着走到了海边，海浪一层层堆在沙滩上，浸湿了纪云禾的裙摆。

近处的海浪不停，远方的海面也不停地荡着波浪，一切与平时并无两样，长意好似就此消失在了大海里一样，再无讯息。

纪云禾站在岸边，夕阳将她的影子拉得很长，忽然之间，远处一声破水之声。

纪云禾眼瞳忽然睁大，一条巨大的蓝白色鱼尾从海面仰起。

鳞片映着波光，将纪云禾漆黑的眼瞳也染亮了。她唇角微微一动。

从未觉得海浪如此温暖，海风也吹得这般温柔。

番外 雪三月

"以后……若还有以后……"

顺德死后,雪三月只与纪云禾道了个别,就离开了北境。

这世间再也没有离殊,甚至连与他稍有一丝联系的佘尾草也没有了,在很长一段时间里,雪三月甚至有些疑惑,她存在于这世间的意义是什么。

她走过这片土地的大江南北,从极北到极南,也去过神奇的海外仙岛。她努力地在寻找自己余生的意义。

但这件事,比她想象中还要困难。

她仿佛变成了一座孤岛,再难与他人走近。甚至偶尔收到远方寄来的故人书信,她也鲜少再给予回复。

这人生,也不过就如此了吧。

她这般想着,却未曾料到……有朝一日,她竟然再一次与一人拥有了紧密的联系……被迫的。

雪三月看着面前伤痕未愈的少年,她沉默地拨弄了一下面前的篝火,神色薄凉地开口:"我没打算继续带着你走。明天就能到一个村子,你自己在那村子里找地方住下吧。"

少年抬头看了她一眼，火光映照着他的眼眸，不知为何，雪三月却觉得他眸中的光暗淡了片刻。他转过头，摇了摇脑袋，又继续盯着面前的篝火，一言不发。

他很倔强地想跟着她。

雪三月有些无奈。她用一张冷脸走遍了大江南北，她灵力高深，但凡见到她的人，都下意识地惧她三分。还有一些自诩有本事的驭妖师与妖怪，在初始的冒犯之后，听到她的名字，也都乖乖地躲远了。

她与那传说中的鲛人夫妇有关系，还去过海外仙岛，当初甚至与青羽鸾鸟也有些勾连。

在平凡人的传说里，她是大国师之后最强的驭妖师，她的神秘色彩不比鲛人弱多少。

多数人都是怕她的。

唯有她最近遇到的这个少年……

那夜月色寒凉，林间风声萧索，少年气喘粗粗的声音在林间显得那么突兀，在他身后穷追不舍的是一群眼眸幽绿的饿狼。快速奔逃间，少年转头探看身后狼群的踪迹，未曾注意到地面上的老树树根，他被狠狠绊倒，但他没有摔出去，而是就地一滚，稳住了身形。

当时，雪三月躺在老树高高的枝丫上休憩，看见树下这一幕，她并未第一时间出手。

少年这一绊，耽误了他的脚程。

饿狼转眼追上，一匹绿眼的大狼扑上前来，张开血盆大口便往少年颈项上咬去。

雪三月手中拈了一片树叶，而意外的是，在她出手之前，少年抬手抓住了饿狼的上下颚，他眼中神情狠辣，杀伐决断间，丝毫不似这个年纪的少年人该有的决绝。

"咔"的一声，他将狼嘴上下掰断。

饿狼鼻中登时喷出鲜红的血，染了少年一脸，狼发出一声凄惨的叫声，被少年一脚踢到一边。

少年脸上染血，他缓缓站起身来，拍了拍自己的衣袍，又将脸上的血轻轻擦掉，冷眼看着徘徊在他四周的狼群。神色间的倨傲与清高像极了雪三月记忆中的某个人——离殊。

雪三月觉得自己怕是大半夜的困迷糊了。

番外 雪三月

她竟然会在一个被狼追着跑的少年身上……看见了离殊的影子。

狼群在他身边逡巡，不敢再冲动上前。忽然间，月夜林中陡起一阵笛声，笛声带着妖气，飘摇而来。雪三月霎时间便察觉出了笛声的方向，她抬眼而望，目光穿过层层树林，看到了山外的一个黑衣男子。

男子吹动的笛声操控了狼群，使它们更加暴躁起来。它们眼中的绿光开始变化，越来越红，它们口中开始发出低沉的啸声，露出来的狼牙也越变越长。

四周的野兽戾气越发浓重起来。

而少年的眼眸之中并无畏惧。雪三月能看出少年的实力，他身上没有妖气，也并非驭妖师，徒手掰断一匹狼的嘴，或许是学过武术身体健壮，但要对付这么多被操控的狼，绝无可能。

在笛声陡然高昂的瞬间，少年眼眸沉下，他五指放在身侧，似乎正打算做点什么，但忽然间，头顶一阵风起，落叶簌簌而下，叶片划过少年脸颊边的刹那，陡然变得锋利。

只听几声清脆利落的响声，面前狼群喉咙间的低啸顿时消失。

月夜林间，画面似乎就此静止。

飘过少年脸颊边的落叶停歇于地上时，雪三月也悄然跃下，她脚尖着地，四周所有的狼应声而倒，在她手中，轻轻握着一片沾满了狼血的叶子。

笛声未停，雪三月看似玩一样将手中的叶片扔远。不过片刻，远方的笛声陡然一转，停在了最诡异的音调上。

那笛子，好似断了……

雪三月并无心去看远方的结果，她转过头，盯住了面前的少年。

月色下，腥气中，四目相接，少年的双眸慢慢地睁大，近乎失神一般，呆呆地看着雪三月。

雪三月挑了挑眉梢。

她刚才看见了少年杀狼，心知这绝对不是一个普通的、单纯的少年，所以，她也没想到，自己不过是在他面前小露一手，竟然惹得他这般震惊失魂。

雪三月从头到脚地打量了他一遍。

十七八岁的年纪，面容尚带稚气，但这身材长得却比一般成年人还要好。

他长得一点也不像离殊。

果然，刚才的恍惚也只是她的臆想罢了。

雪三月没再理会仿佛已经丢了魂的少年，迈步离开，擦过他肩头的时候，她淡淡道："要杀你的妖怪并不弱，去北境吧，今天没死算你运气好。"

她话音未落，忽然间手臂却被人抓住。

这个少年……竟然胆大包天地……抓住了她的手臂。

或许，他刚才没看见她是怎么杀狼的？

雪三月冷冷地转过头去，瞥着身边的少年："或许你对我有一些误解，我并不是个和善的人。"

很多人接触到她的目光便会怕得开始躲了，但少年没有。

他眸中仿佛盛了一汪水，映着月光与她。"你是……"他声音微微有些颤抖，连带着唇角与握着她手臂的手都有几分颤抖，他仿佛想拉动唇角，但最后却只是颤抖道，"你是和善的人。"

雪三月一怔。

她沉默地看着少年，他的目光盛满了情绪，但雪三月看不懂。

她抽开了自己的手臂："你又不认识我。"她说罢，自顾自地向前走去。

而这个少年……竟然不怕死地跟在了她身后……

这一跟，就是五天……

雪三月后知后觉地感到，自己可能是被人讹上了……

"跟着我，不会比你一个人生活好过多少。"雪三月告诉他，"我不会照顾你。"

少年往篝火里添了一根柴，神色平静："我可以照顾你。"

天真……

雪三月看不懂这个少年，雪三月不是喜欢待在一个地方的性子，她习惯了天南地北地走。顺德公主死后，这世道依旧很乱，她偶尔揭两张北境颁布的悬赏令，拿着赏金过自己的逍遥日子。所以她的生活时常充满危险。

带着少年走的这几天，她已经前前后后收拾了三拨人，来自不同的势力……

番外 雪三月

就算是个傻子，也该看出来了，跟着雪三月，或许比单独应付他自己的危机要更加麻烦。但他就是不走。

"你跟着我，就是想要照顾我吗？"雪三月揶揄他。

"对。"少年看向她，却答得一本正经，"我就想照顾你。"

他神色太认真，一时间倒噎得雪三月没说出话来。

"我不需要你照顾。"雪三月道，"明日出了山，前面有个山村，我会给你找个住处，你在那里住下吧。我不会带着你。"

她对少年的身世并不好奇，尽管一开始的时候，他曾给过她错觉，但雪三月在烧掉佘尾草的时候，便已经下定决心了，她要将关于离殊的所有事忘掉，忘不掉的，就深深地掩埋心底。

她不打算让那些感情纠缠自己的余生。

所以她明天一定要把这个少年丢在前面的山村里。这个少年，并不是万千人中特别的那一个。对现在的雪三月来说，任何人也不会再特别了。

雪三月侧过身，靠着树，不再搭理少年，打算就此休息。

而她也果不其然地听见，在她闭眼之后，身边传来窸窣的脚步声。每天夜里都是这样，他会在她闭眼之后，走到她身边，然后将自己的外衣披在她的身上，给她御寒。

虽然她并不需要……

但这个少年，好似真的在尽职尽责地做着照顾她这件事。

到第二日清晨，阳光透过斑驳的树叶洒在雪三月的睫羽上，她睁开眼，便又看见了放在自己面前的食物——山林间最新鲜的果子，还有清澈的泉水。

少年从跟着她的第一天开始，就承担了给她准备吃食的任务。

这是第五天了，他每天都会换不同的果子，无一例外，都是雪三月喜欢吃的。

雪三月看着有些沉默。

这些天，她刻意不把少年和离殊联系在一起。但待的时间越久，雪三月便越是不由自主地通过这个少年，想起她与离殊之间的诸多细节。

离殊也喜欢照顾她。

给夜里踢被子的她盖被子，给常常忘了吃饭的她准备食物，在她疲惫的时候背着她去下一个目的地……

她以前在驭妖谷被人传得那么厉害,有一半其实都是离殊的功劳。

雪三月一直都认为,在猫妖高冷的外表下,离殊内心住着一只大狗,只有她能看见……

虽然最后的事实证明,并不只是她能看见……

思及往事,雪三月唇角微微一抿,她不再看少年摘下的果子一眼,径直站起身来:"该启程了,中午便能到前面的山村。"

"先吃点东西。"少年并不怕她的冷脸,"对身体好。"

离殊在做她的妖仆的时候,也常常这样说,早上起来一定要吃点东西,对身体好……

雪三月的脸彻底沉了下去:"做什么对我身体好不好,和你没有关系。"

她迈步便走了,徒留少年有些错愕地愣在原处。

其实,一直以来雪三月都觉得,离殊利用她救出青姬这件事,在她人生中已经有结果了。她已经原谅了离殊,并且对这件事也不再看重了。

直到此时此刻,雪三月才发现,原来这件事到底是她心尖上的意难平。

一个与离殊相像的少年,与他相像的举动,引出了过去那些沉寂已久的回忆。那些回忆,都那么美好,但关于过去的所有美好,指向的都是那个令人心碎的结局……

说到底,无论雪三月对这个世界有多冷漠,她对离殊的感情始终像是一个没有成熟的少女。

她愤怒于离殊只将她当作"恰似故人归",也控制不住地嫉妒……

她嫉妒离殊给予了青姬那么浓厚的感情,而她只是个可怜的替代品。

雪三月再没有搭理少年,她冷着一张脸,带着少年走出了山林。

少年感觉到了她情绪的低落,他似乎很想与雪三月说话,甚至雪三月几次都看到他张了张嘴,但最后他一句话都没有说。

雪三月感受到了这个少年……肉眼可见的无措。

真是奇怪……雪三月见过少年杀狼。生命受到威胁的时候都能临危不乱的人,却好似被她突如其来的坏脾气吓到了一样……陷入了有些慌乱的状态。

雪三月没有多照顾他的心情，她在山村里逛了一圈，发现村里的人都很和善，于是在山村的边缘给少年找了一块荒芜的田地。田地旁边有一个小木屋，她审视了一通，告诉少年："你以后就住这儿吧，要是觉得这里太偏，你就自己凭本事离开这里吧。"

她说着，往屋外走了一步，少年立即跟着她挪了一步："你要离开，我就和你一起离开。"

"我只是顺手救了你一次，你不必拿出这副以身相许的架势。"

"这不是架势。"

雪三月被逗乐了："那是什么？动真格吗？你真想以身相许？"

雪三月觉得好笑地看着他，却看见了一双幽深的眼瞳。

"你要我吗？"他问。

声音严肃沉稳得让雪三月几乎无法将他与一个少年对等起来。

"你要我吗？"他步步紧逼。

时隔多年，雪三月竟忽然觉得自己又有了被一人逼问的感觉。就像是离殊在严厉地教训她："好好吃饭了吗？""为什么要冲动？""这件事情你做得太莽撞了。"

这压迫感，雪三月莫名地熟悉。此时此刻，她再也无法否认面前的少年与离殊的相似。

雪三月退了一步，又退了一步，终于，她清醒过来，觉得自己不能再退了。

她冷了脸。"我不要你。"她说着，眼瞅着便要掐个诀御风而去，少年一步上前，一把扣住雪三月的五指，让她掌心的诀无法成形，径直打断了她的法术。

胆子很大，且操作熟练，最重要的是……

多年以前，雪三月与离殊闹矛盾的时候，她也喜欢转身就走，离殊也总是这样不由分说地留下她。

拽住她的胳膊，或者直接扣住她的手掌，与离殊十指相扣时，她便无法结印离开。

堪称作弊的留人手段。

雪三月看着少年扣住自己掌心的手，怔然抬头，望向少年漆黑的双瞳。

这不是金色的双眼，但这眼中的神情，雪三月却再熟悉不过。

但……怎么可能……离殊早就死了。

雪三月闭上眼，稳下情绪，她周身灵力炸开，几乎是决绝地将少年推开。

她动了真格，少年自然是无法抵挡，巨大的灵力撞在他的胸膛，少年浑身麻痹，被震得连连后退，直至撞到了木屋的墙壁上，才堪堪停了下来。

他喉间血气翻涌，仰头望着雪三月。眼中的情绪既是错愕又是哀伤，还带着许许多多难以言喻的、拼命压抑的深情……

他一句话也没有说，只是这目光便看得雪三月心头又颤了颤。

她心头不由自主地冒出一个奇诡的猜想……

但怎么可能……

雪三月在心尖将自己的想法否认了千万次，也告诉自己千万次，别异想天开了，别不切实际了，离殊已经死了，就算离殊没死，那他也是过去了，因为离殊从不爱她。他死了，那是死去的过去。他活着，那也是该放下的过去，所以……别问傻话。

雪三月唇角颤抖。

"你和猫妖离殊……有什么关系？"

别问傻话……

"你为什么那么像他？"

千千万万次脑海里的警告，却拦不住从心口里冒出来的话语。

少年看着她，他唇角动了动，良久的沉默与思索之后，他终于开了口："顺德未死之时，青姬去了驭妖谷。"他说的这事与雪三月的问题南辕北辙，但雪三月并未打断他。

这件事雪三月有印象，她听洛锦桑提起过，青姬听说当年她爱的人死于大国师的阴谋，于是去了驭妖谷，探查当年的真相，青姬在驭妖谷待的时间很久，以至很长一段时间没有出现在北境。

等她终于找到了真相，却是飞去了京师，被大国师重伤擒住，这也才有了之后顺德公主的半人半妖之身，雪三月也是在海外仙岛听到青姬遇险的消息，才赶了回来。

"十方阵……"他说了这三个字。

离殊血祭十方阵放出了青姬，这才有了后面这一系列乱七八糟的事情。

"十方阵并未完全破损，青姬用阵中残余的我的血，复苏了我。"他终于道，"三月，我是离殊。"

雪三月看着他，一言不发，这些话她都听见了，却像是没有听懂一样。她看着他，宛如失去所有的反应，直勾勾地盯着他。

"青姬在十方阵探查十方阵的真相，同时也借助了十方阵的力量，在一只此前被驭妖谷抓住的血狼妖的身体里复苏了我的意识。我得以借用这具身体，活了下来。三月……"

离殊走上前来，伸出手，想要去触碰雪三月。

"啪！"意料之外地，雪三月竟然再次挥开了离殊的手。

她拒绝了他的触碰。

离殊愣住，雪三月眸光颤动，她手中掐诀，身形一转，这次根本没给离殊阻拦她的机会，雪三月御风而起，近乎决绝地只给离殊留下了一个背影。

风声萧索，似乎在重复着雪三月之前的那句话。

"我不要你。"

是时隔多年，时过境迁，不管他是生是死，都再也与她无关了吗……

离殊未曾触碰到雪三月温度的手便慢慢落了下来，他想自嘲而笑，却连勾动唇角也没了力气。

所以……在与她重逢的时候，他才什么也没敢说。

他知道，经过那驭妖谷一别，以雪三月的性格必定是恨透了他……

雪三月做过很多梦，在离殊刚死的那段时间里，每一个梦境里都是离殊回来了，他找到她，无奈地笑着，想要抱住她宽慰，求她原谅的模样。

而从每一个梦境醒来后，她面对的都是离殊已经死了的现实。

那时她被青姬带到了冰天雪地的北境，那些睡梦中的暖意在清醒之后尽数散去，飘在了北方无情的风雪里，那寒凉刺骨的感受，雪三月至今犹记。

带她离开驭妖谷的青姬并不会宽慰她，看起来那么柔媚的鸾鸟，在这件事情上却极其克制又冷静，她告诉雪三月，有些事情发生了，就没有办法改变，只有接受。

后来，雪三月接受了这个现实。

她开始治愈自己。

当她花了好多年的时间，好像终于快从过去的阴霾中走出来时，那个阴霾的制造者却又忽然出现在了她的面前，说："我回来了。"

这是什么糟糕的现实……

雪三月一路御风而走，三天三夜没有停歇，直至耗光了自己身上所有的力气，她方从空中踉跄落下，寻了个城镇酒馆，坐下来便开始饮起了酒。

直到喝得酩酊大醉，雪三月才开始笑了起来。

在酒馆众人惊诧的目光之中，她抱着酒坛，哈哈大笑，笑至力竭，她又哭了起来，情状疯癫，无人敢上前靠近她。

唯有她内心最深处的地方知道，她是真的高兴。

离殊没有死，他回来了。

这值得让她真正高兴。

但是……

雪三月可以与佘尾草好好相处，也可以对佘尾草像对以前的离殊那样好，却没办法面对真正的离殊。

她可以在离殊不知道的岁月里，思念他，疯狂地思念他。但当真正要面对这个伤害过她的人时，雪三月却并不知道该怎么面对他。

在他面前喜极而泣吗？将那些伤害都放下，抑或又拎起过去的情绪，直接痛斥他的背叛与利用？

她都做不到。

在现在这个时间重逢，面对离殊时，她连用什么表情都不知道。

所以她一言不发地跑了。

到底怎么做才是对的，雪三月现在并不知道。她只能暂且避一避，静一静，等她能克制自己的情绪，理智地面对离殊的时候，她才想去见他。

目前为止，她能想到的最合适的办法，或许就是克制地面对离殊，恭喜他的苏醒，然后平静地离开他。

她得缓一缓才能做到这些事。

她打好了算盘，而让雪三月没料到的是，在她酒醒之后的第二天，她在客栈门口看到了一张悬赏的画像——是与离殊现在的身体有五分相似的少年模样……

雪三月在榜前站定，细细看了看上面的文字，竟见上面写着，这是一只血狼妖，两日前屠了一个山村。

正是她留下他的那个村庄。

离殊会平白无故地杀人屠村？这种事，就算离殊背叛她一百次，她也不相信。

思及她遇见离殊那晚的那个黑衣人，雪三月沉凝了目光。

但同时雪三月也告诉自己，她或许根本不用担心离殊。离殊是谁，猫妖王之子，区区几只名不见经传的血狼妖能奈他何？哪怕他现在也是在一个血狼妖的身体之中……她也不应该担心他。

雪三月是如此想的，但忍到了下午的时间，她便御风回了那个山村。

她丢下离殊的那个地方已经没了离殊的身影，却坐了一个跷着二郎腿的男子。

男子与现在的离殊有几分相似，宛如那张脸成熟后的模样。"他呢？"雪三月冷漠地直言询问。

男子一笑，满是阴谋的味道："不着急，你跟我走，自然便能见到他……"

"那走吧。"雪三月径直打断了男子的笑与话，她看着男子，神色间的冷漠与不耐烦让男子一时间有些错愕。

男子一愣，随即挑眉："你不怕……"

"不怕，别废话。"雪三月催促，"赶紧带路。"

"……"

跟着男子走的这一路，雪三月心里想过，那屋子里一点打斗的痕迹都没有，饶是现在的离殊是个废物，凭他会的那些阵法借力打力，也不至于这么轻易地被人带走。

离殊放任自己被抓，放任悬赏被贴出去，恐怕……是想引她回来。

雪三月的猜测，在见到被关在牢笼里的离殊时，被全部印证了。

他待在那玄铁牢笼里，没有半分慌张，看着被领过来的雪三月，他唇角反而微微扬起了一个微笑。

和雪三月猜想的一样，他就是想引她回来。

她了解离殊，一如离殊了解她。

然而被离殊算计了，雪三月却并没有多愤怒。

他们隔着牢笼，相互凝望，离殊声音轻浅却难掩情意："你来救我了。"

雪三月没有给予正面的回应。她不说话，而她身后"押解"她来此处的男子却开了口："救？你们谁也跑不了。"男子拉开玄铁牢笼的门，想要将雪三月推进去。

但在他手挨到雪三月的胳膊之前，离殊却从牢里伸出手来，一把将男子的手腕抓住。

"别碰她。"离殊神色寒凉，"看在你与这具身体尚有血亲关系，这是我最善意的警告。"

"你？呵，飞旭，别人不了解你，我还不了解你吗？三百年都未觉醒力量的你，凭什么与我斗？"

离殊抓着男子的手，不徐不疾道："你试试。"

雪三月转过眼眸瞥了离殊一眼，不出意外地在离殊眼中看到了若隐若现的杀气。

他护着她，这个场面也久违地熟悉。

雪三月不打算再在这里耽搁多久，她不顾身后的男子冷笑着又要和离殊放什么狠话，手一用力，径直将玄铁牢笼的门给拔了下来。

"哐"的一声，她将铁门丢到了身后三丈远，将那男子吓得一愣。

离殊似乎也被雪三月这暴力拆解的模样一惊。

雪三月冷冷道："出来吧。"

"你们打算走？呵！"谋划了这一出阴谋的男子似乎这才在两人主导的走势中回过神来，他终于开口放出了狠话，"你们谁都别想走！"

"你废话真的太多了。"雪三月心情正不好，被这人吵得更加心烦，她反手就是一耳光，径直将人抽飞，打到了墙上，撞破了好几块青石砖。

与离殊这具身体有着血亲关系的血狼妖就这样被抽飞到了一边，口吐鲜血，昏厥过去。

离殊看着那张与现在的自己有五分相似的脸，心头沉默了一瞬。

他回头，对上了雪三月的目光……

"走了。"

"……好。"

带着离殊离开了那血狼妖的地盘，走在山林间，雪三月先冷着脸起了话头："那傻子是谁？"

"我这具身体，是他的弟弟。"

"他想做什么？"

"顺德公主一战之后，天下皆知炼人为妖的法术强大，不少图谋不轨的人试图得到这方法让自己变强。他们拿不到林昊青的秘籍，就自己从各种蛛丝马迹中提炼信息，研制方法。这个血狼妖估计也是打算用他的弟弟和你一起来献祭，要获得你们两人的力量。"

雪三月听罢，沉默了一瞬："他凭什么选我？"

"你上次救我时，灵力深厚，被他赏识了。"

"……果然是个傻子。"

别人的事情聊完了，他们便又沉默下来。

"你呢？"良久的沉默后，离殊开了口，"为什么回来救我？"

雪三月此时方停下了脚步。

"离殊，"她道，"你明知故问。"

此前，刚知道离殊还活着的消息时，雪三月认为，自己只有委屈自己原谅他，或者找回尊严离开他这两种选项。

但其实还有一种，她可以直面自己的内心，承认自己的感情，去承认，自己在这段被利用过的感情里面还没有抽身，去承认她就是还喜欢离殊。

不可否认地、无法忽视地依旧喜欢着他。

她可以直面这件事，然后坦言相告。

毕竟，不管喜欢还是不喜欢，放弃或者坚持下去，所关系到的都不是她一个人，这是他们两个人的关系，关乎他们两个人的选择。

两个人的关系出现了问题，自然要由两个人一起解决，是分开还是继续，有商有量，或许……这才是最克制，也最理智的办法。

"我还放不下你。"雪三月坦然道，"我也还没有办法原谅你。"

她的直白，让离殊一愣。

"但无论如何，能重新见到你，我很高兴。"

"三月，"离殊的情绪似乎比雪三月的更难控制，"能重新见到你，我才是真的……万分庆幸。"

他在驭妖谷被青姬复活，而后青姬离开，却再无音信，等他将养好了身体从驭妖谷出来，这世道已经大变了模样，他去过北境，却得知雪三月游历天下去了。

天下之大，他根本不知道还有没有再见到雪三月的可能……

能在路途之中再相遇，天知道那一瞬间他有多庆幸。

"我……"他静了静，定下情绪，道，"我初遇你，救你，做你的妖仆，随你回驭妖谷，确实是在利用你……"

雪三月沉默地听着。

"而后的心动……却无半分作假。"

眸中好似被点了一点光，雪三月望着他，也看见了他眼瞳中的期许与小心翼翼。

"我救青姬是为报恩，也是为形势所逼。但无论如何，以前的我确实是负了你，以后……若还有以后……"

离殊不是擅长承诺的人，他说到此处，却觉得古往今来所有的誓言好像都不足以表达他的决心，他顿住了，唇瓣几次颤动，也未成言。

雪三月看着他这模样，竟是一声笑。

"算了。"她道，"走吧。"

她转身向前。

离殊一怔。

雪三月走了几步，未见离殊跟上，她便回过头，看向离殊，却见离殊的脸色微微有些泛白。她猜到了离殊的心思，他以为她还是要丢下他呢……

"一起走吧。"雪三月站在原地等他，"离殊。"

这一声，几个字，漫长得好似跨过了百年的时光，却听得离殊心头有些灼痛发烫。

"嗯。"

那些过去，好似稀里糊涂地便过去了。雪三月也不知道自己现在做得到底对不对，这个方式，到底是不是处理她与离殊关系的最好方式。

但又或许在感情这件事情当中，并没有做什么选择对或不对这样的评判标准，唯一的标准是，她想不想，爱不爱，愿意不愿意。

而这三个问题，在关于离殊的事情上，雪三月第一时间就能听明白自己的心声。

  想。

  爱。

  很愿意……

番外 雪三月

© 中南博集天卷文化传媒有限公司。本书版权受法律保护。未经权利人许可，任何人不得以任何方式使用本书包括正文、插图、封面、版式等任何部分内容，违者将受到法律制裁。

图书在版编目（CIP）数据

驭鲛记：全二册 / 九鹭非香著 . —长沙：湖南文艺出版社，2019.9（2022.4 重印）

ISBN 978-7-5404-9347-9

Ⅰ . ①驭… Ⅱ . ①九… Ⅲ . ①长篇小说—中国—当代 Ⅳ . ① I247.5

中国版本图书馆 CIP 数据核字（2019）第 155549 号

上架建议：畅销·古代言情

YU JIAO JI：QUAN ER CE
驭鲛记：全二册

作　　者：	九鹭非香
出版人：	曾赛丰
责任编辑：	薛　健　刘诗哲
监　　制：	毛闽峰　李　娜
特约策划：	张园园
特约编辑：	王　静
特约营销：	吴　思　焦亚楠
封面设计：	Violet
版式设计：	潘雪琴
护封插图：	张　渔
内封插图：	流水画
书名题字：	张建平
出　　版：	湖南文艺出版社
	（长沙市雨花区东二环一段 508 号　邮编：410014）
网　　址：	www.hnwy.net
印　　刷：	北京中科印刷有限公司
经　　销：	新华书店
开　　本：	787mm × 1092mm　1/16
字　　数：	552 千字
印　　张：	35
版　　次：	2019 年 9 月第 1 版
印　　次：	2022 年 4 月第 4 次印刷
书　　号：	ISBN 978-7-5404-9347-9
定　　价：	65.00 元（全二册）

若有质量问题，请致电质量监督电话：010-59096394
团购电话：010-59320018

人气仙侠言情作家 **九鹭非香** 倾情力作

年度不容错过的虐恋暖萌仙侠小说

招摇

《与凤行》修订版
敬请期待